막장 악역이 되다

크레도 퓨전 판타지 장편소설
WISHBOOKS FUSION FANTASY STORY

막장 악역이 되다 5

크레도 퓨전 판타지 장편소설

초판 1쇄 찍은 날 | 2020년 3월 10일
초판 1쇄 펴낸 날 | 2020년 3월 17일

지은이 | 크레도
펴낸이 | 권태완 우천제

기획 | 위시북스
편집책임 | 한준만
편집 | 위시북스

펴낸곳 | ㈜케이더블유북스
등록번호 | 제25100-2015-43호
등록일자 | 2015. 5. 4
KFN | 제2-25호

주소 | 서울시 구로구 디지털로31길 38-9, 401호
전화 | 070-8892-7937 팩스 | 02-866-4627
E-mail | fantasy@kwbooks.co.kr

ISBN 979-11-293-5040-4 04810
979-11-293-4389-5 (set)

※ 이 도서의 국립중앙도서관 출판시도서목록(CIP)은 서지정보유통지원시스템 홈페이지(http://seoji.go.kr)와 국가자료공동목록시스템(http://www.nl.go.kr/kolisnet)에서 이용하실 수 있습니다.

Wish Books
막장 악역이 되다
크레도 퓨전 판타지 장편소설
WISHBOOKS FUSION FANTASY STORY
5

막장
악역이 되다

◆ CONTENTS ◆

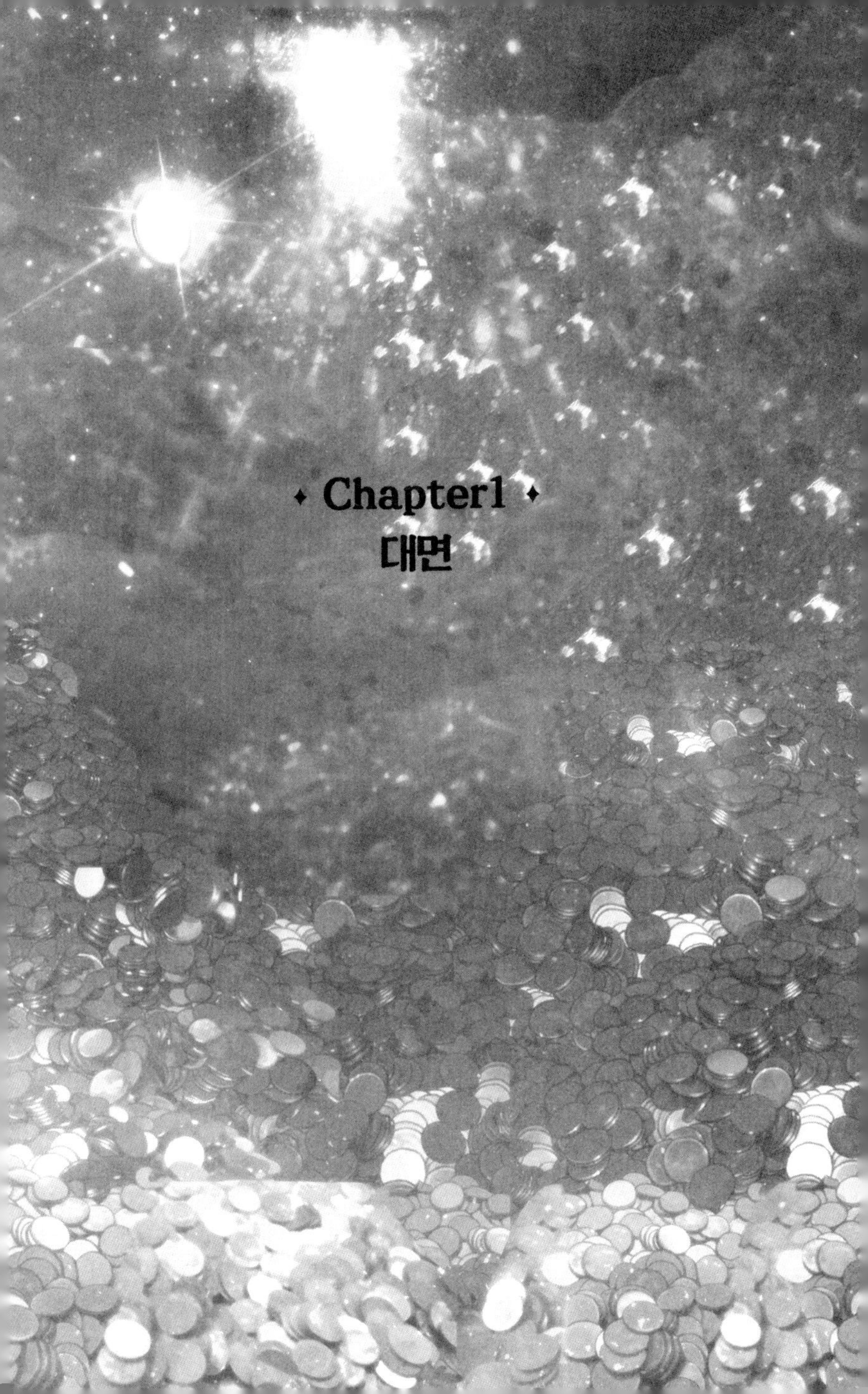

Chapter1
대면

루나는 뼈저리게 느끼고 있었다. 그녀가 전한 대로 사랑과 자비를 베풀어야 하는 신관들이, 그것도 어느 정도 지위가 있는 신관들이 오히려 더 방탕한 삶을 살고 있었다.

마실 물도 없는데, 목욕했다. 아픈 백성들에게 신성력을 써야 했지만, 귀족의 전유물이 되었다. 천계에서 자신이 본 광경과는 너무나 달랐다.

그동안 두 눈과 두 귀가 달콤한 아첨에 가려져 진실을 알지 못했다. 중간계의 막강한 영향력을 끼치는 자신이 오히려 사람들을 고통스럽게 하고 있었다.

그녀는 하루빨리 천계로 돌아가 교단을 개혁하고 싶었다. 그러기 위해서 교단을 탈주했다. 신기하게도 탈주를 했기 때문인지 의지력은 무척 강해져 있었다.

"돌아간다!"

절벽 위에서 서서 그렇게 외쳤다. 그녀의 표정은 결연했다. 육체의 생명이 끊기면 바로 천계로 귀환할 수 있었다.

루나는 절벽에서 뛰어내렸다. 그러나 나뭇가지에 걸려 이리저리 튕겨 나가다가 늪에 빠졌다. 워낙 진득해서 몸이 잘 움직이지 않았다. 몇 번 시도 끝에 간신히 고개를 들 수 있었다.

눈에 끈적한 진흙이 잔뜩 들어갔다. 간신히 손을 들어 눈을 비비자 빨갛게 달아올랐다. 손에 있는 진흙이 더 들어갔기 때문이다.

"으, 으윽!"

운이 좋은 걸까? 없는 걸까? 눈이 충혈된 것 이외에는 상처 하나 없었다.

선배 신관인 엘리제가 허겁지겁 다가왔다. 루나가 걱정되어서 같이 탈주한 것이다. 그녀는 루나를 돌보는 것이 여신의 뜻이라 생각했다.

"너는 역시 여신님께 축복을 받고 있는 게 분명해. 어서 나와!"

"이대로 늪에서……."

루나의 몸이 늪에 빨려 들어갔다. 시간이 지나자 드디어 코밑까지 늪에 들어갔다. 질식은 괴롭지만, 곧 천계로 갈 수 있을 것이다. 그러나 더 들어가지 않았다.

'응? 뭔가…….'

뭔가 미끈거리는 게 발에 닿은 것 같았다.

부글부글!

늪에 거품이 올라오더니 루나가 빠르게 튕겨 나가며 엘리제 옆에 떨어졌다. 루나의 꼴이 말이 아녔다. 머리는 진흙이 붙어 마치 뱀을 보는 듯했고, 얼굴은 역시 마치 갈라진 비늘을 보는 것처럼 진흙이 잔뜩 붙어 있었다.

엘리제가 한숨을 내쉬면서 가방에서 하얀 천을 꺼내 그녀의 몸을 닦아주었다. 잘 닦이지도 않았다.

대자로 누워 있던 루나는 벌떡 하고 상체를 일으켰다.

“내 행운이 이토록 높을 줄이야.”

지금까지의 모든 시도가 모두 실패했다. 그녀는 자신의 행운에 소름이 끼치는 것을 느꼈다. 여신인 자신은 이토록 대단한 존재였다.

마치 중간계가 자신을 보호해 주고 있는 것 같지 않은가!

“여신께서 널 굉장히 예뻐하시는 것 같아. 그러니 위험한 행동은 그만둬.”

“하아…….”

루나는 한숨을 내쉬며 고개를 설레 저었다.

“옷 벗고 이거 입어.”

“검은 로브? 흑마법사들이 입는 거 아니에요?”

“덕분에 싸게 구했어. 일단 이거 입고 내일 세탁하자.”

루나가 엘리제를 바라보며 고개를 끄덕였다. 엘리제의 따듯한 정에 감동했다. 눈물이 절로 나왔다. 그래도 모든 신관이 타락한 건 아니었다.

그때였다.

푸욱!

무언가 늪에서 빠져나왔다. 루나와 엘리제의 얼굴이 동시에 늪 쪽으로 돌아갔다. 다리가 달린 물고기가 둘을 바라보았다.

루나와 엘리제의 입이 벌어졌다.

"물고기 인간?"

"아……."

몸은 전체적으로 날렵했다. 머리가 크고 노란색 눈이 동그래서 그런지 위협적으로 보이지는 않았다. 다리를 다쳤는지, 비늘이 갈라져 있었다.

엘리제는 고민하다가 입을 뗐다.

"다친 것 같네. 도와주자."

"네? 하지만……."

"너를 구해준 것 같아. 여신님께서 보낸 걸지 몰라."

루나는 저런 물고기를 보낸 적이 없었다. 하지만 그녀는 사랑과 자비의 여신이었다. 그 범위는 인간에게만 국한된 것이 아니었다. 모든 생명에게 사랑을 베풀어야 했다.

"제가 할게요."

루나가 물고기에게 다가갔다. 물고기를 치료해 주자 물고기가 동그란 눈으로 루나를 바라보았다. 고맙다는 듯 입을 뻥긋했다. 그러곤 눈을 깜빡이다가 늪 너머를 가리켰다.

"따라오라는 것 같네요. 나쁜 몬스터 같지는 않은데……."

"가보자."

엘리제의 말에 루나는 고개를 끄덕이고는 물고기를 따라갔다. 늪을 지날 때는 물고기가 그녀들을 태워주었다.

엘리제는 루나를 바라보았다.

그녀는 금방 물고기와 친해졌다. 다소 모자란 아이이기는 하지만, 순진하고 착하다 보니 사랑을 받는 것 같았다.

"계속 물고기라 부르기는 좀 그렇고……."

"그렇지?"

"피쉬맨 어떨까요? 여자는 피시우먼!"

엘리제는 한숨을 내쉬었다.

마을은 나름대로 평화롭게 성장하고 있었다. 외부에서 유입된 인구도 늘어났고, 성역의 영향력도 차츰 커져서 마을의 주변 숲을 모두 점령했고, 이제는 늪지대까지 뻗어가고 있었다. 성역은 JW 게이트나 다른 차원처럼 진우에게 완전히 귀속된 공간이었다. 중간계의 법칙보다 우위에 있었다.

진우는 이렇게 되었으니, 본격적으로 나서기로 했다. 중간계에서 활동을 해야 하니 거점은 필요했다. 그리고 지금까지 그래왔던 것처럼 자신과 관련이 있는 자들을 책임져야 한다고 생각했다.

마을이 커진 만큼, 관리할 담당자들을 정했다. 영지민을 대표하는 마을 노인 에프와 신관을 통솔하는 알론소, 그리고 마을에 자리를 잡은 귀족의 대표를 정했고, 그들을 셀레나가 관리하도록 했다.

"흘흘, 오늘도 할 일이 많구먼."

"교회 증축을 좀 더 해야 할 것 같습니다. 허허."

"라스칸 왕국의 귀족회는 낭만이 없는 곳이지요. 하지만 우리 마을은 낭만과 로맨스가 넘치는 환상적인 곳입니다! 곧 문학과 예술의 중심이 되어……."

"음, 좋은 의견입니다."

마을 노인 에프, 알론소, 귀족 대표 테리우스, 셀레나가 이야기를 나누었다. 모두 기여도가 높아서 하사품을 받은 상태였다.

테리우스 같은 경우에는 만화책을 받았다. 진우가 여행하면서 심심할까 봐 챙긴 것이었다. 신기하게도 19금 만화책을 하사받은 테리우스였다.

진우의 앞에 넷이 나란히 서 있었는데, 마을 대부분이 던전의 재료들로 대체가 되다 보니 분위기가 음침해졌다.

'이렇게 보니…….'

어째서인지는 모르겠지만, 각자 개성이 독특해서 그런지 뭔가 사천왕 같은 분위기가 났다.

"곧 수확을 해야 할 것 같습니다. 첫 수확을 기리기 위해 수확제도 열 예정입니다. 영지 반환은 그 이후에 이루어질 것 같습니다. 귀족회에서 일부러 시간을 끄는 것 같더군요."

셀레나가 그렇게 말했다. 인구가 늘어난 만큼 식량은 필수적이었다. 마을 주변에 호박이나 고구마, 감자 등을 심으니 맹

렬한 기세로 자라났다. 특히 호박 같은 경우에는 넝쿨이 거대해졌는데, 조금 기괴한 느낌이 들기는 했다.

기기기기!

던전의 영향을 받아서인지, 열린 호박 중 일부가 몬스터가 되어 주변을 돌아다녔다. 할로윈에서 흔히 보이는 모습이었는데, 해는 없었다. 그냥 이상한 소리를 내면서 쫓아다니는 게 다였다. 그렇게 순조롭게 마을이 탈바꿈되고 있었다. 알타미아 영지가 회복되면 진우도 한결 편해질 것이다.

'중간계의 군주…….'

중간계에서 가장 기억에 남는 군주는 역시 에이션트 드래곤이었다. 판타지라면 드래곤 아니겠는가.

진우는 영지 주변의 밭을 둘러봤다. 이 정도면 성역의 영지민뿐만 아니라 알타미아의 사람들도 굶주린 배를 채울 수 있을 것이다. 게른 주변은 상황이 괜찮았지만 알타미아 영지 쪽은 심각하다고 한다. 영지를 대리 관리하는 귀족들이 날뛰고 있었기 때문이다. 게다가 원작에서는 대기근이 왔다. 기도보다는 물질적인 게 필요했다.

'당연히…….'

다 구할 수는 없었지만 적어도 자신과 관련된 사람들은 구할 수 있었다. 그럴 만한 힘이 있었고, 능력도 있었다.

계획도 있었다. 지구에서 가지고 온 씨앗들은 엘론티의 닭처럼 굉장히 빠르고 강하고 크게 자랐고, 영양도 굉장히 풍부했다. 심은 지 얼마 되지 않았는데 벌써 다 자랐다. 다소 외관이 음침하다는 게 단점이기는 하지만, 그래도 결과는 확실히 좋았다.

모두 땀을 흘리면서 열심히 밭일하고 있었다. 특히, 하사품으로 등산복을 받은 전사는 전문 농사꾼이 되어 있었다.

'좋군.'

진우는 이곳이 마음에 들었다. 유나나 다른 이들을 데리고 오는 것도 좋을 것 같았다. 조용한 휴가를 보내기에 정말 딱이었다. 어린 시절 지냈던 시골을 보는 것 같기도 했다.

아이들이 뛰어다니다가 진우를 보고는 꾸벅 인사했다.

어느새 이곳에 정이 들어버린 진우였다.

진우는 마을 전경이 내려다보이는 언덕 근처에서 성소로 돌아왔다. 마을에서 사라지면 여러모로 곤란했기 때문이다.

오랫동안 중간계에 있어서 할 일이 꽤 있었다. 더 이상 미룰 수 없는 스케줄을 소화하고 서류 결재를 하고 있을 때였다.

[황금의 성역에 침입자가 발생하였습니다.]

진우는 조금 당황했다. 자신의 영토에 누군가 침입해 온 것은 처음이었다.

'침입?'

진우는 모든 스케줄을 중단하고 바로 중간계로 향했다. 마을이 내려다보이는 언덕 위에서 성소로 가는 포탈을 열었기에, 진우가 서 있는 곳은 언덕 위였다.

진우는 마을을 바라보았다. 중간계는 밤이었다. 먹구름 때문에 달빛이 안 보여 마을의 밤은 늘 어두웠다. 그러나 지금은 대낮처럼 환했다. 마을 곳곳에서 불길과 함께 연기가 뿜어져 나오고 있었다. 비명 소리도 들리는 것 같았다.

이런 기분 상당히 오랜만이었다. 기밀이 유출되고 김세연이 납치되었을 때 이후로 처음인 것 같았다. 진우의 오른손에 자리 잡은 거대한 마력이 부르르 떨렸다.

"조용히 해."

진우가 그렇게 말하자 조용해졌다. 황금의 군주나 악의 화신이라고 할지라도 지금은 조용히 하고 있는 게 최선이었다.

기분이 싸늘하게 식는 것을 느꼈다.

누굴까?

누구든 상관없었다.

주변에서 수많은 기척이 느껴졌다.

숲속을 바라보았다. 진우는 바로 움직였다. 진우의 몸이 그대로 어둠에 스며들 듯 사라졌다.

평소와는 다르게 어떠한 연출도 존재하지 않았다.

"쓸 만한 것들은 남겨놓도록."

"하하, 저런 촌구석에 쓸 만한 게 있겠어요?"

숲에 있는 병사들은 그렇게 말하며 무기를 빼 들었다. 병사들이 천천히 마을을 향해 내려오기 시작했다. 예전의 마을과는 모습이 달라졌지만 크게 신경을 쓰지 않았다. 그렇게 마을로 향할 때였다.

쑤욱!

갑자기 어둠 속에서 손이 나오더니 창을 들고 있던 병사의 얼굴을 잡았다.

"어, 억?! 으악!"

얼굴의 뼈가 아작 나는 고통이 느껴졌다. 병사가 마치 낚싯바늘에 걸린 물고기처럼, 몸이 가볍게 뜨더니 어둠 속으로 빨려 들어갔다.

"끄아아악!"

무언가 부서지는 소리와 함께 처절한 비명이 울려 퍼졌다. 그 비명은 유난히 커다랬다. 모두가 진군을 멈추었다.

"뭐, 뭐야?"

"무, 무슨 일이야?"

숲에 불을 붙이려던 병사들이 흠칫 놀라면서 주변을 바라보았다. 사라진 병사가 있던 자리에 놓여 있는 것은 부서진 창이 전부였다.

"자, 장난 그만해!"

장난 따위가 아니었다. 한차례 바람이 불더니 숲이 조용해졌다. 벌레 소리도, 이따금 들리던 들짐승 소리도 들리지 않았다. 숲이 숨을 멈춘 것 같았다. 누군가가 숲의 입을 막아버렸다. 풀과 나무들이 흔들리더니 주변에 있던 병사들이 하나둘씩 사라지기 시작했다. 모두 그 자리에 무기만을 남긴 채 사라졌다.

"어, 어억?!"

"컥!"

병사들이 사라지는 속도가 점점 빨라졌다. 숲에서는 단말마만 가득했다. 무언가 번쩍이는 것 같더니 단번에 여럿이 바닥에 쓰러졌다. 쓰러진 이들은 미동조차 하지 않았다.

"누, 누구야!"

기사 한 명이 검을 치켜드는 순간이었다.

퍼억!

무언가가 그를 후려쳤다. 기사는 묵직한 갑옷을 입고 있었는데, 너무나 가볍게 튕겨 나가 나무에 부딪혔다. 거대한 나무가 그대로 터지면서 쓰러졌다.

"뭐……."

그것을 옆에서 지켜보던 기사와 병사들의 턱이 덜덜 떨렸다. 병사들은 서둘러 횃불에 불을 붙여 주변을 비추었다. 넘실거리는 기류에 둘러싸인 존재가 보였다. 황금빛 눈동자는 사람, 아니, 맹수 따위가 지닐 수 있는 것이 아니었다. 괴물이었다. 유일하게 알 수 있는 건 검은 복장을 입고 있다는 것이었다

병사의 몸이 앞으로 쓰러지며 갈라졌다. 진정한 지옥의 시

작이었다.

진우는 쓰러진 이들을 바라보았다. 정체를 물을 필요도 없이 정보의 마안으로 보니 모두 알 수 있었다.

'에호스 백작…….'

기사로 보이는 이들도 있었다. 마을을 완전히 지워 버리기 위해서 온 것 같았다.

진우는 병사가 흘린 검을 쥐어 들었다. 랭크가 없는 조잡한 검이었지만 큰 문제가 되지 않았다.

진우는 정면을 바라보며 검을 들었다. 막대한 마력이 응집되는 순간 가볍게 위에서 아래로 그었다.

휘이!

정면에 있는 모든 것들이 일순간에 사라졌다. 나무들이 폭풍에 휘말린 것처럼 사방으로 치솟았고, 바닥이 뒤집혔다. 그뿐만 아니라 옆에 있던 절벽까지 갈라지며 무너져 내렸다.

간신히 도망치는 병사들이 보였다. 황금의 군주와 악의 화신이 쩔쩔매면서 말리는 느낌이었다. 진우가 평정심을 되찾자 왠지 안도의 한숨 소리가 들려오는 듯했다.

'마을은…….'

도망치는 병사들보다 마을이 먼저였다. 진우는 빠르게 마을로 가보았다. 마을은 멀쩡했다. 마을 곳곳에 거대한 캠프파이어를 만들어놓고 축제를 즐기고 있었다.

'수확제……?'

마을 전체가 불타오르고 있었다. 그러고 보니 수확제를 한다고 했던 것 같았다. 아이들이 비명을 지르며 마구 뛰어다녔다. 주변을 가득 울릴 만큼 우렁찼다.

진우는 힘이 쭉 빠지는 것을 느꼈다.

콰가가강!

절벽이 모두 무너져 내리며 굉장한 소리가 울려 퍼졌다.

"사, 산사태?"

"맙소사!"

"모두 동요 마시게."

알론소가 그렇게 말하며 진우 쪽을 바라보았다. 산사태가 잠잠해지고 마을에 영향이 없자 모두 진우를 바라보며 공손히 인사를 했다.

엘런은 소드 마스터를 앞둔 소드 익스퍼터 중급 기사였다. 에호스 백작의 기사들 중 가장 재능이 있다고 알려져 있었다. 하리만의 뒤를 이어 소드 마스터가 될 가능성이 가장 높은 기사였다.

그는 야망이 큰 남자였다. 출세욕이 대단했다. 에호스 백작의 신임을 얻기까지 아주 많은 더러운 짓을 했다. 이번에 게른 마을을 지워 버리는 일은 그에게 있어서 아무런 양심의 가책을 느낄 수 없는 일이었다. 기사단과 삼백 명 병사들을 데리고 게른으로 향했다. 작은 마을쯤은 혼자서도 충분했지만, 에호스 백작은 확실히 일을 처리하기를 원했다.

"게른 마을은 지금 축제라던데요?"

"축젯날이 제삿날이 되겠군."

"백작님께서 쓸 만한 것들은 살려두라는 명이시다. 흥분하지 말도록."

엘런의 말에 기사들과 병사들이 웃음을 내비쳤다.

쉬운 일이었다. 솔직히 혼자서도 가능하리라 생각했다.

"허억!"

그런데 왜 이렇게 되었을까?

기괴하게 자란 덩굴을 지날 때 불길함을 느꼈다. 기분 탓이라 생각했지만 아니었다. 단련된 감각이 보낸 경고였다.

"크, 크아악!"

"도망쳐!"

어두웠다. 주변이 어두워서 제대로 보이지 않았다. 횃불에 불이 잘 붙지 않았다. 무언가 번쩍하더니 병사들이 쓸려 나갔다.

나무가 치솟고 대지가 갈라졌다. 엘런이 푸른 기운을 담은 검이 형편없이 깨져 버렸다.

엘런과 기사들은 짐까지 버려가며 달렸다.

지면이 해일처럼 일어나 주변을 덮어버렸다. 뒤에 있던 병사들이 그대로 사라졌다.

기기기기긱!

바닥에 있던 호박이 돌아가더니 그를 보며 웃었다.

'저, 저주받은 땅!'

살아남은 기사들과 병사들은 필사적으로 달렸다. 왔던 길로 되돌아갈 수도 없었다. 결국 늪지대 쪽을 빠져나가기로 했다. 기괴한 소문이 도는 곳이지만 여기서 죽는 것보다는 나을 것이다.

"쪼, 쫓아오지 않을까요?"

"저, 저주받은 곳이야. 어, 어떻게 그런 괴물이……!"

"차, 차라리 성자가 있는 게른 마을로 가는 게 낫지 않겠습니까? 서, 성자라면……."

게른 마을에서 출몰했다는 고위 마족을 성자가 마계로 돌려보냈다는 소문은 그도 들었다. 어이없는 소문이라고 생각했지만, 이런 끔찍한 경험을 하게 되니 소문이 아닐 수도 있다는 생각이 들었다.

"바보 같은 소리 마라!"

마을을 지워 버리러 왔다. 성자도 함께 없애 버릴 작정이었다.

에호스 백작의 영지에 있는 교단 세력과 함께 협력하여 이야기를 그럴듯하게 꾸밀 생각이었다.

성자의 희생, 그리고 마족으로부터 백성을 구한 에호스 백작. 얼마나 멋진 이야기란 말인가. 그런데, 지금 성자에게 도움을 요청할 수 있을까?

이미 탈주한 병사들이 게른 마을로 향했지만, 엘런은 그럴 수 없었다.

'여신이시여!'

신관이 엘런을 축복했다. 여신이 분명 자신을 도와주리라 생각했다. 매달 교단에 바치는 돈을 생각하면 그래야 했다.

쿠웅!

절벽이 완전히 넘어가며 엘런과 남은 이들을 덮쳤다. 엘런은 필사적으로 바닥을 구리며 미친 듯이 달렸다.

'조금만 더 가면……!'

조금만 더 가면 에호스 영지였다.

늪을 지날 때였다. 저 앞에서 무언가 보였다.

'사람?'

늪 앞에 사람들이 모여 있는 것 같았다. 무언가 빛이 반짝거렸다. 엘런은 살아남은 이들과 함께 반색하면서 늪을 가로질렀다.

"사, 사람?"

"사, 살았다! 앞에 마, 마을이 있나 보군. 도움을 청하면……."

기사와 병사들도 겨우 웃을 수 있었다.

"거기! 너희……."

엘런이 사람들을 보며 외칠 때였다.

구륵? 그륵?

사람들의 그림자가 점점 커졌다. 사람의 키를 훌쩍 넘어섰다. 엘런의 표정이 경악으로 물들었다.

사람들의 고개가 돌아가며 엘런 쪽을 바라보았다. 은은한 달빛을 받아 드러난 커다란 노란 눈동자가 보였다. 거대한 비늘로 둘러싸인 몸체에 위협적인 다리가 달려 있었다. 물고기 형상을 한 괴물들이었다. 괴물들이 늪 주변에 잔뜩 도사리고 있었다.

"끄, 끄아아악!"

"쪼, 쫓아왔어! 우리를……!"

"악마다! 악마가 우리를 잡아먹을 거야!"

그들 사이에 검은 로브를 두르고 있는 여자가 보였다. 머리카락은 뱀이었다. 피부는 뱀의 비늘을 보는 것처럼 갈라져 있었다. 두 눈은 붉게 충혈되어 있었다.

'마, 마족……?'

엘런의 턱이 덜덜 떨렸다. 저건 분명히 마족이다. 저런 형태의 인간은 존재하지 않았다. 수많은 괴물을 통솔하고 있었다.

"마, 마족이다!"

"마, 마왕!"

엘런은 아껴놓은 마력을 모두 짜내며 도망치기 시작했다. 부하들을 챙길 생각을 하지 못했다. 기사들과 병사들도 비명을 지르며 달렸다.

루나는 진흙이 잔뜩 들어간 눈을 닦았다. 충혈되어 눈물이 흘렀지만 신성력을 뿜어내며 피쉬맨들의 상처를 치료했다.

피쉬맨은 친절하고 착했다. 다친 것도 주변 몬스터를 몰아내느라 힘을 썼기 때문이었다. 주변에 가난한 마을에게 물고기를 몰래 갖다 주는 등, 선행도 했다.

루나와 엘리제가 치료를 해주니 먹을 것도 주고, 잘 곳도 마련해 주었다. 조금 징그럽게 생긴 피쉬맨도 있었지만 대부분 자상한 성격이었다.

"음?"

비명 소리가 들려서 고개를 돌려 그쪽을 바라보았는데, 금방 사라졌다.

"마족, 마왕?"

그런 소리가 들린 것도 같았다. 루나는 그 말에 반응을 하지 않을 수 없었다. 그러고 보니 성자가 마족을 물리쳤다는 소문을 들은 적이 있었다.

'신앙심이 무척 깊은 자겠지.'

언젠가 만나게 되면 기꺼이 축복을 내려줄 것이다. 루나는 성자가 자신의 충실한 종이 되어 같이 중간계를 평화롭게 만들었으면 좋겠다고 생각했다.

"후후! 날 만나면 깜짝 놀라겠지."

그 정도로 신앙심이 두터운 자라면 자신을 알아볼 수 있을지도 몰랐다. 루나는 그날이 기대되었다.

머리가 가려워 머리를 긁자 굳은 진흙이 우수수 떨어졌다.

시비를 몇 배로 갚아주는 것이 진우의 방식이었다. 에호스 백작은 어차피 원작에서도 죽은 목숨이었다. 똑같이 보내주는 것도 괜찮을 것 같았다. 물론 곱게 보내줄 생각은 없었다.

"으, 으아아아!"

"살려줘!"

에호스 백작의 기사와 병사들이 마을로 들어왔다. 모두 겁에 잔뜩 질려 있었다. 진우가 반쯤 죽여놓은 이들이었다.

"서, 성자님! 성자님 살려주세요!"

"느, 늪에 마, 마족이! 아, 아니, 마왕일지도 모릅니다!"

마을을 습격하려 했던 놈들이 제 발로 걸어 들어오더니 미친 소리를 해댔다.

그들을 바라보며 씨익 웃었다. 병사들은 그 웃음에 눈물을 질질 흘리면서 감동했다. 성자의 웃음이 너무나 인자해 보였기 때문이다.

마을 사람들은 친절했다. 찾아오는 방문자들에게 친절하게 대해주었다. 알론소는 아침 설교를 하며 친절을 강조했다.

"모든 사람에게 친절해야 합니다. 친절을 베푸십시오! 방심하면 약점을 드러내게 마련입니다. 약점을 드러낼 때 낚아채는 겁니다. 기억하십시오! 어떤 식으로든 한번 교단에 들어오면 그걸로 끝입니다! 사인하면 벗어날 수 없습니다."

물론, 친절에는 이유가 있었다. 게른 마을, 이제는 성자 마을로 불리는 이 마을은 늪과도 같았다. 4명이 오면 절반은 머무르게 되는 신비한 힘을 지니고 있었다. 약간 강제적이지만 결국에는 만족해하니 행복한 결말이었다.

"적에게는 절망과 고통을! 그들에게 베풀 자비와 사랑을 가족과 친구, 그리고 이곳에 오는 방문자에게 베푸십시오!"

그리고, 적이라고 판단되면 바로 돌변했다. 알론소는 본래부터 말발이 좋았다. 지금은 더욱 레벨업 한 느낌이었다.

생각해 보면 마을은 진우의 성향과 제법 비슷했다. 정작 본인은 부정하고 있지만 말이다.

마을에 자리 잡은 귀족들은 처음에는 잉여집단이라고 할 수 있었다. 당연히 농사도 서툴렀고, 그렇다고 힘쓰는 일을 잘하는 것도 아니었다. 그러나, 신기하게도 영지민 유입에 아주 큰 역할을 하고 있었다. 라스칸 왕국의 대학자 알망테가 마을에 정착했고 그를 따르는 학자들도 마찬가지였다. 귀족 인구가 팍팍 늘어나고 있었다.

4천왕, 아니, 운영위원회 중 하나인 귀족 대표 테리우스 덕분이었다.

그의 손에 있는 '와우! 우리의 여신님!'이라는 만화책이 큰 화제를 낳았다. 24권으로 이루어져 있으며, 19금이었고, 다양한 여신의 모습, 성격이 나왔다. 황금의 권능이 스며 들어가 그림체는 생동감이 넘쳤고, 야하기보다는 신성하게 느껴졌다.

"우리가 여신의 모습을 특정해 왔다. 이 얼마나 어리석은 행위란 말인가!"

"맞습니다. 기존의 여신상은 아름답지만 그렇게 느끼지 않는 이들도 많지요."

"사람마다 취향이 다르기 때문이지. 그야말로 진리가 담겨 있구나!"

알망테는 신학자이기도 했다. 그리고 예술가였다. 귀족들은 대부분 예술 쪽에 취미를 가지고 있었다. '와우! 우리의 여신님'을 기점으로 많은 파생작품이 탄생하고 있었다. 그리고 여신 조각상도 다양해졌다.

'음…….'

진우는 거리에 세워진 다양한 여신상을 바라보았다. 사람의 취향이 가지가지이듯 여신상도 그러했다. 고양이 귀를 달고 있는 여신상이 보이는 순간, 진우는 생각을 포기했다.

[E+]다양한 여신상

모든 이상향이 담겨 있는 여신상. 성역의 힘으로 완성도가 높아졌다. 군주에 대한 충성심이 상승하고 예술적인 욕구가 폭발한다.

귀족들이 그린 그림이 벌써 라스칸 왕국의 예술계를 초토화하고 있었다. 과감한 노출, 직접적인 표현, 간략하지만 중요한 것들이 강조된 화법! 비싼 가격에 팔려 나가고 있었다.

거기에서 그치지 않고 귀족들은 예술을 추구하기 위해 막대한 돈을 마을에 풀었다. 종이의 질을 올리려고 공장도 지었고 일꾼들도 고용했다. 무언가 일어나고 있었다.

"음……."

어쨌든, 좋은 일이었다.

진우의 눈에 지나가는 여관 주인이 보였다. 귀족들에게 인사를 하자 귀족들도 정중하게 화답했다. 마을에서는 귀족들과 다른 이들이 잘 지냈다. 같은 교단원이었기 때문에 서로 존중을 해주었다.

Lv.54

[-D]여관 주인

화끈한 여관 주인. 외상을 하면 목을 꺾어버릴지도 모른다.

마을 사람들의 레벨도 급격히 상승해 있었다. 성인들의 숫자만 해도 400명이 넘으니 마을 치안은 문제가 없었다. 사냥꾼이 하사품인 야전삽으로 곰을 때려잡는 모습은 진우를 어이없게 만들었다.

'그거 그렇게 쓰는 거 아닌데.'

그렇게 말하고 싶었으나 본래보다 더 잘 사용했다.

마을 습격 때, 마을로 온 병사와 기사들은 제법 숫자가 되었다. 고문은 필요 없었다. 진우가 물어보자 모든 정보를 순순히 다 불었다. 덕분에 에호스 백작의 계획부터 사후처리까지 모두 알 수 있었다.

'원작에서 셀레나가 잘 죽였군.'

그 후 악역이 되었지만 죽을 만했다.

병사들의 말이 퍼지자 마을 사람들 모두가 분노했다. 셀레나는 귀족들과 함께 공식적으로 항의했다. 알론소가 에호스 백작이 신을 저버려서 마족의 저주를 받았다고 설교했다. 주변 마을은 멀쩡한데, 마왕이 이끈다는 괴물들이 그들만 궤멸시킨 것도 그 이유라고 말했다. 성자가 고위 마족을 물리쳤다는 이야기, 몬스터와 함께 마족이 나타났다는 소문, 그리고 알론소의 말이 합쳐지자 그 파급력은 무시무시했다.

백작이 자기 욕심 때문에 성자를 해하려 했다!

백작의 병사들뿐만 아니라 이 일에 가담한 기사까지 고백을 줄줄이 내뱉으니 백작은 궁지에 몰렸다. 게다가 마을에 있는 귀족들도 거들어주었다.

'마계로 보내주는 것도 나쁘지 않겠군.'

마족들이 에호스 백작을 아주 예뻐해 줄 것 같았다. 그저 진우는 자신의 영역을 침범했다, 정도만 말해주면 되었다.

진우가 에호스를 어떻게 처리할까 생각하던 때였다. 셀레나가 백작의 소식을 가지고 왔다.

"백작이 성전을 한답니다. 다급했나 보군요."

백작은 모든 기사와 병사들을 소집해 마족을 물리치겠다고 선언했다. 성자는 가짜이고, 게른 마을은 타락했다는 말도 곁들였다. 직접 지휘를 했고, 그에게 뇌물을 받은 교단 파벌이 성전으로 선포해 주었다.

병력은 백작이 자랑하는 기사단과 수천의 병사들로 이루어져 있었고, 에호스 영지의 자랑인 소드 마스터까지 출격했다.

나타났다는 마족을 없앤다면 불리한 여론을 반전시킬 수 있었다. 여신의 축복을 받아 마족을 없앴다고 말이다. 셀레나에게 다시 뒤집어씌울 수도 있었다. 백작에게는 마족이 있든 없든 상관없었다.

'마족이라…….'

진우는 마계 단속을 철저히 했다. 그랬기에 마족들이 중간계에 있다는 건 말이 되지 않았다. 그런데 마족을 목격한 기사와 병사들의 진술이 너무나 구체적으로 일치했다.

불길한 검은 로브를 입고 있는 여인이었다.

피가 흐를 것 같은 붉은 눈. 뱀 형상의 머리카락. 바싹 말라 갈라진 것 같은 얼굴. 그리고 괴물들을 쓰다듬으며 무언가 중얼거렸다고 한다. 마치 저주를 내리는 것 같은 모습이었다. 알타미아 영지에 있던 모든 저주가 그 마족의 짓이라는 게 현재 형성된 여론이었다.

알론소는 조심스럽게 그 마족이 고위 마족을 뛰어넘는 마왕, 아니면 전설 속에 있는 군주가 아닐까 추측했다. 백작의 유명 기사와 병사들을 그렇게 무참히 없애 버렸으니 말이다.

알론소는 심각해졌다.

"전설 속 군주라는 존재라 보기에는 어렵습니다만, 확실한 건 고위 마족 이상이라는 것이지요. 절벽이 사라진 것도 아마 마족의 짓이 분명합니다. 산사태를 일으켜 마을을 없애려고 한 것 같습니다."

"하긴, 성자님이 계시니 마을로 들어오진 못하니 그런 일을 벌인 거로군요."

"백작의 병사들은 저주를 받았다고 표현할 수밖에……."

알론소는 셀레나, 신관들과 그런 이야기를 했다.

모두가 진우를 존경의 눈으로 바라보았다. 그들에게 진우는 마을을 수호하고 있는 성자였다.

알론소는 군주를 언급했다.

'확인해 봐야겠군. 군주일 가능성이……'

주변에서 군주의 기운은 전혀 느껴지지 않았다. 진우의 존재를 알아차리고 감춘 가능성도 있으니, 군주일 가능성이 아예 없지는 않았다. 아무래도 직접 확인을 해봐야 할 것 같았다. 군주가 아니라면 위험하지는 않았다.

"그렇다면 저희도 함께하겠습니다."

진우가 현장으로 가겠다고 하자 알론소와 신관들이 그렇게 말했다. 경비대원 몇몇도 따라왔다. 그들은 늪지대로 가는 길을 알고 있었다. 셀레나는 여러 가지를 대비하며 다른 계획을 세우고 있었다.

에호스 영지와 알타미아 영지 사이에 거대한 늪지대가 있었다. 에호스 영지에서 게른 마을 쪽으로 오는 길목 중간에 있었는데, 게른 마을에서 가려면 절벽을 통과해야 했다. 그러나 절벽이 무너지는 바람에 길게 돌아가야 했다. 다행히 경비원들이 무너진 길 이외에 늪지대로 가는 빠른 길을 알고 있었다.

"늪 너머에는 오우거가 살고 있다고 하더군."

"정말 기분 나쁜 곳이야."

신관과 경비대원이 긴장을 풀기 위해 그런 잡담을 나눴다.

늪지대에 도착했다. 마침, 하늘은 먹구름으로 가득했다. 덕분에 굉장히 음습해 보였다.

가까운 곳에서 시끄러운 소리가 들렸다.

"전투가 이미 시작된 모양입니다."

알론소가 심각한 표정이 되었다.

'군주는 아닌 것 같은데.'

늪지대에 도착했음에도 군주의 기운은 느껴지지 않았다. 군주가 출몰하면 도시 하나는 기본적으로 사라지는데, 굳이 기운을 숨겨가며 늪지대에 있을 이유는 없었다.

늪지대를 돌아 전투가 벌어지고 있는 쪽으로 향했다. 숲을 해치며 지나가 늪지대 앞에 탁 트인 공간이 있었다.

"저, 저럴 수가!"

"마물!"

알론소와 신관들은 경악했다. 그럴 수밖에 없었다. 팔과 다리가 달린 거대한 물고기였다. 근육질 다리에 비늘이 붙어 있었고 손은 날카로웠다. 나무로 만든 창을 가지고 있었는데, 그 크기가 매우 컸다. 비늘은 너무 단단해서 일반적인 날붙이로는 상처를 입힐 수가 없었다. 병사들의 창과 검이 비늘에 닿자 그대로 튕겨 나갔다.

"으, 으아아!"

"괴, 괴물!"

백작 쪽의 병사들은 공황 상태였다. 괴물들은 하나가 아니었다. 병사들의 숫자를 압도할 정도로 많았다. 주변에 가득 차 있었고 늪지대에서도 계속 올라오고 있었다.

진우는 눈을 깜빡이며 괴물들을 바라보았다.

'저거……'

진우는 괴물을 본 순간 단번에 알 수 있었다. 익숙한 기운이 느껴졌기 때문이다. 그리고 이질적인 기운도 느껴졌다.

[D+]피쉬맨

황금의 권능에 의해 진화한 몬스터. 아름답고 강력한 비늘을 지니고 있다. 오러 소드가 아니라면 흠집조차 낼 수 없다. 평소에는 순하고 착한 성격이나 화가 나면 흉포해진다. 평범한 인간 수준의 지능을 지녔다. 여신 루나가 이름을 붙여줘 신성력을 사용할 수 있고, 랭크가 상승하였다.

[D]황금의 비늘: 윤기 있는 노란색으로 빛나는 비늘, 굉장한 강도를 지녔다.

[D]여신의 축복: 여신 루나가 종족의 이름을 지어주고 많은 이야기를 해주었다. 신성력을 사용할 수 있다.

뭔가 엄청난 몬스터가 되어 있었다. 기사의 오러 소드에 의해 상처를 입은 피쉬맨에게 지팡이를 든 피쉬맨이 다가왔다. 빛이 뿜어져 나오며 피쉬맨의 상처가 회복되었다.

피쉬맨이 들고 있는 창에도 빛이 서려 있었다. 진우의 기운이 섞여 있어 일반적인 신성력과는 느낌이 완전히 달랐다. 다른 이들이 보기에는 사악한 힘을 사용하는 끔찍한 마물로 보일 뿐이었다.

'아…….'

다리 달린 물고기를 보자 깜빡했던 사실이 떠올랐다. 저 피쉬맨 군단은 자신 때문에 탄생한 종족이 분명했다.

한 가지 이해가 되지 않은 정보가 있었다.

'루나?'

여신 루나가 직접 피쉬맨의 이름을 지어주었다고 한다.

여신이 어째서?

그녀 덕분에 피쉬맨은 신성력까지 지니고 있었다. 홀리 오러라 불리는 성기사들의 힘을 사용했고, 더 나아가 대표적인 치료 마법까지 사용했다.

"마, 마왕을 죽여!"

"마왕을 죽이면 모두 사라질 거야!"

백작과 기사가 그렇게 소리쳤다. 피쉬맨들에게 둘러싸여 있는 여인이 보였다. 굳은 진흙이 머리에 묻어 있어 마치 뱀을 보는 듯했다. 얼굴도 진흙투성이였다. 검은 로브까지 두르고 있었는데, 피쉬맨 사이에 있으니 마족 같기는 했다.

거지꼴이 따로 없었다. 그러나 진우는 알 수 있었다.

'루나?'

마족이라 불린 건 여신 루나였다. 그녀가 패닉 상태가 되어 몸이 이리저리 흔들리고 있었다.

타타닷!

소드 마스터로 보이는 기사가 그녀를 향해 이를 악물고 달리기 시작했다. 오러 블레이드가 그의 검에 맺혀 있었다.

피쉬맨을 베면서 루나를 향해 달렸다.

"죽엇!"

가만히 놔두다가는 여신 루나가 그대로 갈라질 것 같았다.

진우는 돌을 주워들고 빠르게 던졌다. 마력을 담아 던졌기에 소드 마스터의 동체 시력을 가볍게 초월한 속도였다. 모두 눈앞의 광경에 넋이 나가 있었고 워낙 빨라 아무도 눈치채지 못했다.

퍼엉.

"커, 커억!"

돌이 소드 마스터의 투구에 부딪혔다. 소드 마스터가 공중에서 마구 돌다가 그대로 바닥에 처박혔다.

'힘이 조금 더 들어갔네.'

조금 급하게 던진 덕분이었다.

"마, 마왕……!"

"소, 소드 마스터 하이만 님이……!"

"바라보는 것만으로……."

병사들의 사기가 급격히 떨어졌다. 병사들이 무기를 떨구고 도망치기 시작했다. 백작의 인망이 드러나는 순간이었다.

"도망치지 마라! 싸, 싸워라!"

신관들에게 둘러싸여 있는 백작이 당황하며 외쳤다. 막으려 했지만, 공포에 질린 병사들은 백작의 말을 듣지도 않았다. 기사마저도 덜덜 떨 뿐이었다.

신관들은 무릎을 꿇으며 기도문을 읊었다. 여신의 힘을 빌리려고 했다. 모두 루나를 겁에 질린 눈으로 바라보고 있었다.

루나가 당황하며 움찔하다가 무언가 느껴졌는지 진우 쪽으로 돌렸다.

"꺄아아악!"

루나가 진우를 발견했다. 진우와 눈이 마주치자 그 자리에서 비명을 질렀다. 공포가 가득 담긴 처절한 비명이었다.

루나는 중간계에서 아주 오랜만에 즐겁게 지내고 있었다. 피쉬맨들이 자신의 말을 아주 잘 들어주었기에, 이런저런 걸 알려주면서 조금 오래 머물렀다. 피쉬맨들이 잘 곳도 지어주었고 살이 실한 물고기나 열매들, 들짐승들도 잡아 와서 지낼 만했다. 지루한 천계보다 더 좋게 느껴질 때도 있었다.

씻을 만한 곳이 없다는 게 아쉽기는 했지만, 여신의 아바타는 씻지 않아도 냄새가 나지 않았다. 다만 진흙이 묻어 있을 뿐이었다.

"꺄악!"

"선배?"

엘리제의 비명이 들렸다.

엘리제는 피쉬맨과 함께 열매를 채집하러 갔었다. 루나는 바로 늪지대 앞으로 달려갔다. 기사들과 신관이 보였다. 그리고 뒤에 수많은 병사가 보였다. 엘리제가 기사에게 붙잡혀 있었다.

"탈주한 신관입니다!"

"마족의 유혹에 넘어간 건가?"

그렇게 말하던 기사들과 병사들이 루나를 바라보았다.

루나가 입을 떼려는 순간 피쉬맨들이 물렁물렁한 바닥을 뚫고 치솟더니 기사를 날려 버렸다.

"마, 마족이 괴, 괴물을!"

"저 괴물입니다! 마왕이 분명합니다!"

엘리제가 무사한 건 다행이었지만 상황이 이상하게 돌아가기 시작했다. 기사와 병사들이 달려들었다.

"마왕을 죽여라!"

"여신 루나의 이름으로 축복하노니!"

신관들이 자신의 이름을 들먹이며 자신을 죽이라고 말하고 있었다. 그들의 신성력이 급속도로 약해졌다.

"신성력이?"

"마, 마왕이 사악한 술법을……!"

루나는 어느새 마왕이 되어 있었다. 치료 마법조차 발휘하지 못할 정도로 신성력이 사라졌다. 눈앞에 있는 여신을 부정했으니 당연한 결과였다.

늪에 있던 피쉬맨들이 몰려나와 병사들을 밀어냈다. 커다란 전투가 일어났다.

"죽엇!"

오러 블레이드를 뽑어낸 기사가 자신을 향해 달려들었다. 루나는 멍하니 다가오는 기사를 바라보았다.

퍼엉!

갑자기 공중에서 몇 바퀴 구르더니 바닥에 머리부터 처박혔다. 굉장히 아파 보였다. 상황이 어떻게 돌아가는지 이해가 되지 않았던 루나는 간신히 정신을 되찾았다. 너무나 사악하고 강대한 기운이 느껴졌기 때문이다. 온몸에 닭살이 돋으며 몸이 부르르 떨렸다.

'도, 도대체 무슨…….'

루나의 눈이 옆으로 돌아갔다. 조금 멀리 떨어진 곳에 누군가 서 있었다. 그녀는 인상을 찡그리며 자세히 바라보았다.

그 순간 눈이 마주쳤다.

"아……."

루나의 턱이 덜덜 떨리기 시작했다. 저 존재가 누구인지 단번에 알 수 있었다. 마치 어둠 속에서 태어난, 아니, 어둠 그 자체를 보는 듯했다.

'화, 황금의 군주?!'

마계마저 굴복시킨 그가 중간계에 강림했다. 천계에서 꾸었던 악몽이 플래시백 되며 그녀의 사고를 점령했다.

"꺄아아악!"

비명이 절로 나왔다. 다리에 힘이 빠져 절로 무릎이 꿇려졌다. 너무 무서워 몸이 덜덜 떨렸다.

"마왕이 비명을……?"

"무릎을 꿇다니……."

기사와 병사들, 그리고 백작이 부들부들 떨고 있는 루나를 바라보다가 루나가 보고 있는 쪽으로 시선을 돌렸다. 그곳에는 사내가 서 있었다.

먹구름이 걷히며 따스한 태양 빛이 그를 비추었다. 엄청난 존재감이었다. 너무나 거룩하고 성스러워 보였다.

알론소와 신관들이 그의 곁에 서 있었다. 그는 모든 상황을 바라보다가 입을 뗐다.

"보아라! 저 고통스러워하고 있는 마왕을! 성자께서 마왕을 굴복시키셨다!"

"서, 성자?"

"허억!"

피쉬맨들도 성자 쪽을 바라보았다. 그러곤 움찔하더니 무기를 내려놓고 성자를 향해 무릎을 꿇었다. 수천이 넘는 피쉬맨들이 무릎을 꿇는 광경은 전설에서나 나올 법했다.

백작과 기사들, 병사들은 멍하니 성자를 바라보았다. 병사들도 눈치를 살피다가 무릎을 꿇었다. 기사들도 마찬가지였다. 그런 분위기였다.

알론소가 헛기침하자 백작 주변에 있던 신관들도 무릎을 꿇었다. 백작도 결국 그럴 수밖에 없었다. 진정한 성자가 강림

했기 때문이다.

진우는 눈앞이 캄캄해졌다.

이 광경을 뭐라고 표현할 수 있을까?

루나가 비명을 지르며 주저앉았고, 피쉬맨들은 진우를 알아보고는 바로 복종했다. 병사들과 모든 이들이 무릎을 꿇었다. 알론소와 신관들, 경비대원들은 자부심이 넘치는 표정으로 진우를 바라보다가 그들 역시 무릎을 꿇었다.

털썩!

루나의 머리가 땅에 닿았다. 공포 때문에 그대로 기절해 버린 것이다. 피쉬맨들이 눈치를 살피다가 모두 머리를 땅에 대었다. 그러니 다른 이들도 따라 하기 시작했다.

'음……'

진우는 굉장히 부담스러웠다. 하지만 난감한 감정을 수습하며 고개를 끄덕였다. 이제는 황금의 군주가 없어도 표정 관리를 할 수 있을 만큼 발전했다. 이런 일이 하도 많아서 상황이 어찌 돌아가는지 단번에 이해하고 적응할 수 있었다. 인간은 적응하는 생물이니까.

예전 같았으면 얼렁뚱땅 넘어갔겠지만, 지금은 아니었다.

'수습할 필요는 없겠지. 오히려……'

저 에호스 백작이라는 놈을 확실하게 처리하고 싶었다. 약한 놈이니 나중에 처리하면 될 거라고 생각하다가 꼭 골치 아픈 사태를 불러오니까 말이다.

백작은 여신을 저버리고 마족의 저주를 받았다는 소문 때문에 직접 이곳에 왔다.

'성자라 불리고 있고…….'

루나는 마왕이라 불리고 있었다.

마침 루나도 기절한 상태였다.

기왕 이렇게 된 거 적절하게 이용해 보도록 하자.

진우는 에호스 백작을 바라보았다. 눈빛이 차갑게 가라앉았지만, 누구도 눈치채지 못했다. 인자한 성자 그 자체였다.

"여기에 계십시오."

진우는 그렇게 말했다. 알론소와 신관들은 말릴 수 없었다. 진우가 여신의 가호를 받아 마족과 마물을 굴복시켰지만, 갑자기 공격을 당할 수도 있었기 때문이다.

'일단 루나부터…….'

진우는 루나에게 다가갔다. 그가 다가가자 피쉬맨들이 바다가 갈라지듯 갈라졌다. 진우가 자신들을 만든 주인임을 알고 있었기 때문에 굉장히 자연스러웠다.

진우는 알론소를 힐끔 바라보았다. 알론소와 신관들은 눈을 부릅뜨며 감동하고 있었다. 수많은 마물들이 갈라지는 모습은 성서에나 나올법한 광경이었기 때문이다.

백작 쪽의 병사들도 그러했다.

'이번에는 말리지 않으마.'

진우는 잡고 있던 고삐를 풀었다. 이전에는 몰래 은밀히 일했던 황금의 군주였으나 지금은 아니었다. 진우의 허락이 떨어진 것이다. 그 시너지는 엄청났다. 미쳐 날뛰고 있었다. 중간계에 큰 영향을 줄 정도로 말이다.

주변의 광원이 오로지 진우만을 비추었다. 바람을 타고 날아온 꽃잎이 발밑에 뿌려졌다. 물렁물렁했던 늪이 굳으며 대지가 되었다. 새싹이 자라나고 꽃이 피었다. 진우의 위로 무지개가 나타났다. 그야말로 미친 광경이었다. 마력은 거의 들지 않을 정도로 효율이 엄청났고, 연출은 너무나 깔끔했다. 진우가 협력해 주니 부족함이 없이 완벽해졌다.

진우의 행동은 편해졌다. 아무렇게나 움직여도 있어 보였기 때문이다.

진우는 기절해 있는 루나를 들었다.

"위, 위험합니다!"

"으억!"

여기저기서 비명이 터져 나왔다.

진우는 루나를 바라보았다. 악몽을 꾸고 있었는데, 진우가 들자 금세 평온해지면서 코까지 골기 시작했다. 원작 그대로이기는 했다.

'일단…….'

잠시 다른 곳으로 이동시켜 놓는 게 좋을 것 같았다. 성소가 가장 알맞았다. 차원의 중심이라 루나에게 부작용도 없었고, 가장 안전한 곳이었다. 왼손을 올리며 성소의 포탈을 열었다. 돌아가라는 말과 함께 포탈 안으로 넣었다. 피쉬맨들에게 눈치를 주자 그들도 다시 늪으로 돌아갔다. 루나가 사라지자 알론소와 신관들이 겨우 안도의 한숨을 내쉬었다.

상황이 반쯤은 정리되었다. 이제 본격적으로 일을 벌일 차례였다.

진우는 백작에게 다가갔다.

"괜찮으십니까?"

진우의 태도는 친절했다.

백작은 모든 광경을 다 바라보고 있었기 때문에 다른 생각을 할 수 없었다. 그는 간신히 고개를 끄덕였다. 게른 마을을 지워 버리고 성자를 없애려고 했다는 사실이 마음에 걸렸다.

백작 쪽 신관들은 땀을 삘삘 흘리면서 진우의 눈치를 보고 있었다. 다 한통속이었기 때문이다.

그러나 성자는 인자한 미소를 짓고 있었다.

모르고 있을 리 없었다.

'아……. 용서해 주신 건가?'

백작은 그렇게 생각했다.

진우가 백작의 몸을 일으켜 주었다. 훈훈한 그림이었다. 그러다가 진우는 백작을 바라보며 심각한 표정을 지었다.

"에호스 백작님, 마왕의 저주를 받으셨군요."

"무, 무슨 소리를……!"

백작이 고개를 들었다. 얼굴은 당황으로 물들어 있었다.

"여기 있는 신관분들, 기사님들도 마찬가지입니다."

신관들은 고개를 끄덕일 수밖에 없었다. 신성력이 더 나오지 않았기 때문이다. 상식을 초월하는 광경을 보여주었기 때문에 기사와 병사들 역시 믿을 수밖에 없었다.

백작은 부정하고 싶었지만 그럴 수 없었다. 성자의 말을 부정하기에는 주변 분위기가 너무 심각했기 때문이다.

"바, 방법이 없겠습니까?"

"제, 제발……."

신관들은 간절했다. 신성력이 없으면 파문을 당했다. 파문당한 신관은 평민이 되었지만, 주변 인식은 평민 이하였다. 어디를 가든 손가락질을 받았다.

진우는 신관을 바라보며 고개를 끄덕였다.

"지금 피부가 가렵지 않습니까?"

그런 것 같기도 했다. 몇몇이 고개를 끄덕이자 진우의 표정이 더욱 심각해졌다. 불안한 분위기가 조성되었다.

"저주 때문에 피부가 녹아내릴 겁니다. 그렇게 되면 태워 버리는 수밖에 없지요. 어서 빨리 정화를 해야 합니다. 성공한다는 보장은 없습니다만……."

"해, 해주십시오!"

"저, 저도!"

신관들이 그렇게 말하자 기사들도 간절해졌다. 병사들은 백작의 주변에서 몇 걸음씩 물러났다. 옮을까 두려워서였다.

"한시가 급합니다. 게른 마을로 가야 합니다. 시기를 놓치면 저주는 점점 강해질 것입니다."

비장한 진우의 표정을 보더니 모두가 간절해졌다. 자신의 목숨과 명예가 달린 일이었다. 다른 것은 생각도 못 하고 있었다.

"어서 움직입시다!"

알론소와 신관들도 상황이 심각하다는 것을 충분히 인지하고 있었다. 적이기는 했지만, 신의 가르침은 자비와 사랑이었다. 일단 저주부터 풀고 잘잘못을 따지면 되었다.

모두 허겁지겁 게른 마을, 아니, 성자의 마을로 이동하였다. 간신히 정신을 차린 소드 마스터 하이만을 챙기는 것도 잊지 않았다.

"아……."

엘리제만이 상황 파악을 못 하며 멍하니 있을 뿐이었다.

성자의 마을은 갑작스럽게 찾아온 손님들로 북적였다. 도망친 병사가 더 많았지만, 마을에 도착한 백작의 병사만 해도 천 명이 넘어갔다.

병사들은 지쳐 있었다. 그리고 경계를 하고 있었다. 백작이 마을에 수작을 부리려 했다는 건 병사들도 소문을 들어 알고 있었기 때문이었다.

그러나 마을 사람들은 알론소가 말한 친절로 그들을 대했다. 마치 푸근한 엄마의 품 같은 분위기에 금세 동화되어 경계를 풀게 되었다. 그리고 곧 교단 가입이 급증했다.

마을 분위기와는 다르게 진우가 기거하고 있는 건물 앞은 분위기가 심각했다. 백작과 기사들, 그리고 신관들은 얇은 옷만 입은 채 건물 앞에서 떨고 있었다. 하이만도 마찬가지였다. 정화하기 위한 준비 단계였다. 기사들은 괜찮았지만, 백작과 신관들은 힘들어했다.

'슬슬 해볼까?'

진우는 모든 준비를 끝마쳐 놓았다. 마계는 최고의 기술자들이 즐비한 곳이었다. 아주 만족할 만한 여행이 될 것이다.

'좋네.'

계획대로 이루어지니 마음이 너무 편했다. 아마도 처음인 것 같았다. 이렇게 순조롭게 생각대로 척척 흘러가는 건 말이다. 진우가 그들에게 걸어오자 그들은 반색하며 진우를 맞이했다.

알론소와 신관들은 진지한 표정으로 진우에게 인사를 했다. 그들은 두꺼운 쇠사슬과 자물쇠를 들고 있었다.

진우는 그들을 바라보며 입을 뗐다.

"절대 누구도 들어와서는 안 됩니다. 고도의 정신집중이 필요합니다."

진우의 말에 알론소와 신관들은 고개를 끄덕였다. 정화는 시전자의 목숨을 담보로 했다. 마왕이 건 저주이니 성자라고 하더라도 위험했다.

그 숭고한 희생정신에 모두 감동했다. 백작은 성자를 없애려고 한 인물이었는데, 목숨을 걸고 도와주고 있었다.

백작은 눈물을 흘렸다. 이런 따스한 기분은 처음이었다. 자신을 위해서 이렇게 해주는 존재는 없었다. 새로운 사람으로 태어나리라 다짐을 했지만 이미 늦었다.

"그럼 부탁드립니다."

진우가 그렇게 말하자 신관들이 문을 열었다. 백작이 먼저 안으로 들어갔고 기사와 백작 쪽 신관들이 따라 들어갔다.

안은 어두웠다. 촛불 몇 개만 주변을 밝히고 있을 뿐이었다. 백작의 입에서 입김이 절로 나왔다. 밖에 서 있을 때보다 더 추워 몸이 바들바들 떨렸다. 누구 하나 백작의 안위를 걱정하지 않았다. 모두 자기에게 걸린 저주만 걱정하고 있을 뿐이었다.

끼잉! 쿵!

마지막으로 진우가 들어오자 문이 굳게 닫혔다. 밖에서는 쇠사슬과 자물쇠로 문을 걸어 잠갔다. 진우도 문을 바라보다가 여러 가지 아티팩트를 꺼내 설치했다. 이제 웬만해서는 누구도 들어올 수 없었다.

백작과 다른 이들이 진우를 바라보았지만, 진우는 신경 쓰지 않으며 다시 아공간에서 무언가를 꺼냈다. 마기가 자욱하게 담긴 물건들이었다. 살짝 벌어진 벽 틈 사이에 놓으니 마기가 건물 주변으로 뿜어져 나가며 심상치 않은 분위기를 만들어냈다.

"그, 그건?"

백작이 의아한 눈으로 바라보았다. 성스러운 성자가 마법사의 전유물인 아공간을 이용하더니 사악해 보이는 물건을 꺼냈다. 이상한 동물의 해골이나 검은 책들이었다. 보는 것만으로도 소름 끼치는 검은 기운이 일렁였다. 바닥에 자욱하게 깔리기 시작하자 백작은 숨이 턱 막히는 것을 느꼈다.

기사와 신관들도 마찬가지였다.

"서, 성자님? 대, 대체 무슨 짓을……."

백작이 그렇게 말하자 진우는 그를 보며 웃었다. 지금까지의 인자한 미소가 아닌 아주 섬뜩한 미소였다. 마기가 풍부해지니 암흑 마력이 깨어났다.

"정화가 아니라 청소겠군."

진우는 그렇게 말하며 손을 뻗었다. 그러자 공간이 일렁거리면서 검은 포탈이 떠올랐다. 마계로 이어진 포탈이었다. 주변으로 검은 기운이 일렁였다. 바라보는 것만으로도 눈이 타버릴 것 같은 존재감이 뿜어져 나왔다.

진우는 천천히 백작에게 다가갔다. 백작이 공포에 질려 덜덜 떨었다.

그때 백작의 목을 붙잡더니.

쑤욱!

그대로 포탈에 던져 버렸다. 모두가 그 광경을 멍하니 바라보았다.

"아, 아악!"

"서, 성자가 아니야! 저, 저건!"

신관들은 본능적으로 알 수 있었다. 마왕, 아니, 그것을 넘어서는 존재였다. 드디어 진우를 제대로 알아봤지만 이미 늦어도 한참 늦었다. 그들의 몸이 마기 때문에 마비가 되기 시작했다.

기사는 모든 마력을 쏟아부으며 문을 향해 뛰었다. 하이만과 기사들이 문을 마구 두드렸지만, 열리지 않았다. 힘이 모조리 빠지기 시작하더니 점차 몸이 굳어졌다.

진우는 침까지 흘리며 부들부들 떠는 신관들을 천천히 포탈 안으로 던져 넣었다. 기사들은 눈을 부릅뜨며 그 광경을 바라보았다. 모두 지옥으로 끌려가고 있었다.

"사, 살려줘!"

"열어! 열란 말이야!"

"으아아악!"

기사들은 처절한 비명을 질렀다. 알론소와 신관들은 고개를 끄덕이면서 그 소리를 듣고 있었다.

"두려울 정도의 저주로군."

"저, 저 사악한 기운을 보십시오!"

"허어, 성자께선 무사하실지……."

저주의 반발이라고 생각하며 진우 걱정만 하고 있을 뿐이었다. 성자가 무사히 정화를 마치고 돌아오기를 바라며 기도를 드렸다.

진우는 천천히 기사들에게 걸어갔다. 그들을 하나하나 잡아서 질질 끌고 포탈에 모두 넣고 손을 털었다.

"한결 낫군."

청소하니 기분이 한결 나아졌다. 정화하는 데 오래 걸린다고 말해놓았으니, 며칠 이상 밖으로 나가지 않아도 되었다.

진우는 상쾌한 미소를 지으면서 포탈 안으로 들어갔다.

마계에는 다양한 기술자, 특이한 능력자들이 존재했다. 고위 마족이 되면 더욱 다양하고 사악한 능력을 발휘할 수 있었다. 이전에 릴리스가 보여주었던 꿈이 대표적이었다.

백작과 신관, 기사들은 고문실에 묶여 있었다. 진우의 소집령을 받고 온 고위 마족들이 흥미로운 표정으로 그들을 바라보았다. 그들이 목숨을 보전할 수 있게 마기를 옅게 하는 것도 잊지 않았다. 백작은 눈이 빠질 듯이 커졌다. 비명을 지르려 했지만, 목소리가 나오지 않았다.

진우는 고개를 끄덕였다. 백작을 처리하는 것뿐만 아니라, 더는 귀찮은 일이 생기지 않도록 아예 영지를 꿀꺽해 버릴 생각이었다. 처리만 해서는 다른 귀족들이 얽히며 복잡해질 수 있었다. 그래서 불러온 것이 저 마족이였다. 얼굴이 없는 마족이었는데, 남의 모습을 그대로 따라 할 수 있었다.

고위 마족 도플로. 도플갱어라 불리는 종족의 수장이었다. 마기가 없으면 육체 능력이 크게 하락하기는 하지만, 그래도 모습을 유지할 수 있었다.

"저희 조부께서 중간계에 간 적이 있다고 하셨지요. 정말 기대가 됩니다."

"그냥 적당히 흉내만 내면서 지내면 돼."

"그거야말로 제 특기가 아니겠습니까?"

도플로의 사업 계획서가 특이했다. 그는 아리나와 친분이 있었다. 덕분에 지구에 대해 폭넓게 이해하고 있었다.

'지구의 유명인이 잔뜩 있는 카페!'

도플로는 그런 이색카페를 기획했다. 확실히 먹힐 만한 소재라 검토하고 있었다. 인간이라면 모습뿐만 아니라, 그 능력까지 복사할 수 있으니 친인척이라고 하여도 구별할 수 없었다. 여기 있는 기사들은 백작가의 주요 인물들이었다. 소드 마스터, 그리고 나름 유명한 기사들이었다. 그 역할을 도플로의 종족들이 맡기로 했다.

조건만 갖춰지면 소드 마스터 정도는 비슷하게 흉내 낼 수 있었다. 드폴로가 데려온 이들은 모두 고위 마족에 근접한 정예 마족들이었다.

'이건 기회야!'

도플로는 이번 기회에 잘 보여서, 군주님의 차원에 가고 싶었다. 그곳에 진출한 고위 마족들이 말해주기를 젖과 꿀이 마구 흐르는 땅이라고 한다. 차원 금화가 그야말로 비 오듯 쏟아진다고 한다!

도플로가 백작의 모습으로 변했다.

"음음……."

목소리를 체크하다가 백작의 가슴을 찔렀다.

"으악!"

백작의 입에서 비명이 터져 나왔다. 도플로는 몇 번 따라 하더니 똑같아졌다. 겉모습만으로는 진우도 구별하기 힘들 정도.

백작은 그 모습에 눈이 빠질 것처럼 크게 떠졌다. 다른 이들도 자신과 똑같이 생긴 도플갱어를 바라봐야 했다.

진우는 고개를 끄덕였다.

'음…….'

마치 중간계를 정복하기 위해 음모를 꾸미는 것 같은 느낌이었지만, 어쨌든 잘 해결된 것 같았다.

'그것도 괜찮기는 하겠지.'

군주를 생각해 보면 괜찮은 방법이긴 했다.

마계 최고의 고문 기술자가 고개를 숙이며 진우에게 다가왔다. 그는 깔끔한 복장이었고 머리도 단정했다. 그의 옆에는 조수가 있었는데 온갖 날붙이들이 가득 담긴 테이블을 끌고 왔다. 메뉴판도 있었다.

진우는 메뉴판을 훑어보았다.

"7번, 반성 지옥 코스가 좋겠군."

"네, 군주님. 반성 지옥 코스, 접수하였습니다."

그 누구라도 철저하게 반성을 하게 만드는 코스라고 한다. 진우는 도플로에게 충분히 연구하라고 말을 한 후에 마계를 둘러보았다. 오랜만에 사라 브리악과 다른 이들을 만났다. 사라 브리악은 여전히 밉상이었다. 그런데 통치는 정말 잘하니 뭐라 하기도 어려웠다.

[납치한 여신 루나가 깨어났습니다. 정말 대단합니다! 굉장한 업적에 악의 화신이 강화되었습니다.]

"아!"
루나를 성소에 넣어놓았다는 걸 잠시 까먹고 있었다.

루나는 정신이 들었다. 황금의 군주를 보고 기절했던 것까지 기억이 났다. 혹시 죽어서 천계에 온 게 아닐까 했지만 그런 건 아닌 것 같았다. 어딘지는 모르겠지만 무척 잘 꾸며진 공간이었다.
'여, 여긴……?'
값비싼 장식물들이 가득했다. 카펫을 밟으며 조심스럽게 걸어가고 있었는데 그녀의 몸에 있던 흙이 바닥에 떨어졌다.
누군가 그녀의 뒤에 나타났다.
"응? 침입자는 아닌 것 같은데……."
루나는 뒤를 바라보았다. 머리에 뿔이 달린 마족이 있었다. 그냥 마족이 아니라 고위 마족이 분명했다.

"마, 마족!?"

그녀는 화들짝 놀라며 신성력을 내뿜었다. 그러나 황금의 성소에 있기에 신성력이 제대로 나오지 않았다. 수도꼭지가 막힌 느낌이었다.

'서, 설마 여기는 마계인가!'

위기를 느낀 그녀는 달리기 시작했다. 카펫을 밟으며 달렸기에 흙이 마구 떨어지며 더러워졌다. 누군가 또 그녀의 앞에 나타났다. 붉은 머리카락이 인상적인 여인이었다.

"뭐야, 이건?"

루나는 여인을 보자 입이 떡 하니 벌어졌다. 루나는 그래도 여신이었다. 그녀는 저 여인이 누구인지 단번에 알 수 있었다. 군주였다. 허영의 군주!

"꺄악!"

그녀는 비명을 지르며 다시 달렸다. 조명이 사라지며 주변이 어두워졌다. 어떤 문이 보였다. 뒤를 보니 두 그림자가 자신을 따라오고 있었다.

허영의 군주와 고위 마족이 자신을 쫓고 있었다! 저들에게 잡힌다면 아예 천계로 돌아가지 못하고 영원히 능욕을 당할 수도 있었다. 그녀가 자주 꾸었던 악몽처럼 말이다.

문을 열고 안으로 들어갔다. 작은 문이라서 숨을 공간이 나올 줄 알았는데 아니었다. 아주 어둡고 커다란 공간이었다.

'일단 도망쳐야……!'

앞으로 달렸다. 작은 빛이 보였다.

휘익!

“어?”

바닥에 무언가 지나갔다. 그녀는 움찔하며 바닥을 바라보았다. 무언가가 빛나는 사각형을 손에 들고 이리저리 굴러다니고 있었다. 그러다가 그녀의 앞에서 딱 멈추더니 그녀를 바라보았다.

“아…….”

휘이잉!

그녀는 뒤로 물러나다가 무언가에 부딪혔다. 차가운 감촉이었다. 고개를 돌려보니 그 끝이 보이지 않는 거대한 구조물이 보였다. 구조물의 끝에는 거대한 눈동자를 보는 것 같은 푸른 빛이 감돌고 있었다.

“미, 미, 미궁의……. 허억.”

전설 속의 존재. 미궁의 군주였다.

그녀의 몸이 스르륵 무너졌다. 다시 기절한 것이다.

태블릿PC를 들고 바닥을 굴러다니던 미궁이 자리에서 일어나 그녀를 바라보았다.

“더러움.”

간단하게 그녀를 평가했다.

“여기로 들어온 것 같은데…….”

“여기!”

아리나의 목소리가 들리자 미궁이 그녀를 불렀다. 곧이어 허영 역시 안으로 들어왔다. 셋은 나란히 서서 기절한 루나를 바라보았다.
허영은 고개를 갸웃했다.
"이건 어디서 온 거지일까요?"
"그러게."
허영과 아리나가 그녀를 바라보며 깊은 생각에 빠졌다. 쪼그려 앉아서 루나를 찔러보던 미궁의 눈동자가 크게 떠졌다.
미궁은 들고 있는 태블릿PC에서 펜을 빼더니 무언가를 그렸다. 여신 루나의 모습이었다. 중간계에 던전이 있기에 가끔 볼 수 있었다.
"여신?"
"루나?"
허영과 아리나는 미궁이 그린 그림을 바라보다가 피식 웃었다. 여신 루나는 유명한 신이었다. 마족은 물론 엘프나 드워프들도 알고 있었다. 그런 여신이 왜 여기에 있단 말인가. 정말 말도 안 되는 소리였다.
"아무리 주인님이라지만 설마 여신을 납치했겠어?"
"그러게 말입니다. 설마 그럴 리가 있겠습니까?"
"그렇지? 후훗"
"네. 하핫!"
아리나와 허영은 서로를 바라보며 웃었다. 그러다가 갑자기 약속이라도 한 듯 웃음이 동시에 멈추었다.
둘은 다시 루나를 바라보았다. 그리고 그동안 일어난 사태를 떠올려 보았다.

"진짜일 수도……."
"가능할 것 같은데요."
"가능."
주인님이라면 가능했다.

진우는 루나가 깨어났다는 정보를 보자마자 성소로 돌아왔다. 마계로 오기 전에 성소부터 갔어야 했는데, 깜빡 잊고 있었다. 성소로 돌아오자 고급스러운 카펫에 발자국이 나 있는 것을 볼 수 있었다. 늪에 있던 진득한 흙들도 여기저기 떨어져 있었다. 루나가 확실했다.
'엉망이구만.'
성소는 워낙 깨끗해서 더러워지면 금방 티가 났다. 허영이 아주 깨끗하게 관리를 하고 있었다. 요즘 스트레스를 청소로 푼다고 한다.
흙들은 미궁이 있는 곳까지 이어져 있었다. 그쪽으로 다가가자 아리나가 보였다.
"주인님, 찾으시는 게 혹시……."
아리나의 물음에 진우는 대답하기가 조금 어려웠다. 복잡해서 간단하게 말하기로 했다.
"여신이기는 한데, 사정이 있어서 일단 데려왔어."
"그렇군요. 드디어……."

"그냥 잠시 보관…… 아니, 데려온 거니까 신경 쓸 필요 없어. 음, 지금 어디에 있지?"

쌓인 오해도 풀고, 이야기를 나눠보고 싶었다. 그리고 어째서 그런 꼴로 중간계에 있었는지도 궁금했다. 원작에서 나오는 여신 루나는 전혀 그런 모습이 아니었다. 주인공은 그녀를 성스럽고 아름답다고 표현했으니까 말이다.

"허영이 씻기고 있습니다."

루나와 미궁을 같이 씻기고 있다고 한다. 미궁도 인형이기는 하지만 씻기는 해야 했다.

진우는 욕실 쪽을 바라보았다. 욕실은 굉장히 넓었는데, 사용해 본 적이 거의 없었다.

"윽!"

"꺄악!"

휘이이이!

암흑 마력이 뿜어져 나오는 게 보였다. 굳이 지금 확인해 볼 필요는 없는 것 같았다.

'음……. 그래도 생각했던 것보다는 평화롭군.'

진우는 고개를 끄덕이고 잠시 기다렸다.

허영이 루나를 데려왔다. 미궁과 체격이 비슷해서 미궁의 옷을 빌려 입고 있었는데, 상당히 잘 어울렸다. 빛나는 것 같은 은발의 머리가 인상적이었다. 이렇게 보니 역시 메인 히로인다웠다.

루나는 눈치를 살피다가 진우를 발견하자 그대로 굳었다.

첫 대면은 아니지만, 제대로 된 첫 대면이었다. 미궁도 웬일로 방에서 나와 루나를 힐끔거리면서 바라보고 있었다.

진우는 미소를 지으며 입을 뗐다.

"안녕하십……."

"살려주세요!"

허영의 군주와 미궁의 군주가 진우의 부하였다. 루나가 느끼기에 진우는 군주 그 이상이었다.

진우는 일단 루나를 진정시킬 필요가 있었다. 일단 차와 함께 다과를 건넸다.

루나는 다과를 바라보다가 조심스럽게 맛보더니 눈이 크게 떠졌다. 게걸스럽게 먹었다. 그리고 차를 원샷했다.

루나가 지금까지 먹었던 것은 구운 물고기나 과일뿐이었다. 신관을 할 때는 이상한 맛이 나는 잡초가 들어간 주먹밥이 전부였다. 흉년이라 주먹밥도 없을 때도 많았다. 달콤한 과자가 입에 들어가자 눈물이 맺혔다.

"끄읍, 끄극……."

과자를 먹으면서 울고 있었다. 그러면서도 과자를 손에서 놓지 않았다. 굉장히 안쓰러워 보였다.

"더 먹을래요?"

진우는 고급 과자를 잔뜩 꺼내 그녀에게 주었다. 그러고 보니 원작에서도 맛을 깨우치자 식탐이 굉장해졌다는 묘사가 있었다. 따듯한 우유까지 주자 그녀는 경계를 서서히 풀었다. 조금 단순하게 느껴지기는 했지만, 심성이 나쁜 것보다는 훨씬 나왔다.

"해칠 생각은 없습니다."

"정말요?"

"네."

"그……. 차, 차원 정복을 하시는 건……."

"그건 어쩌다 보니……."

진우는 일단 말을 돌리기로 했다. 잡담을 하자 분위기가 많이 풀어졌다. 여전히 진우의 눈치를 보긴 했지만, 정상적인 대화가 가능했다.

"무슨 일이 있었던 겁니까?"

진우가 묻자 루나는 자신의 이야기를 해주었다. 황금의 군주인 진우가 중간계에 온 것을 확인하고, 살펴보러 왔다가 무슨 이유에서인지 천계로 돌아갈 수 없다는 이야기였다. 그러며 고생한 이야기를 풀었는데, 눈물이 뚝뚝 떨어졌다.

청소하면서 듣고 있던 허영이 고개를 끄덕였다.

"인간이 제일 사악하기는 합니다. 정말로 사악함의 극치입니다. 정말로……."

허영이 말하니 조금 이상하기는 했다. 사회생활을 하면서 스트레스를 많이 받은 모양이었다.

'천계로 돌아갈 수 없다라…….'

원작에서는 주인공에게 반해서 안 돌아갔었다. 군주를 막겠다는 목적도 크게 작용했다.

진우는 정보의 마안으로 루나를 바라보았다.

Lv.30

[E+]여신 루나(아바타)

호감도: 46%

보유기술: [D]신성력, [C]적응력, [C]근성

-특수기술

[S]신성한 불행의 토템

악의 화신이 폐기처분을 한 불행이 그녀의 신성력, 행운과 결합해 특수기술이 되었다. 그녀가 불행하면 누군가 이득을 본다. 주변에 있는 것만으로도 불행을 흡수하여 다른 사람의 행운을 크게 높여 준다. 숭고한 희생에 가깝다. 군주의 기운 때문에 천계로 돌아갈 수 없다.

[A]아바타

완벽한 인간 형태의 아바타. 랭크와 레벨이 하락하였다.

[B]여신의 눈

존재의 선함을 파악할 수 있다.

세레나에게서 튕겨 나간 불행이 루나에게 깃들어 있었다. 불행은 루나의 성향에 맞춰서 변형되어 있었다. 그야말로 움직이는 토템이었다.

"오늘은 깔끔하게 청소가 되는군요."

"앗, 저번에 흘린 보석이……."

허영과 아리나의 운이 좋아졌다. 진우의 행운도 한 단계 올라가 있었다. 굉장한 버프였다. 범위를 확인해 보니 범위도 굉장히 넓었다. 성역 전체까지는 아니지만, 마을 정도는 커버가 될 정도였다.

진우는 잠시 고민했다.

'그래도 회수해야겠지.'

회수하는 게 맞았다. 남의 불행을 이용하면서까지 이득을 볼 생각은 전혀 없었다. 진우의 성격에도 맞지 않았다.

진우가 솔직하게 이야기를 해주었다. 엘론티와 마계를 정복하게 된 것도 군주를 막다가 그런 것이었고, 중간계에 온 목적도 군주 때문이라고 말을 해주었다. 그리고 루나가 천계로 돌아가지 못한 이유에 관해서도 설명을 해주었다.

루나는 물끄러미 진우를 바라보더니 눈을 반짝였다.

"조금 사고가 있었습니다."

"그, 그런 것이었군요!"

루나는 예상보다 쉽게 믿었다. 그녀는 존재의 선함을 파악할 수 있다고 한다.

진우를 뚫어지게 바라보다가.

"꺄악!"

진우의 어둠까지 보는 바람에 눈이 거의 멀 뻔했지만, 어쨌든 진우가 그렇게 나쁜 존재가 아니라는 걸 알 수 있었다.

"저도 중간계에 있으면서 깨달은 게 많아요. 세상은…… 참 복잡하더군요."

[여신 루나가 깨달음을 얻었습니다. 칭호가 변경됩니다. [B]순진무구한 여신 -> [B+]현실을 알게 된 여신.]

역시 고생이 많았던 것 같았다. 루나는 조금 우울해 보였지만 금방 회복되었다.

"중간계의 멸망을 막는 일이라면 천계도 협력하겠습니다!"

천계가 협조해 준다면 일이 확실히 쉬워졌다.

루나는 의욕으로 가득했다.

일단 그녀를 천계로 돌려보내야 했기에 불행을 빼내기로 했다. 주변에 피해가 있을 수 있으므로 아무것도 없는 넓은 공터로 이동했다. 중간계로 이어진 포탈 앞에 섰다. 마력이 풍부하게 뿜어져 나오고 있어 황금의 권능이 발현되었다.

진우는 루나의 몸에 있는 불행을 꺼내기 위해 손을 뻗었다.

쉬이익!

루나의 몸에서 구슬이 빠져나왔다. 회색빛 구슬이었는데. 루나의 신성력이 거미줄처럼 얽혀 있었다. 진득하게 들러붙어 있어 잘 빠지지 않았다. 생각보다 루나와 궁합이 잘 맞는 모양이었다.

파직!

구슬에 힘을 주자 구슬에 금이 가더니 검은 연기가 치솟았다. 옆에 있던 아리나가 검은 연기를 봉인 도구에 담았다. 불행을 완벽하게 봉인한 것이다. 불행이 제거되는 순간 구슬이 파괴되었다.

휘이익!

수천 개로 갈라지며 성소 이곳저곳으로 뻗어갔다. 신성력이 잔해들과 연결되어 있기는 하지만 무사히 빠져나온 것 같았다. 루나는 한결 편해진 표정이었다.

[황금의 성소에 루나의 신성력이 연결되었습니다. 성소를 통해 루나의 신성력을 빌릴 수 있습니다.]

예상하지 못한 결과였다.

어두침침했던 성소가 조금 환해졌다. 성소 구석구석에 박힌 수많은 잔해가 환상적인 조명이 되어주었다. 흘러나온 신성력이 진우의 몸에 깃들기 시작했다. 오른손으로 향했다가 화들짝 놀라며 온몸을 헤맸다. 그러다 겨우 왼손에 자리를 잡았다. 왼손이 하얀빛으로 반짝였다. 신성력은 진우의 말을 고분고분 잘 따랐다.

[B]신성한 왼손

신성력을 사용할 수 있다. 그러나 악의 화신 덕분에 신성력 랭크가 하락했다.

'신성력이라…….'

진우는 루나의 정보를 확인해 보았다.

[S]신성한 행운의 토템
불행 랭크가 제거되어 여신 루나에게는 아무런 영향이 없게 되었다. 토템의 효과는 여전히 유효하다.

불행이 제거되었지만 여전히 기술은 남아 있었다. 어쨌든, 이제 천계로 돌아갈 수 있을 것 같았다.
"그럼 가보겠습니다. 군주님의 뜻을 천계에 전하겠습니다."
"네, 부탁드립니다."
루나가 두 손을 모으더니 온몸에서 빛이 뿜어져 나왔다.
역시 여신은 여신이었다. 제법 성스러워 보였다.
루나의 몸이 점점 공중으로 뜨더니, 천장에 하얀 포탈이 생겼다. 그곳으로 들어가려던 순간이었다. 무언가 멈춘 것처럼 올라가지 않았다.
"윽!"
마치 그물에 걸린 것처럼 보였다. 구슬의 파편과 연결된 신성력이 그녀를 얽매고 있었다. 그녀의 몸이 다시 지상으로 내려왔다. 몇 번이고 시도를 해봤지만 그대로였다.

[여신 루나가 감금되었습니다. 오로지 황금의 성소를 통해서만 이동할 수 있습니다.]

루나가 진우를 바라보았다.
"아무래도…… 파편을 모아야 할 것 같습니다."

"아……."

파편을 모아 구슬을 만들어 신성력을 회수해야 했다.

진우는 그녀의 멍한 표정을 바라보다가 시선을 돌렸다. 아리나와 허영은 예상이라도 했다는 듯 아무런 반응이 없었다. 마치 당연하다는 듯한 표정이었다.

그렇게 며칠이 지났다. 루나는 금세 회복했다. 그녀는 상당히 낙천적이었고 적응력이 뛰어났다. 아리나는 마족이었고 허영과 미궁은 군주였다. 서로 사이가 안 좋을 줄 알았는데, 그런 진우의 생각을 비웃기라도 하듯 하루도 지나지 않아서 굉장히 친해졌다. 특히, 미궁과는 특별했다. 마치 자매를 보는 것 같았다. 미궁이 있는 공간에서 둘은 게임 패드를 나란히 잡고 있었다.

"가랏! 홀리 버스터!"

"멋짐. 득템!"

천계로 돌아가기 위해서는 지금부터라도 꾸준하게 파편을 회수해야 했는데, 그럴 생각이 전혀 없어 보였다. 황금의 군주 때문에 걱정하지 않게 되어서 오히려 마음이 더 편해 보였다.

그리고 무엇보다 루나는 엄청나게 재미있어했다. 미궁은 루나가 마음에 든 듯했다. 그녀가 옆에 있으니 과금을 해서 뽑을 때마다 5성 영웅이 뜬다고 했다. 과연, 토템다웠다.

[여신이 미궁에게 조교 되었습니다. 마계가 깜짝 놀랍니다. 천계가 경악합니다.]

다소 오해가 있을 수 있는 정보였지만, 어떻게 생각해 보면 맞는 말이기는 했다. 미궁이랑 게임을 같이하면서 아예 푹 빠져 버렸으니 뜻은 그럭저럭 일치했다.

'천계는…….'

천계에서 루나가 할 수 있는 놀 거리는 구름을 세어보는 일뿐이라고 했다. 그만큼 천족들이 애지중지했기 때문이다.

"여신 루나……. 소문과 완전히 다르군요."

아리나가 미궁과 루나를 바라보더니 그렇게 말했다.

"어쨌든 잘 돌봐줘."

"네. 알겠습니다. 여신과 군주라니……. 참……."

아리나는 살짝 한숨을 내쉬며 고개를 설레 저었다.

그녀의 정보를 확인해 보니 '[D]보모'라는 기술이 생겼다. 진우는 조용히 그녀의 월급을 올려주고 엘론티 엔터테인먼트의 정산비율을 올려주었다.

진우는 마족들과 함께 중간계로 돌아왔다. 마족들은 진우를 흠모의 눈빛으로 바라보았다. 사라 브리악이 대대적인 연설을 통해 군주께서 여신을 납치하고 감금했다고 발표했기 때문이다.

어디서 들었는지는 모르지만 사라 브리악 귀에 들어가 버렸다. 건물 안에 있는 아티팩트를 회수하니 마기가 금세 사라졌다. 도플로와 마족들은 맡은 배역에 몰입하여 연기하기 시작했다. 사전 조사를 철저하게 끝내놨으니 걱정이 없었다.

'곧 대기근이 오겠지.'

대기근에 수많은 사람이 죽었다. 그 고통과 절망, 죽음의 기운이 군주에게로 흘러 들어가 군주의 힘을 강하게 해주었다. 굶어 죽는 이들이 사라진다면, 군주의 힘도 경감이 될 것이다.

'그냥 베풀어서는…….'

결단을 내려야 했다. 그냥 베풀어서는 귀족들의 뱃속에 들어갈 확률이 높았다.

귀족들뿐만 아니라 신관도 타락한 곳이었다. 그들부터 바꿔야 했다.

진우는 잠시 생각을 하다가 도플로를 바라보았다. 귀족들을 싹 다 제거하고 그 자리에 마족들을 채워놓는다면 일이 아주 편해질 것 같았다.

'음…….'

하지만 그럭저럭 선을 넘지 않는 귀족들도 있기는 했다.

그런 이들까지 제거하는 건 그다지 끌리지 않는 일이었다.

'그러면…….'

그러다가 무언가 떠올랐다. '망나니'라는 키워드였다. 원작

소설에서는 꼭 귀족 가문마다 망나니 같은 인물들이 존재했다. 답이 없을 정도로 막장인 놈들이 많았는데, 딱 적당한 인물이었다.

도플로가 이끄는 마족들은 모두 문무를 겸비한 인재들이었다. 마족이었기에 인간의 수준을 아득히 넘어섰다.

가문에서 내놓은 망나니가 갑자기 똑똑해지면 어떨까? 귀족 가문에 분열이 일어날 것이고, 잘하면 가문을 꿀꺽할 수도 있었다. 가주보다는 틈이 많을 테니 은밀하게 파고들기 좋았다.

물론, 귀족 가주가 개차반이라면 문제 될 건 하나도 없었다.

"도플로."

"예, 군주님."

백작의 모습인 도플로가 무릎을 꿇으며 대답했다.

"중간계로 나올 수 있는 도플갱어들은 얼마나 있지?"

"오십 정도 됩니다."

그 정도면 충분했다. 구체적인 계획은 정보를 수집하고 세우는 것이 좋을 것 같았다.

'망나니 프로젝트.'

진우는 이 작전을 그렇게 부르기로 했다.

"가자."

진우는 천천히 걸어가 문을 열었다.

햇살이 어두운 실내를 비추었다. 건물 앞에는 세레나, 알론소와 신관들, 그리고 마을 사람들이 몰려와 있었다. 건물 안에서 계속 뿜어져 나오던 마기가 없어진 것을 보고 모두 몰려온 것이다. 백작과 다른 이들이 진우의 뒤에 서 있었다. 그들의 표정은 평온했다.

"무, 무사하셨군요!"

알론소의 말에 진우는 인자하게 웃으며 고개를 끄덕였다. 건물 밖으로 나오자 백작이 진우의 옆에 공손히 섰다. 그러곤 세레나를 바라보며 고개를 숙였다.

에호스 백작이 고개를 숙이자 모두 당황했다. 그는 라스칸 왕국 귀족회에 막강한 영향력을 행사하는 인물이었다. 그는 절대 남에게 고개를 숙이지 않았다. 그런 백작이 자신보다 작위가 낮은 세레나에게 고개를 숙인 것이다.

"그간 저주에 빠져 많은 죄를 저질렀습니다. 사죄드립니다. 전부 배상을 하겠습니다."

영지를 찾은 후 영지전까지 생각을 하고 있던 세레나는 어안이 벙벙해졌다. 기사들과 신관들도 조용히 고개를 숙였다. 신관들은 신관을 관두고 평민으로 돌아가겠다고 말했다.

그 누구도 의심하지 않았다. 고위 신관인 알론소조차 백작의 정체를 눈치채지 못했다.

도플로는 셀레나를 다정한 눈으로 바라보았다. 셀레나는 도플로를 노려보았다.

도플로는 보통 마족이 아니었다. 그와 셀레나가 잠시 이야기를 나누더니 그녀의 경계가 순식간에 풀렸다. 마을 사람들은 물론 알론소도 그의 이야기를 듣고 있었는데, 진우는 감탄할 수밖에 없었다.

백작이 마을을 없애려 한 사실을 여기 있는 모두가 알고 있었다. 그런데도 이미 분위기가 반쯤은 도플로에게 넘어와 있었다.

'마족이라 그런가?'

정말 대단한 화술이었다. 셀레나도 악성이 있기 때문인지 도플로의 말에 흠뻑 빠져 헤어나오지 못했다.

'좋게 끝났군.'

에호스 백작의 영지가 온전히 진우의 것이 되었다. 게른 마을과도 가까워 여러 가지로 편했다. 이런저런 일이 있었지만, 중간계의 첫 시작은 좋은 편이었다.

이제 차근차근 나아가도록 하자.

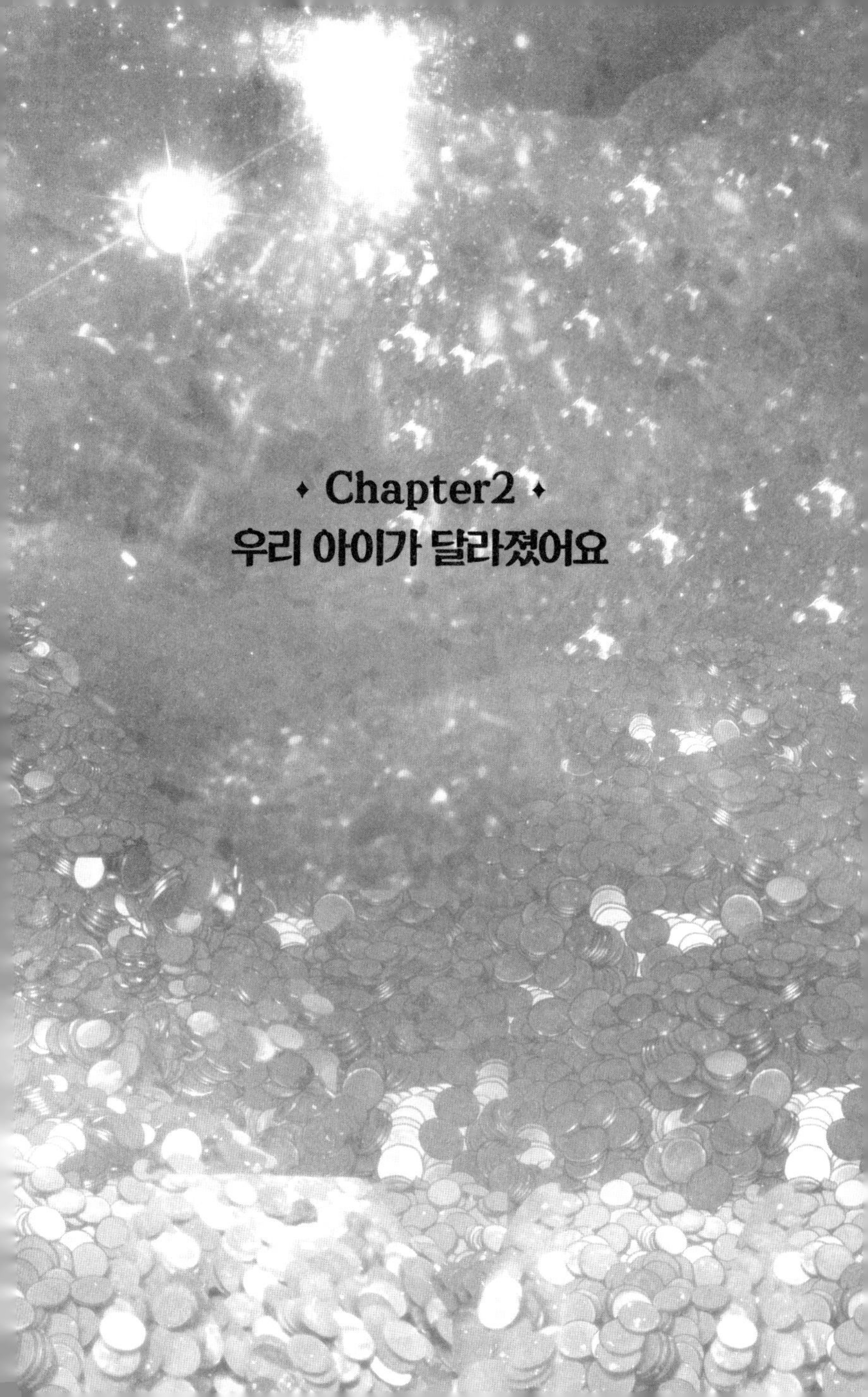

✦ Chapter2 ✦

우리 아이가 달라졌어요

진우는 지구와 중간계를 오가며 바쁜 시간을 보냈다. 거점이 있으니 역시 굉장히 편했다. 마을은 본래 진우의 소유였지만 공식적으로도 인정을 받았다. 알타미아 영지를 돌려받은 세레나가 진우에게 땅을 바쳤기 때문이다. 게다가 에호스 백작의 영지 또한 진우의 것이나 마찬가지였다. 에호스 백작이 진우의 수하였으니 말이다.

에호스 백작의 영지민들은 성자가 백작에게 걸린 저주를 풀어주었고, 그의 죄를 꾸짖어서 백작이 완전히 바뀌었다고 믿고 있었다. 도플로 역시 성자에 대한 찬양을 멈추지 않았다.

알타미아와 에호스가 진우의 밑에 있으니 일을 진행하기가 엄청 편해졌다. 에호스 백작은 꽤 그럴듯한 정보원들을 지니고 있었다.

마을에 커다란 교회가 완공되었다.

진우는 루나를 마을로 데리고 왔다. 그녀는 잉여 생활에 푹 빠져 있었는데, 성소와 중간계를 오갈 수 있게 해주니 흔쾌히 진우의 뜻에 따르기로 했다.

알론소는 루나를 알아보지 못했다.

"허허, 제 제자로 받아들이겠습니다."

"괘, 괜찮아요. 저는……."

"성자님께서 직접 데려오셨으니 책임지고 가르치겠습니다."

루나가 거절하려 했지만 그럴 수 없었다.

결국, 알론소가 교회에서 루나를 가르치게 되었다. 그의 강의 방식은 스파르타였다. 교단의 교리를 여신에게 가르치는 기이한 풍경이 펼쳐졌다.

미궁도 심심했는지 가끔 교회로 건너와서 수업을 들었다.

"다 풀었음!"

"오, 대단하구나. 전부 정답이야. 반면에 로라 자네는……."

미궁은 알론소의 말을 던전의 벽에 새겨놓고 있어서 언제든지 컨닝할 수 있었다.

그러나 루나는 아니었다. 그녀가 했던 계시들이었는데, 모두 복잡하고 다양하게 해석되어 암기를 해야 했다. 루나에게는 힘든 일이었다.

그렇게 알론소에게 꾸중을 들을 때였다.

"로, 로라!"

"선배?"

교회 안으로 들어온 엘리제가 루나에게 달려와서 루나를

껴안았다. 둘이 한참을 그렇게 포옹하고 있자 미궁이 물끄러미 바라보다가 자리에서 일어났다. 둘에게 다가가더니 그대로 껴안았다. 전설적인 3인 파티의 탄생이었다.

알론소는 흐뭇하게 웃으며 그 광경을 바라볼 뿐이었다.

진우는 마을과 조금 떨어진 곳에 만들어놓은 실험장에 도착했다. 이곳에서 여러 가지를 실험하고 있었다. 대기근이 시작되면 라스칸 왕국뿐만 아니라 인접한 왕국, 그리고 제국까지 모두 엄청난 피해를 보았다. 농작물이 잘 자라지 않고 병이 들었다. 게다가 비까지 내리지 않아서 수천만에 이르는 사람들이 죽었다.

질병의 군주. 에이션트 드래곤을 지칭하는 말이었다. 중간계에 남아 있는 유일한 드래곤이었다. 질병의 군주가 모든 드래곤들을 멸종시켰기 때문이다. 동족마저 죽여 버리는 사악함, 그리고 대기근을 초래하여 수천만을 아사하게 만든 잔혹함을 지니고 있었다. 모든 차원이 군주를 두려워하는 이유를 아주 잘 보여주었다.

"음……."

마을을 풍요롭게 만들어준 농작물은 이미 알타미아 전역에서 기르고 있었다. 병충해에도 끄떡없었다.

진우는 가축도 길러보기로 했다. 엘론티보다 마력이 많은 중간계다 보니, 실험장에서 조심스럽게 일을 진행했다. 국산소를 열 마리 정도 가지고 와서 관찰했는데, 그중에 절반이 엄청나게 크게 자라더니, 두 발로 걸어 다니기 시작했다. 키가 3m가량 되었고 근육질의 몸을 지니게 되었다. 소는 자신의 근육을 과시하듯 보여주었다. 남성미가 철철 넘쳤다.

"음, 멋지기는 한데……."

지능도 꽤 뛰어나 식용으로 쓰기 힘들었다. 중간계에는 소 머리를 한 몬스터가 없었다. 원작에서도 나오지 않았다. 진우는 소를 미노타우로스라고 부르기로 했다.

중간계에 나타난 미노타우로스의 정체는 한우였다. 진우는 피쉬맨들과 더불어 마을을 지키는 경비원으로 쓰기로 했다. 늪지와 초원 근처는 피쉬맨이, 숲에는 미노타우로스가 돌아다니며 마을을 지켰다.

'골든 트리도 잘 자라는군.'

마을 외곽에 심어놓은 골든 트리도 엄청나게 잘 자랐다. 마을 사람들이 황금사과를 즐겨 먹기 시작했는데, 마을의 유명한 특산물로 자리 잡았다. 셀레나는 상단을 운영하여 마을에서 생산되는 농작물들을 팔며 영지를 부유하게 만들고 있었다. 물론, 진우가 보기에는 푼돈도 되지 않았다.

"군주님. 준비가 완료되었습니다."

도플로의 부하가 은밀히 나타나며 무릎을 꿇었다. 진우가 고개를 끄덕이자 그 자리에서 사라졌다. 무언가 굉장한 음모라도 꾸미는 분위기였다.

'음, 비슷하긴 하군.'

생각해 보면 비슷하기는 했다.

에호스 백작의 거대한 저택에서 연회가 열릴 예정이었다. 백작은 라스칸 왕국의 귀족회에서 영향력이 큰 인물이었다. 젊은 백작이었고, 굉장히 부유했다. 귀족회의 권세가 높았고, 왕권이 비교적 약했다. 그는 귀족회에서 꽤 중요한 위치였다. 그리고 귀족회의 수장인 레온트 후작과도 절친한 사이이기도 했다.

그런 에호스 백작이 연회를 열었다. 손수 초대장을 돌리며 귀족회의 귀족들뿐만 아니라 귀족가의 모든 자녀를 초대했다. 망나니 프로젝트의 프롤로그인 '망나니 빙의'가 시작된 것이다.

준비를 마친 진우는 셀레나가 준비해 준 마차를 타고 에호스 백작의 영지로 이동했다. 영지의 분위기는 그럭저럭 좋은 편이었다. 도플로가 성자의 이름을 빌려 영지민에게 식량을 풀었기 때문이다. 게다가 세율도 크게 낮췄고, 부패한 중간 관리들을 모두가 보는 앞에서 처형하기까지 했다. 영지민들의 마음을 사는데 이보다 더 좋은 방법은 없었다. 에호스 백작의 인기가 나날이 오르고 있었다.

'마족을 더 좋아하는군.'

정말 아이러니했다.

에호스 백작의 저택은 굉장히 거대했다. 아주 넓은 정원을 가지고 있었고, 성을 보는 것처럼 웅장했다. 종교적인 색채가 많이 가미된 건물이었는데, 그래서인지 경박해 보이지는 않았다. 진우는 가장 마지막에 도착했다.

도플로가 기사단과 함께 미리 마중 나와 있었다. 도플로가 진우의 마차로 달려와 마차의 문을 열어주었다. 주변에 있던 귀족들에게 보여주기 위함이었다.

도플로는 진우에게 정중히 인사했다. 그의 표정은 마계에 있을 때보다 훨씬 좋았다.

"좋아 보이는군."

"네, 여러 가지로 재미있습니다. 인간은 참 재미있는 존재인 것 같습니다."

연회는 한참 진행이 되고 있었다. 저택 안으로 들어가니 거대한 홀이 보였다. 호화스러운 음식이 차려져 있었고 악단들이 곡을 연주했다. 라스칸 귀족회의 모든 귀족들이 모여 있었다. 도플로와 함께 진우가 들어오자 귀족들의 시선이 모두 진우에게 쏠렸다.

도플로가 손짓하자 악단의 연주가 멈추었다.

"성자께서 귀족회를 축복하시기 위해 방문을 하셨습니다."

귀족들이 진우를 보며 감탄했다. 현재 황금의 군주가 작동하고 있었다. 황금의 군주는 신성력까지 이용하여 진우를 거룩하고 성스럽게 보이기 위해 많은 신경을 썼다.

진우에게서 은은한 후광이 뿜어져 나왔다. 신앙심이 깊은 귀족은 그 자리에서 기도를 올리기까지 했다. 아직 교단에서 공식적으로 성자로 인정한 것은 아니었지만, 누구도 진우를 의심할 수 없었다.

진우에게 누군가 다가왔다. 도플로가 소개를 해주었다.

"이분께서는 레온트 블론 아이만 후작 각하이십니다."

"안녕하십니까? 만나 뵙게 되어 영광입니다."

귀족회의 수장인 레온트 불론 아이만 후작이었다. 셀레나가 귀족회에 대세가 된 이후, 레온트 후작은 처참한 죽음을 맞이했다. 후작의 망나니 아들이 그녀의 꼬드김에 넘어가 그를 죽였기 때문이다. 어쨌든, 후작은 욕심이 많기는 하지만 악인은 아니었다.

"반갑습니다. 레온트 후작 각하."

"그냥 이름을 불러주십시오. 저도 귀족 이전에 여신을 믿는 신도입니다."

"알겠습니다. 레온트 님."

진우는 후작을 바라보았다. 몸은 좋지 않았다. 오래 서 있어서 그런지 땀을 흘리며 힘들어했다. 원작에서도 나왔던 묘사였다.

"후작님, 몸이 불편하신가 보군요."

"예, 조금 그렇습니다."

신관들의 신성 마법으로 간신히 버티고는 있지만, 꽤 위험한 수준이었다. 일상생활을 하는 데 큰 불편함이 있을 정도였다.

교단에서는 치료를 명목으로 매번 막대한 돈을 요구하고 있으니, 후작도 감당하기 힘들었다. 신관들은 일부러 치료를 더디게 하면서 병세를 유지시키고 있었다.

'좋은 기회로군.'

귀족회에게 성자로서의 이미지를 각인시켜 줄 좋은 기회였다.

도플로가 깊게 고개를 숙였다.

"성자님, 귀족회의 기둥이신 후작 각하에게 부디 힘을 빌려주시옵소서."

"아, 아니. 그, 그러지 마시게. 민망하게……."

후작이 손사래를 쳤다.

진우는 부드럽게 웃으며 고개를 끄덕였다. 테이블에 있는 빈 잔으로 다가갔다. 도플로가 옆에서 거들어주었다.

최고급 포션을 몰래 꺼내 빈 잔에 담았다. 그리고 왼손으로 신성력을 뿜어내며 잔을 들었다. 포션이 든 유리잔이 아름답게 빛났다.

"오, 오오!"

"아름다워요!"

"역시 성자……."

진우가 후작에게 다가가 잔을 주었다. 후작은 떨리는 손으로 잔을 받고는 천천히 마셨다.

"아!"

후작의 표정이 황홀감으로 물들었다. 무너진 몸이 빠르게 회복되었다. 그뿐만 아니라 얼굴에 가득했던 주름이 조금씩 사라지며 상당히 젊어졌다.

후작은 몸을 움직여 보다가 깜짝 놀랐다.

"이, 이건 기적이다! 기적이야!"

그렇게 외쳤다. 아팠던 몸이 깔끔하게 나았기 때문이다. 역시 마계 최고의 포션다웠다.

"가, 감사합니다. 감사합니다. 평생 여신님을 위한 삶을 살겠습니다."

후작이 눈물을 글썽이며 그렇게 말했다. 저렇게 나오니 귀족들은 진우에게 함부로 할 수 없었다.

후작이 자기 아들을 불렀다.

"데미안! 이러 와서 성자님께 인사를……."

후작이 아들을 찾았지만, 아들은 마침 영지에서 따라온 하인을 주먹으로 후려치고 있었다.

후작의 아들, 망나니 데미안. 셀레나에게 푹 빠져서 장기 말로 이용된 놈이었다. 후작을 죽이고 가주가 되었는데, 셀레나에게 모든 걸 바쳤다. 주인공을 사사건건 방해했고, 많은 문제를 일으킨 놈이었다.

후작이 크게 당황했다.

"죄, 죄송합니다. 워낙 철이 없어서."

"괜찮습니다."

"저런 놈이지만 잘 부탁드립니다. 부디 축복을 내려주셨으면 합니다."

진우가 인자하게 웃었다. 넓은 홀을 바라보았다.

'악당들이 여기 다 모였군.'

곳곳에서 소란을 일으키고 있는 이들이 보였다. 메이드들을 희롱하기도 했고, 따라온 수행원의 머리에 술을 뿌리기도 했다. 원작 분위기를 어둡게 만들고 고구마를 잔뜩 생산했던 주역들이 이곳에 모두 모여 있었다. 주인공이 가는 영지마다 저런 놈들이 나와서 시비를 걸거나, 일을 방해했다.

'빨리 치워 버려야겠군.'

암은 초기에 뿌리 뽑는 게 제일 좋았다.

축복은 연회가 절정을 향해 가고 있을 때 이루어졌다. 귀족 자녀들을 모두 축복해 주기로 했는데, 망나니들만 다른 방으로 따로 불러 모았다.

진우는 도플로가 작성한 서류를 훑어보았다. 망나니 프로젝트 대상자의 정보가 적힌 서류였다. 도플갱어들이 하녀나 일꾼들로 위장해서 관찰한 것과 그동안 나돌았던 모든 정보를 합산한 것이었다.

'살인은 기본이네.'

망나니의 덕목이라도 되는 듯 살인은 기본이었다.

넓은 방에 망나니들이 하나둘씩 들어왔다. 자기들끼리는 통하는지, 제법 잘 떠들었다. 하인이나 하녀를 괴롭힌 걸 훈장 삼아서 이야기했다. 역시 일반적인 개념으로는 설명할 수 없을 정도로 막장이었다.

도플로와 도플갱어들이 안으로 들어왔다. 도플갱어들은 망나니를 수행하는 하인들로 위장한 상태였다. 그들이 들어오자 망나니들은 인상을 찡그렸다. 천한 자들과 같은 공간에 있는 게 마음에 들지 않은 모양이었다.

"문 잠가."

진우의 말에 도플로가 고개를 숙이며 문을 잠갔다. 방음 마법을 펼치는 것도 잊지 않았다.

망나니들이 깜짝 놀라며 그 광경을 바라보았다. 도플갱어들이 망나니들에게 다가가 그들의 몸을 붙잡았다.

"무슨……."

"끄악!"

강하게 붙잡아 뼈가 부러진 이들도 있었다.

도플갱어들의 피부가 녹아내리더니 눈앞에 있는 망나니들과 똑같이 변하기 시작했다. 망나니들은 예상했던 대로 비명을 질러댔다. 도플갱어들이 웃었다.

"도련님, 그동안 감사했습니다. 이제 제 차례네요."

"제가 좀 많이 참았는데, 이제 갚아드려도 되겠군요."

"일단 옷부터 벗으시지요."

자신과 똑같이 생긴 이들이 그런 말을 했다. 도플갱어들이 진우 쪽을 바라보았다. 그가 허락하자 쌓여 있던 걸 한 번에 폭발시켰다. 옷이 손상되면 안 되니 홀딱 벗겨놓고 때렸다.

"크아아악!"

"아, 악마!"

"이, 이러고도 무사할 것……. 끄악!"

마족이라 그런지 아주 시원하게 매타작을 했다. 망나니들이 바닥에 쓰러져서 부들부들 떨었다. 눈물, 콧물을 질질 짜는 것도 모자라 오줌까지 지린 이들도 많았다.

진우는 모두 그 자리에서 마계로 이동시켰다. 고문 기술자가 고개를 숙이며 진우를 맞이했다.

"군주님, 어떤 코스로 하시겠습니까?"

"역지사지 코스로 하지."

"탁월하신 선택입니다. 제 장기이기도 합니다."

고문 기술자가 손을 대자 망나니들이 그들이 가장 경멸하는 모습으로 바뀌었다. 이제 누구도 그들을 귀족이라고 생각할 수 없을 것이다.

다시 방으로 돌아오자 망나니로 변한 도플갱어들이 서 있었다. 표정이 바뀐 것만으로도 분위기가 달라져 있었다. 가문의 장자도 있었고 둘째도 있었다. 모두 다 뛰어난 마족이었기에 가문을 집어삼키는 건 일도 아니었다.

연회가 거의 끝날 때쯤 진우는 도플갱어들을 데리고 밖으로 나왔다. 도플갱어들은 그동안의 일을 반성이라도 하듯이 두 손을 곱게 모으고 고개를 숙이고 있었다. 성자의 축복이 아주 성공적으로 끝났다. 망나니가 달라진 것이다.

레온트 블론 아이만 후작에게는 아들이 하나, 딸이 둘 있었다. 딸들은 이미 시집을 가서 영지에는 남아 있는 자식은 아들뿐이었다.

그의 이름은 데미안, 누구나 다 아는 후작가의 문제아였다. 여색을 밝혔고, 무식했다. 게다가 성격도 괴팍해서 수많은 사건을 일으켰다. 후작의 권력이 없었더라면 진작에 잡혀 들어갔을 것이다. 시녀인 에밀리는 긴장하며 데미안의 방에 노크했다. 데미안을 깨우다가 봉변을 당한 시녀들이 많았다.

문고리를 잡으며 망설이고 있을 때였다.

"들어와."

방 안에서 데미안의 목소리가 들렸다. 에밀리는 깜짝 놀랐지만 침착함을 유지하려 애쓰며 안으로 들어갔다.

아침임에도 데미안은 일어나 있었다. 그뿐만 아니라 옷도 잘 차려입고 있었다. 그녀는 놀랄 수밖에 없었다. 시녀의 도움 없이는 절대 옷을 입지 않는 이가 바로 데미안이었기 때문이다.

"아, 아, 아침 주, 준비가……."

"수고했어."

"네?"

데미안이 부드럽게 웃으면서 에밀리를 바라보았다. 귀족의 피를 타고나서인지 생긴 것 자체는 괜찮았다. 그런데 그런 그가 미소를 지으니 무언가 빨려 들어가는 기분이었다.

"항상 고생이 많네."

"아, 아, 아닙니다."

에밀리뿐만 아니라 모든 하녀, 그리고 집사까지 경악했다. 데미안이 아주 멀쩡한 모습으로 식사를 했다. 귀족의 예법을 정확히 지키면서 우아하게 식사를 했다.

식사가 끝나자 데미안은 집사를 바라보았다.

“오늘 수업은 어떻게 됩니까?”

“수, 수업을 들으실 새, 생각입니까?”

“네. 그동안 후작가의 후계자로서 너무나 방탕한 삶을 살았습니다. 지금부터라도 시작하려고 합니다.”

집사는 감동의 눈물을 흘렸다. 옆에 서 있던 에밀리도 깜짝 놀랐다. 무식하기 이를 데 없는 데미안의 입에서 나온 말이라고는 믿기 어려웠기 때문이다.

평소에 집사가 데미안을 가르쳤다. 전문 지식으로 넘어가면 선생이 필요했지만, 데미안은 그 수준이 아니었기 때문이다.

어느 때보다도 빠르게 수업이 시작되었다. 먼저 왕국의 역사에 대해 가르치기 시작했다. 집사의 질문에 막힘없이 이야기했다. 게다가 반론도 했다.

“수로를 이용하면 효율이 더 높지 않습니까?”

“허허, 그렇습니다. 하지만 당시 상황으로…….”

집사조차 쩔쩔맬 정도로 날카로운 질문이 들어갔다.

그는 또다시 눈물을 글썽였다.

‘본래 똑똑하신 분이었다. 계기만 있다면 이렇게 잘 해내실 수 있거늘!’

'우리 아이는 똑똑한데 공부를 안 해요' 였다. 데미안은 천재라는 말이 절로 나올 정도로 굉장히 뛰어난 모습을 보여주었고, 검술에도 천부적인 자질이 있음이 드러났다.

후작의 기사단장은 소드 마스터였는데, 처음에 데미안이 검을 배우고 싶다고 요청을 하자 크게 비웃었다. 하루도 버티지 못할 것이라 생각했다. 일부러 견디기 힘들 정도의 훈련을 짰는데, 데미안은 근성으로 그 훈련을 모두 소화해 냈다.

'처, 천재!'

검술을 그야말로 스펀지처럼 흡수했다. 기사단장은 경악했고, 주변에서 지켜보던 기사들도 마찬가지였다. 집사는 손수건으로 눈물을 닦았다. 에밀리는 수건을 가지고 와 훈련이 끝난 데미안에게 건네주었다.

"고마워."

"아, 아니에요. 제 일인걸요."

데미안의 성격은 180도 바뀌어서 하녀와 하인들에게도 굉장히 친절했다. 상황이 이쯤 되니 기사단장은 후작에게 찾아가지 않을 수가 없었다. 기사단장은 후작의 집무실에 들어와서도 흥분을 가라앉히지 못했다.

"후작 각하!"

"무슨 일인가?"

"데, 데미안 도련님은 그야말로……."

"천재라고?"

후작이 빙긋 웃으며 그가 말할 말을 대신 말했다.

늘 걱정이 가득한 얼굴이었는데 지금은 그렇지 않았다. 후작은 무언가를 보여주었다. 골치 아픈 문제와 답안지였다.

"이건?"

"데미안이 푼 것이라네."

"도련님이 이걸?"

아카데미 기출 문제였다. 너무나 완벽한 풀이였다.

기사단장은 답답했다. 사람이 어떻게 한순간에 바뀔 수가 있단 말인가.

"도대체 무슨 일이……."

"성자께서 축복을 내려주셨네."

"그, 그렇습니까?"

후작은 웃음을 머금었다.

"본래 심성이 착하고 똑똑한 아이였지. 이제 자기 자리를 찾아간 것일세."

기사단장은 후작의 말에 동의는 할 수 없었다. 데미안이 얼마나 미친놈이었는지, 얼마나 악랄한 놈이었는지 알고 있었기 때문이다. 기사단이 뒷수습했던 적도 있었다. 그러나 후작이 만족한다면 그걸로 충분하다고 생각했다.

"조만간 소드 마스터가 탄생할지도 모릅니다."

"데미안이 그 정도인가?"

"네, 굉장한 재능입니다."

"허허허! 나를 닮았군!"

집무실에 후작의 웃음이 가득 퍼졌다.

그 어느 때보다도 행복해 보였다.

늦은 밤, 데미안은 자리에서 일어나 거울을 바라보았다. 거울이 점점 흐려지더니 검게 변했다. 거울 너머로 누군가가 보였다. 도플로였다.

"첫 번째 단계 '달라진 도련님'을 완료했습니다."

[수고했다. 특이사항은?]

"없습니다."

[군주께서 여신을 감금하여 판을 마련해 주셨다. 일족에게 공을 세울 기회를 주셨으니 실수 없이 일을 진행하도록.]

"알겠습니다. 군주님의 중간계 정복 계획에 보탬이 되도록 더욱 노력하겠습니다."

일은 그렇게 차근차근 진행되어 가고 있었다.

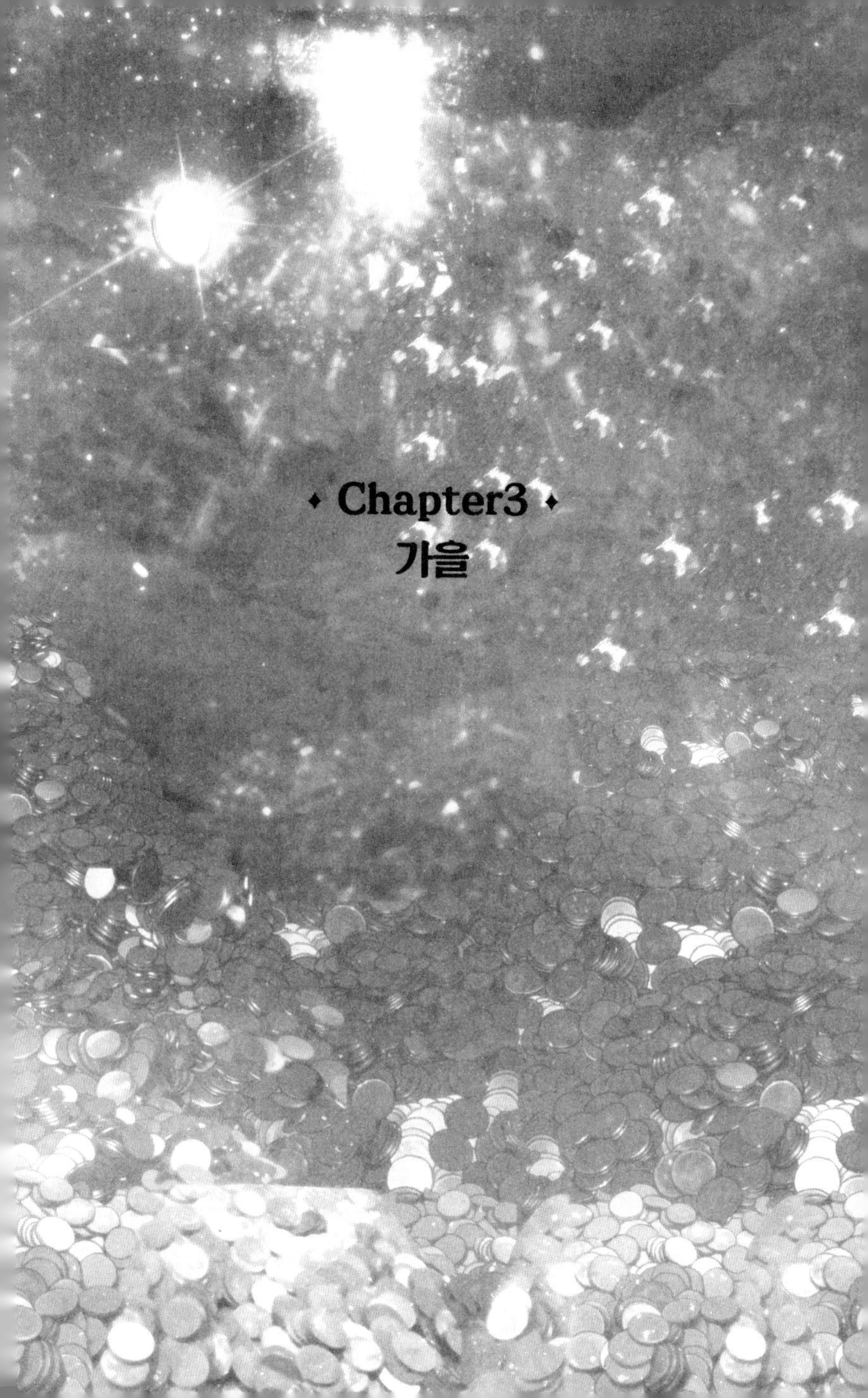

◆ Chapter3 ◆
가을

순조로웠다.

망나니들이 순조롭게 자리를 잡고 주변 인식을 바꾸었다. 뛰어난 능력을 선보여 이미 후계자가 된 이들도 있었고, 가문 내에서 정치싸움 중인 이들도 있었다. 다소 난관이 있기는 했지만, 후계자가 되는 건 시간문제였다.

망나니 말고도 막장인 귀족들은 고민할 것 없이 도플갱어로 대체했다. 귀족회도 거의 접수되었고 대기근 대비도 순조롭게 진행되었다.

귀족들은 평화로웠지만, 왕궁은 그렇지 않았다. 1왕자니 2왕자니 하면서 힘겨루기가 한참이었다. 귀족회를 움직여 입맛에 맞는 왕자를 지원해 주면 그만이었다.

'아주 잘 자라고 있구만.'

올라온 보고에 의하면 걱정을 할 필요가 없었다.

중간계는 곧 가을이었다. 대기근은 가을에 발생했다. 무슨 연유에서인지는 모르겠지만 가을에 질병의 군주가 깨어나며 대기근이 발생했다.

그러나 진정한 재앙은 대기근 이후에 시작되었다. 차원을 타고 질병이 번져 나가며 지구에까지 도달했다. 원작에서는 주인공이 차원 이동에 서툴러서 벌어진 일이었고, 지금은 미궁을 타고 지구나 다른 차원으로 넘어갈 우려가 있었다. 따지고 보면 원작보다 심각한 상황이었다.

'질병이 불어닥치기 전에 없애야겠지.'

주인공과 질병의 군주와의 싸움으로 라스칸 왕국이 멸망했다. 갑작스럽게 싸움이 전개되어 조금 생뚱맞기는 했다.

진우는 모든 역량을 동원할 생각이었다. 준비를 잘하면 어떻게든 막을 수 있을 것 같았다.

망나니 프로젝트 때문에 중간계에 계속 머무르다가 오랜만에 성소로 돌아왔다.

"오오, 신작인가?"

"꿀잼."

마을에서 퇴근 후에 미궁과 여지없이 게임 삼매경에 빠졌다. 루나의 부탁으로 엘리제도 성소에 오게 되었다. 루나와 그동안 같이 지낸 사이니 딱히 문제 될 건 없었다. 허영 밑에서 청소를 배우거나 요리를 했는데, 허영은 엘리제를 굉장히 마음에 들어 했다.

"굉장하네! 노는데 돈이 생겨!"

루나가 차원 금화를 들며 그렇게 말했다.

미궁의 방송에 루나가 합류하자 규모가 상당히 커졌다.

진우는 결국 루나의 신분을 만들어주었다. 엘리제도 가끔 모습을 내비쳤는데, 대형 커뮤니티에서 막장 삼자매라 불리게 되었다.

밸런스가 딱 맞았다. 여신과 군주와 인간의 환상적인 조합이었다. 슬쩍 시청자 수를 확인해 보니 3만이 넘어갔다. 루나가 지구에 알려지면서 인기를 끌기 시작하자 신성력을 각성한 자들도 생기고 있었다.

이 광경을 보고 천족들은 과연 어떻게 생각할까?

어쩌면 신앙심이 흔들려 타락할지도.

'괜찮겠지.'

주의사항도 알려줬으니 큰 문제는 없을 것 같았다. 식구들이 자꾸 불어나고 있었다. 진우는 지구의 저택으로 돌아왔다. 중간계도 좋기는 하지만 역시 집이 최고였다. 현대문물의 힘은 위대했다. 루나조차 성소에 계속 머물 정도니 말이다.

진우는 캔맥주를 들고 소파에 누웠다. 밀린 예능을 몰아볼 때였다.

유나가 다가왔다. 그녀는 조금 서운한 기색이었다.

"일이 해결되면 구경시켜 줄게."

"네, 알겠습니다."

성소를 구경시켜 준다고 해놓고 깜빡한 진우였다. 업무는 대충 처리해 놓았는데, 따로 보고할 게 있는 모양이었다. 공식적인 일은 아니었다.

"이민우 쪽에서 연락이 왔습니다. 개인적으로 연락을 해달라고 하더군요."

"개인적으로?"

"네, 저도 자세한 내용은 모릅니다."

진우는 이민우가 왜 자신을 찾는지 궁금했다. 일선 그룹은 요즘 한창 바쁠 때였다. 국제 대회 이후 게이트 사업이 엄청난 호황기를 맞이해서였다. 물론, G&P도 엄청나게 바빴다. 그런 바쁜 시기에 개인적으로 연락을 해달라고 했으니, 꽤 중요한 일 같았다.

'뭐, 일단 가족이기는 한데…….'

형이라기보다는 타인에 가까웠다. 이진우가 된 이후에 생긴 형이었고, 평소에 왕래가 거의 없었기 때문이다.

이희진 회장 역시 오래전 한 번 본 게 처음이었다. 참 가족 같지 않은 가족이었다. 휴대전화에는 이민우의 번호가 저장되어 있지 않았다. 서랍 깊은 곳에 있는 명함을 꺼내고 나서야 이민우에게 전화를 걸 수 있었다.

전화를 받자마자 바로 목소리가 들려왔다.

[만나자.]

"음?"

매우 진지한 목소리였다. 왜인지 긴장을 하는 것 같기도 했다. 이민우가 문화센터 쪽으로 온다고 하니, 바로 약속을 잡았다. 문화센터의 레스토랑에서 보기로 했다.

진우는 문화센터도 둘러볼 겸 약속 시각보다 조금 일찍 나왔다. 얼굴을 가리는 걸 잊지 않았다. 마족은 엘프들보다도 훨씬 적응을 잘했다. 마족이 정착하면서 문화센터는 더욱 풍성하고 다양해졌다.

'저게 그거군.'

심리치료소가 보였다. 심리치료소는 예약이 몇 달은 밀려 있을 정도로 인기였다. 서큐버스와 인큐버스가 지친 마음을 말끔하게 치료해 줬기 때문이다. 덕분에 다양한 직군의 현대인들이 치료소를 찾았다.

'저것도 생겼네.'

마왕성의 공포. 그런 간판이 보였다. 놀이공원에서나 볼 법한 공포의 집 같은 종류였다. 커다란 건물 한 층을 다 썼는데, 대기 줄이 굉장히 길었다. 들어갔다 나온 사람들은 혼이 나간 표정이었다. 그리고 하나같이 똑같은 운동복 하의를 입고 있었다.

"지, 지려 버렸어."

"아, 쪽팔려."

공포의 집에 들어가면 평범한 인간은 지릴 수밖에 없었다. 바로 옆에 세탁소와 옷을 대여해 주는 곳이 있었다. 틈새 장사를 하는 건 엘프였다. 공포의 집은 커플 분쇄기라는 소문이 돌았는데, 그곳에 다녀오고 일주일 동안 헤어지지 않으면, 결혼한다는 미신까지 생겼다. 온갖 추한 꼴을 다 볼 수 있는 공간이었다.

'뭐…… 분장이 아니니까.'

가보지는 않았지만 대충 이해할 수 있었다. 마족이 소환한 진짜 몬스터였다. 마기가 없어 허약하지만, 일반인들이 기겁할 만했다. 당연히 일정 랭크 이상의 능력자는 출입이 금지되어 있었다.

비슷한 컨셉인 호러 카페도 인기가 많았다. 조금 가격대가 있는 편이었지만 자리가 없어서 못 들어간다고 한다.

조금 더 걸어가자 거리 한쪽에 자리 잡은 검은 천막이 보였다. 마족이 하는 게 분명해 보였는데, 줄이 길게 늘어서 있었다. 굉장한 인기였다.

[C]점쟁이 칼라리스의 요술 천막

마계의 유명한 예언자이자 차원 관측자였던 칼라리스와 그녀의 일족이 점을 봐주는 장소. 싸구려 수정구와 카드를 쓰고 있지만, 예언은 아주 정확한 편이다. 연애, 학업, 재물, 건강, 궁합, 해몽 등 모든 부분의 점을 봐줄 수 있다.

-기본 상담 30,000원.

-심층 상담 50,000원(도박 문의 사절).

-부적 작성 100,000원(저주 아님).

사업 계획서에서 본 것 같았다. 마계 최고의 예언자이니 아마도 굉장한 적중률을 보일 것이다. 그러니 인기가 없을 수가 없었다. 마족은 이제는 없어서는 안 될 문화센터의 일부가 되었다.

'너무 일찍 왔나?'

진우가 그렇게 생각하고 있을 때였다. 칼라리스의 천막 앞에 줄을 서 있는 이들이 보였다. 익숙한 뒤태였다.

진우처럼 얼굴을 거의 가리고 있었는데 그 분위기와 기운은 감출 수 없었다.

진우는 정보의 마안으로 살펴보았다. 이민우와 엘라였다.

'둘이 만난 건가?'

무언가 굉장히 불안해 보였다. 초조해 보였다. 둘은 나란히 천막 안으로 들어갔다. 진우가 천막을 바라보고 있자 누군가 뒤에서 접근했다.

"대장님."

"음?"

경비복을 입고 있는 미국 서열 2위 기사가 보였다. 진우는 황당한 눈으로 그를 바라보았다. 미국에 있어야 할 양반이 여기서 경비원을 하고 있었다. 그것도 말단 경비원이었다.

'드디어 미쳤나?'

가명까지 쓰고 있었다. 미친 게 분명했다.

"아니, 여기는 왜?"

"저희가 있어야 할 곳은 이곳뿐입니다."

저희라고 말하는 걸 보면 모든 기사가 이곳에 있는 것 같았다.

진우는 감각을 일으키며 주변을 살펴보았다. 그들은 아주 은밀하게 진우를 서포트하고 있었다. 진우도 쉽게 알아차리지 못할 정도로 은밀했다. 따라온 기자들을 조용히 기절시키거나, 찍힌 사진들을 지웠다.

진우에게 시선이 쏠릴 때면, 사건을 일으켜 의도적으로 시선을 돌렸다. 너무나 자연스러워 하나의 자연 풍경을 보는 것 같았다.

"궁금해하시는 것 같아 첩보팀을 대기시켜 놓았습니다."

"어떻게?"

자신을 단번에 알아본 것도 놀라운데, 진우의 의향까지 알고 있었다.

"저희가 같이 지내온 세월은……. 참 길었지요. 대장님의 표정만 봐도 알 수 있습니다. 음, 오늘 아침에 커피 믹스를 드셨군요. 커피 믹스를 마시면 대장님의 혈색이 약간 어두워집니다."

흠칫!

진우는 깜짝 놀랐다. 이 정도면 거의 자신을 한정해서 정보의 마안을 가진 수준이었다. 제임스 딘의 눈빛은 너무 부드러워서 더 부담스러웠다.

아무튼, 천막에서 무슨 이야기가 있는지 궁금하기는 했다. 제임스 딘이 무선 이어폰을 정중하게 건네주었다. 진우가 귀에 이어폰을 꽂자 제임스 딘이 손을 들어 신호를 보냈다.

제임스 딘은 살짝 눈물을 글썽였다. 같이 작전을 뛰던 날들이 떠올랐기 때문이다.

물론, 진우는 몰랐다.

'마법사?'

미국과 영국의 마법사가 천막을 바라보며 고난도의 주문을 외웠다. 기사 중에서도 손에 꼽힐 정도로 실력이 좋은 서클 마법사였다. 그들은 상점과 카페 점원의 복장이었다. 엄청난 전력 낭비였다.

[궁합이 좋군요. 난관이 있기는 하겠지만 충분히 이겨낼 수 있습니다. 그리고…….]

쭉 들어보니 연애 상담 같았다.

진우는 고개를 끄덕이며 이어폰을 뺐다. 제임스 딘이 이어폰을 받더니 빠르게 사라졌다. 많은 인파 속에 완벽히 녹아들었다.

저들은 도대체 이곳에서 무엇을 하는 걸까?

돌아가라고 말하고 싶었지만 말한다고 해도 들을 것 같지도 않았다.

'이민우가 긴장할 만하군.'

진우는 피식 웃었다. 이민우가 만나자고 했던 이유를 대충 짐작할 수 있었다. 조금 일찍 예약된 레스토랑에 도착했다. 여직원이 깊게 고개를 숙이며 진우를 안내해 줬다. 그녀도 기사였다.

"철저히 보안이 유지되는 방입니다. 그 누구도 도청할 수 없을 것입니다."
"그 정도까지는……."
"기자가 붙었더군요. 은밀히 처리했습니다."
아주 높은 충성심이 느껴졌다. 이쯤 되니 진우는 생각하는 것을 반쯤 포기했다.
방에서 기다리고 있자 이민우가 먼저 방으로 들어왔다.
"오랜만이군."
"그러게."
예전과 달리 진우는 여유로웠다. 그럴 일은 없겠지만 이민우가 전력을 다해도 자신의 옷깃조차 건드릴 수 없었다.
반면에 이민우는 굉장히 긴장한 걸로 보였다. 식은땀까지 흘리고 있었다. 진우가 두려워서가 아니었다.
"알려줄 것이 있다. 놀라지 마라."
그렇게 말하며 잠시 나갔다가 엘라와 함께 들어왔다. 그녀 역시 무척이나 긴장한 표정이었다.
"처음 뵙겠……."
엘라가 진우를 보고 굳어졌다.
엘라는 놀랐다. 그것도 엄청.
"구, 구, 군……."
진우가 말하지 말라고 눈치를 주자 엘라가 눈을 동그랗게 뜨며 입을 다물었다. 정신이 혼미한지 살짝 비틀거렸다.
경고가 무색하게 이민우는 자신이 더 놀라고 말았다.
"별일 아니구만."

진우는 그렇게 말하며 웃었다. 식사하며 이야기를 나누었다. 이민우는 엘라가 인간과는 다른 종족임을 알고 있었다. 사랑꾼답게 모든 걸 포기할 자세가 되어 있었다. 회장이 반대하면 훌쩍 떠날 준비까지 갖춰져 있었다.

진우의 도움을 얻고자 찾아온 것이다. 그리고 엘라의 위에 있는 존재와 목숨을 걸고 담판을 지으러 간다고 한다.

죽으러 가는 것처럼 비장했다.

'사라지면 곤란하지.'

이민우가 일선 그룹에서 물러나면 일이 귀찮아졌다. 진우가 도와주겠다고 하니 이민우의 표정이 풀어졌다. 원작과 크게 달라지기는 했지만 어쨌든, 좋은 일이었다.

'아!'

김세연이 뜬금없이 위로금으로 월급의 2,000%를 받은 날이었다. 그녀는 진우가 자신의 연구를 알아봐 줬다고 생각하며 온종일 콧노래를 불렀다.

폭 쉬다가 중간계로 돌아왔다. 지구는 봄이었지만 중간계는 이제 막 가을이 찾아왔다.

대기근이 시작되기 전에 완벽히 대비할 수 있었다. 가축을 키우지 못한 게 아쉽기는 했지만, 어쨌든 충분히 버틸 수 있는 환경이 되었다.

지구에서 가지고 온 구황작물은 지나치게 잘 자랐다. 너무 잘 자라서 문제였다. 그냥 적당히 던져놓으면 아무 데서나 쑥쑥 컸다. 밭을 넘어 마을까지 침범하는 경우가 많아 오히려 불태워야 할 정도였다. 게다가 밭에 침범한 들짐승이나, 몬스터들을 흡수하는 위엄까지 보여주었다. 농작물이 아니라 차라리 몬스터라 부르는 편이 나을 정도라고 한다.

당연히 병충해 따위는 가볍게 무시했다. 황금의 권능이 작용하고 있었기 때문이다. 재미있는 점이 있다면 황금의 권능을 받아서인지 진우가 인정한 구역 이외에는 자라지 않았다.

'중간계로 올 때는 조심해서 와야겠어.'

모기나 파리 같은 벌레가 따라 들어온다면 어떤 사태가 일어날지 예상조차 되지 않았다.

그리고 가장 큰 변화가 있다면 도플로와 셀레나가 약혼했다는 점이다. 셀레나는 도플로의 사악함을 알아보았고, 도플로 역시 셀레나가 가진 악성에 끌렸다고 한다.

아무튼, 그런 상황 속에서 귀족회에 속한 영지들은 대기근을 순조롭게 견뎌내고 있었다.

진우가 돌아오자마자 교회의 앞에서 합동결혼식이 있었다. 주례는 알론소가 보았고, 진우가 축복을 해주었다. 루나도 옆에서 축복을 해주었다.

[C]순산의 축복

건강한 아이를 힘들지 않게 낳을 수 있다. 아이는 Lv.10부터 시작하고 뛰어난 잠재력을 가지게 된다. 잔병치레 없이 평생 무병장수한다.

[C]적성: 태어난 아이는 암흑 마법, 또는 신성 마법에 뛰어난 적성을 가지게 된다.

원작에서 표현한 대기근의 광경과는 완전히 달랐다.

"이번 가을은 천계와 중간계가 가장 가까워지는 특별한 계절이에요. 칠백 년 만에 찾아온 사랑이 넘치는 계절이랍니다."

루나가 자랑스럽게 말했다. 날씨가 추워진 탓인지 그녀는 코를 훌쩍였다. 그녀의 뒤로는 루나 여신상이 길게 세워져 있었다. 역시 전혀 닮지 않았다.

'그러고 보니…….'

루나는 사랑과 자비를 상징하는 여신이었다. 신화나 그런 데서 보면 사랑을 관장하는 여신은 보통 연애 경험이 풍부했다.

그래서 진우가 물어보자 루나는 그대로 굳었다. 어색한 웃음을 지을 뿐이었다. 그 표정을 보니 굳이 대답을 해주지 않아도 알 수 있었다.

'음…….'

중간계는 가을이다 보니 진우도 옆구리가 시리긴 했다.

주변에 수많은 여인이 있었지만, 정상인 인물은 거의 없었다. 하렘인 것 같으면서도 아닌 것도 같았다.

진우는 일단 군주를 막는 것에 전념하기로 했다.

'슬슬 출발해야겠지.'

질병의 군주가 깨어나는 덕분에 진우는 그가 있는 위치를 알 수 있었다. 원작에서는 라스칸 왕국 부근이라고 나와 있었지만 워낙 넓다 보니 사전에 찾을 수 없었다.

"저도 가겠습니다!"

여신답게 정의감이 출중했다. 루나가 따라온다고 하자 진우는 잠시 고민했다. 군주와의 싸움에 크게 도움이 될 것 같지는 않았다. 원작에서도 응원하는 역할이었다.

하지만 그녀를 통해 신성력을 빌릴 수 있으니, 이동식 신성력 배터리 정도로 생각하면 될 것 같았다.

"출발하죠!"

마을에는 제자와 잠시 수행을 갔다 온다고 변명했다.

진우는 질병의 군주가 잠들어 있는 레어를 향해 출발했다.

레어로 가는 길에 성소를 통해 미궁이 자주 나타났다. 미궁은 가장 오래된 군주인 만큼 군주에 대해 잘 알고 있었다.

진우는 질병의 군주에 관해 물어보았다.

"질병의 군주는 어때?"

"조금 불쌍함."

"음?"

사악하거나 괴팍하다고 말할 줄 알았는데, 전혀 다른 대답이 진우는 고개를 갸웃했다.

레어로 가는 길은 평화로웠다. 여러 소설을 보면 꼭 산적들이나 몬스터들이 습격을 하곤 했다. 그러나 그런 이벤트는 등장하지 않았다. 군주와 여신이 같이 다니니 들짐승조차 알아서 피해갔다. 가볍게 여행을 하는 기분이었다. 경치가 좋은 곳이 있으면 캠핑을 했고, 아니면 그냥 성소로 돌아가 쉬었다. 딱히 도시나 마을에 머무를 필요가 없었다.

"좋구만."

중간계의 훌륭한 경치를 감상하면서 고기를 구워 먹으니 진짜 천국에 온 것 같았다. 진우는 루나를 편하게 대하고 있었다. 루나는 이제 진우를 벗어날 수 없었다. 천계로 돌아가라고 해도 안 갈 것 같았다. 미궁과 단짝이었고, 엘리제도 곁에 있으니 굉장히 행복해 보였다.

저 멀리 라스칸 왕궁이 보였다.

"축제를 하고 있네요."

"축제?"

"네, 가을마다 열리는 사랑의 축제에요. 칠백 년 만에 찾아온 가장 순수한 가을이니 크게 축제를 연 것 같아요."

루나의 이름으로 모든 연인과 부부를 축복해 주는 행사였다. 사랑과 자비를 상징하는 루나였으니, 여신 교단의 가장 큰 행사이기도 했다. 가장 많은 커플과 부부가 탄생하는 날이었다.

하지만 현재 라스칸 왕궁은 내전 상태였고, 대기근까지 겹쳤다. 교단에서는 일부러 더욱 축제를 크게 열어 나빠져 가는 민심을 돌리고 있었다. 교단은 1왕자를 지지했고, 귀족회는 은밀하게 균형을 맞춰주며 싸움을 더욱 부추기고 있지만 진우는 그쪽에 신경을 쓰고 있지는 않았다. 축제 기간만큼은 휴전인 상태였다.

"사랑이 넘치네요."

루나는 넘실거리는 사랑을 느끼며 뿌듯한 표정이 되었다. 군주가 내뿜는 기운을 쫓아 라스칸 왕국의 수도 근처에 있는 산에 도착했다.

산의 모습은 심각했다. 푸르러야 했지만, 색이 빠진 것처럼 변해가고 있었다. 마치 흑백 TV를 보는 것 같았다.

'그래도 원작보다는 상황이 낫군.'

대기근임에도 원작보다 상황이 나았다. 오히려 영지민들은 전보다 훨씬 배부르게 잘 먹고 있었다.

도플로는 난민을 적극적으로 받아들이고 있었다. 배부르게 먹여주는 대신 교단에 가입시켰다. 신성제국에서 경계할 만큼, 성자의 교단은 폭발적인 성장력을 보였다.

"다 죽어가고 있어요. 견디기 힘드네요."

"난 좋음."

군주의 기운이 느껴지자 루나는 조금 힘들어 보였다. 그러나 미궁은 좋아 보였고, 진우도 마찬가지였다. 마기보다 훨씬 진한 기운이라 오히려 컨디션이 좋아지고 있었다.

미궁이 관자놀이에 손가락 두 개를 가져대더니 정신을 집중했다. 그러자 루나 주변에 보호막이 생겼다.

진우는 그 모습을 보며 고개를 갸웃했다. 미궁이 마법을 쓰는 모습은 처음이었기 때문이다. 잉여력이 가득한 미궁이 무언가를 배운다는 건 있을 수 없는 일이었다. 상당히 신선한 충격이었다.

"그런 것도 할 줄 알아?"

마법 배우고 있음."

"누구한테?"

"리그 오브 히어로."

국민 AOS게임이었다. 진우가 인수한 게임사의 게임이기도 했다.

"저도 샤이닝 버스터를!"

루나도 마법을 시전했다. 신성 마법은 공격 마법이 거의 없었는데, 전설적인 공격 마법 하나가 추가되었다. 미궁과 훌륭한 연계 기술까지 보여주고 있었다.

방송이 인기 있는 이유를 알 것 같았다. 뭔가 바보 같고 이상하지만 그럴듯했기 때문이다.

레어는 산 깊숙한 곳에 있었다. 동물들이 모두 떠나 버려 무척이나 조용했다. 예전의 엘론티보다도 더욱 심각했다. 산 깊숙이 들어가면 들어갈수록 온도가 급격히 떨어져서 겨울처럼 느껴졌다.

'저기로군.'

질병의 군주는 깨어나 있었다. 강렬하게 요동치는 기운을 느낄 수 있었다. 탐욕의 군주와는 비교할 수는 없었지만, 강력한 기운이었다. 에이션트 드래곤의 위엄을 충분히 느낄 수 있었다. 같은 군주가 아니라면 상대가 되지 않을 것이다.

'강해진 주인공도 10화 동안 싸워댔지.'

질병의 군주는 그만큼 강력한 힘을 자랑했다.

나무와 동굴에 가려진 절벽이 보였다. 절벽에 갈라진 틈이 있었는데, 그 틈으로 군주의 기운이 흘러나와 중간계 전체로 퍼져 나가고 있었다. 봉인이 점점 풀리고 있었으나 아직 단단한 결계가 유지되고 있었다.

대기근 이후, 질병이 불어닥칠 때쯤에 완벽하게 봉인이 풀리게 된다. 질병을 내뿜기 전에 미리 봉인을 풀어서 해결할 생각이었다.

"강력한 봉인이에요. 제가 모든 힘을 발휘한다고 해도 뚫을 수 없을 것 같아요. 이렇게 된 이상 봉인이 풀리기를 기다리는 수밖에……."

루나가 그렇게 말했다. 그만큼 강력한 봉인이었다. 탐욕의 군주 수준은 아니었지만, 누구도 열 수 없어 보였다. 이대로 질병이 퍼져 나가는 걸 지켜봐야 하는 루나의 안색이 어두워졌다. 그러나 진우는 기다려 줄 생각이 전혀 없었다.

진우는 봉인 앞으로 다가갔다. 봉인을 깨는 건 그의 전문 분야였다. 이것보다 훨씬 강력한 봉인조차 숨 쉬는 것만으로 박살 낸 전적이 있었다. 손을 들어 아주 살짝 봉인을 건드렸다.

쨍그랑! 콰앙!

손에 닿자마자 거대한 결계가 터져 버렸다. 굳건해 보였던 절벽이 반으로 갈라지며 주변에 쓰러졌다. 파편과 함께 먼지가 솟구쳤다.
루나가 경악하며 진우를 바라보았다. 미궁은 감탄하며 손뼉을 쳤다.
절벽이 깔끔하게 뚫리자 거대한 동굴이 모습을 드러냈다.
"이, 이런 감정이라니……."
루나가 비틀거렸다. 그녀의 몸이 덜덜 떨렸다. 질병의 군주에게서 뿜어져 나오는 감정을 느낀 탓이었다. 물이 모두 얼어 있었고, 동굴 안에는 하얀 눈이 쌓여 있었다.
진우는 마력이 동결되는 것을 느꼈다. 그가 분노할 때도 같은 현상이 일어났다.
'확실히…….'
위험한 상태였다. 원한과 증오, 그리고 절망이 느껴졌다.
진우와 루나의 표정은 진지한데, 미궁은 익숙한 듯 그저 눈을 밟으며 발자국을 만들고 있었다.
미궁은 걱정이 하나도 없어 보였다. 진우는 안으로 들어갔다. 루나가 신성력으로 빛을 만들어주변을 환하게 밝혔다. 내부는 모두 얼음으로 이루어져 있었다. 질병의 군주가 내뿜는 감정이 주변의 모든 것을 얼려 버렸다.
긴 통로 끝에 거대한 공간이 있었다.
"드래곤……."
루나가 떨리는 눈으로 드래곤을 바라보았다. 탐욕의 군주보다는 작은 크기였지만 그래도 건물을 보는 것처럼 대단히 컸다. 녹색의 비늘을 가진 드래곤이었다. 녹색 비늘에서는 진득한 검은 오로라가 뿜어져 나오고 있었다. 저것이 바로 대기근의 원인이었다.

두드드!

질병의 군주가 고개를 천천히 들었다. 몸에 쌓였던 돌들이 떨어져 내렸다. 탐욕의 군주는 흉측하게 생겼었지만, 질병의 군주는 전체적으로 둥글둥글했다.

'말이 통할까?'

원작에서는 만나자마자 다짜고짜 난동을 피웠다. 이성이 전혀 없는 미친 드래곤으로 표현이 되었다. 황금색 눈이 진우에게 꽂혔다. 그리고 뒤에 있는 루나를 발견했다. 미궁은 통로에 있어 보이지 않았다.

쿠오오오오!

갑작스럽게 질병의 군주가 포효했다. 엄청난 기운이 뿜어져 나가며 루나가 뒤로 날아갔다. 눈밭에서 성을 만들고 있던 미궁도 루나와 같이 휩쓸렸다. 엄청난 박력과 존재감이었다. 강적이었다.

'그래, 이게 군주지.'

탐욕의 군주 외에는 모두 군주 같지 않은 군주였다. 진정한 위엄을 보여주는 군주가 진우의 눈앞에 있었다. 드래곤의 눈이 반쯤 돌아가 있었다. 이성이라고는 느껴지지 않았다. 원작의 표현대로 미쳐 있었다.

콰앙! 쾅!

마구 난리 치며 주변을 부수기 시작했다. 입을 벌리더니 그대로 브레스를 내뿜었다. 진우의 옆을 스치고 지나갔다. 바닥이 갈라지고 벽이 뚫리면서 레어가 있는 산 전체가 무너져 내렸다. 진우는 마력을 뿜어내며 떨어지는 거대한 잔해를 튕겨 냈다. 산이 뻥 뚫려서 햇빛이 들어왔다.

질병의 군주가 고개를 들더니 그르렁거렸다. 군주가 바라본 방향은 라스칸 왕궁이 있는 곳이었다. 원수라도 보는 것처럼 눈이 길게 찢어졌다. 왕궁을 향해 브레스를 쏘려 했다. 닿지 않더라도 굉장한 피해를 불러올 것이 뻔해 보였다.

타앗!

진우는 바닥을 박차며 뛰어올라 검으로 드래곤의 턱을 베었다. 비늘이 굉장히 단단해 검이 들어가지 않았지만, 브레스의 방향을 틀 수 있었다.

콰가가가가!

하늘로 뻗어 나간 브레스가 구름을 지워 버렸다.

콰아앙!

그대로 터지면서 진득한 기운이 소나기처럼 떨어졌다. 질병의 군주가 날아올랐다. 진우가 레어에서 빠져나오자 눈 속에 파묻혀 있는 미궁과 루나가 보였다. 다친 곳은 없어 보였다.

'전혀 약해지지 않은 것 같은데, 오히려…….'

어째서인지 점점 더 강해지고 있었다. 질병의 군주는 숲에 내려앉아 주변을 마구 부수었다. 진우는 정보의 마안으로 질병의 군주를 바라보았다.

[SS]질병의 군주 아르카나

'죽어라, 커플! 이 세상에서 멸망해 버려라!'

드래곤의 멸망을 이끌었다고 알려진 에이션트 드래곤. 중간계의 자연을 조율할 수 있는 진한 기운을 타고났다. 그러나 많은 드래곤들이 아르카나의 강력한 기운을 감당하지 못하고 자연의 품으로 돌아갔다. 누구도 아르카나의 힘을 버틸 수 없었다.

아르카나는 반만년이 넘는 기간 동안 솔로로 지내며, 어두운 감정을 통해 각성했다. 막대한 권능을 행사할 수 있는 군주로 등극했지만, 더욱 마음이 피폐해졌다. 칠백 년 만에 찾아온 가장 순수한 가을의 기운에 이성을 잃고 말았다.

커플에 대한 원망과 증오, 분노가 각종 질병을 불러왔고, 아르카나를 지배하여 광란에 빠뜨렸다. 이런 세상이라면 차라리 없어지는 게 낫다고 생각하고 있다.

-특수 기술

[S+]반만년 솔로

'손이라도 한번 잡아보고 싶다.'

군주의 지위를 얻게 해준 권능. 원한, 증오, 분노 그리고 절망이 질병의 군주를 강하게 해준다. 사랑에 빠진 커플을 없애는 것으로 아주 큰 경험치를 얻을 수 있다.

[A]커플 감지

반경 200km의 모든 커플을 감지할 수 있다.

쿠오오오오!

아르카나가 울부짖었다. 정보의 마안으로 사정을 알았기 때문인지, 위엄이 넘친다기보다는 무언가 처량하게 느껴졌다. 그러고 보니 주인공은 질병의 군주 앞에서도 루나와 알콩달콩한 분위기를 연출해냈다.

루나를 몸으로 보호하면서 질병의 군주를 상대했다.

얼마나 약이 올랐을까?

미궁의 말이 이해가 되었다. 미궁은 성별이 존재하지 않은 건물이라 괜찮았지만, 질병의 군주는 아니었다.

진우는 군주답다고 생각한 걸 취소했다. 질병의 군주는 아주 심하게 가을을 타고 있었다.

생각해 보면 그럴 만도 했다. 무려 칠백 년 만에 찾아온 아주 옆구리가 시린 가을이었다. 충분히 눈이 돌아갈 만했다. 반만년 동안 솔로였는데, 그 힘으로 각성하여 군주가 되었다. 특별한 일이 없는 이상 그 힘은 세월이 지날수록 점점 더 강해질 것이다.

오천 년이 더 지난다면 탐욕의 군주보다 더 강해지지 않을까?

난장판이었다. 원한이 엄청난지 산과 주변에 있던 숲이 모두 녹아내리고 있었다. 사방으로 브레스를 쏴대다가 꼬리와 날개로 모든 걸 뒤집어놓았다.

"이, 이것이 군주의 힘! 이대로 놔두었다가는 중간계가 위험해요!"

루나가 보기에는 중간계를 멸망시키려는 군주 그 자체로 보였다. 주변을 마구 날아다니면서 난리를 피우니 접근하기도 힘들었다. 커플 감지 능력으로 라스칸 왕국 수도에서 열린 축제를 감지했는지, 더욱 날뛰었다. 마구 날뛰면서 조금씩 그쪽으로 이동하고 있었다.

'저대로 놔둘 수는 없으니…….'

폭주하고 있어서인지 점점 더 강해지고 있었다. 사정은 딱하지만 막아야 했다.

진우는 잠시 질병의 군주를 지켜보면서 잠시 생각에 빠졌다. 드래곤을 쉽게 상대할 수 있는 건 역시 드래곤뿐이었다. 마계가 아니므로 암흑 마력을 지원받을 수 없었다.

'루나가 있었지.'

진우는 루나를 바라보았다. 중간계에서 쓸 수 있는 힘이 있었다.

"신성력 좀 빌릴게."

루나를 통해 신성력을 빌렸다. 아바타이기는 하지만 루나는 천계와 연결되어 있었다. 막대한 신성력이 진우의 왼손에 빨려 들어왔다. 천계에 큰 영향이 갈 만큼 많은 양이었는데, 그런 걸 신경 쓸 여유가 없었다. 지금은 질병의 군주를 막는 게 우선이었다.

진우는 붕대를 풀며 오른손에 신성력을 쑤셔 넣었다. 암흑 마력으로 움직이던 에너지원에 신성력이 가득 찼다. 오른손이 하얀빛으로 일렁였다. 손을 뻗자 거대한 드래곤의 뼈가 모습을 드러냈다. 신성력으로 일렁이는 하얀 뼈였다.

모든 제약을 풀었다. 황금의 군주를 제어하지 않았다. 신성력으로 이루어진 근육과 비늘이 생겨나며 전혀 다른 형태로 바뀌었다. 흑염룡이 아니었다.

[S+]신성룡

루나를 통해 천계의 신성력을 빌려 탄생한 드래곤. 천상의 아름다움을 지니고 있다. 황금의 군주가 작동하여 매우 아름답고 성스러운 모습으로 변하였다. 방어와 회복, 정화에 특화가 되어 있어 공격 능력은 흑염룡보다 떨어진다.

루나가 매우 놀라며 입을 떡하니 벌렸다. 막대한 신성력으로 이루어진 드래곤은 루나의 신격보다 우위에 있었다. 루나는 최상위 마왕에 버금가는 힘을 가지고 있었지만 군주에 비할 바는 아니었다.

진우가 손을 뻗자 신성룡이 날아올랐다. 질병의 군주가 고개를 돌려 신성룡을 바라보았다. 모든 동작이 멈추었다. 마치 얼음이라도 된 것처럼 그대로 굳었다.

반쯤 돌아가 있던 눈이 정상으로 돌아왔다. 큰 충격이라도 받은 것처럼 동공이 크게 떠졌다. 질병의 군주가 워낙 커서 정확히 볼 수 있었다.

신성룡이 질병의 군주를 덮쳤다. 질병의 군주가 지금까지 보여주었던 모습과는 다르게 힘없이, 그리고 어째서인지 다소곳하게 쓰러지며 신성룡과 함께 주변을 뒹굴었다. 나무들이 치솟고 돌들이 부서졌다. 질병의 군주는 기이하게도 반항하지 않았다.

신성룡이 입을 벌려 목을 물었지만, 고통을 느끼고 있는 것 같지는 않았다. 오히려 눈동자가 더욱 초롱초롱해졌다.

이해할 수 없는 광경에 루나의 표정이 멍해졌다. 주변을 병들게 만드는 기운이 점차 연해졌다. 불길하게 일렁였던 군주의 기운도 깨끗해지기 시작했다. 검은 기운이 사라지며 깨끗한 녹색의 비늘이 모습을 드러냈다. 신성룡에게서 뿜어져 나오는 신성력 탓일까?

[멋져…….]

아니었다. 반만년 동안 쌓였던 감정들이 해소되고 있었다. 진우가 예상했던 방식은 아니었다.

신성룡이 공격했지만, 질병의 군주는 반항하지 않았다. 오히려 날개로 꼭 껴안고 헤실거리고 있었다. 보는 이가 어이가 없을 정도로 행복해 보였다.

쿠, 쿠오오!

당황한 것은 신성룡에 깃든 황금의 군주였다. 황금의 군주는 언제나 아름답고 우아함을 유지해야 했지만 그게 흔들릴 만큼 당황했다. 꿀 떨어지는 눈빛에 신성룡이 흠칫했다.

"수, 숲이……."

루나가 놀라며 주변을 바라보았다. 시들었던 숲이 정상으로 돌아왔다. 아니, 더욱 생동감이 넘치게 되었다.

신성룡의 공격은 질병의 군주에게 전혀 통하지 않았다. 당황하면서 하늘로 날아올랐다. 질병의 군주가 같이 날아오르며 신성룡을 쫓아다녔다. 폴짝폴짝 뛰어다녔다. 굉장히 수줍어 보였다. 긴 꼬리가 물결치며 하트를 그렸다. 저 드래곤이 조금 전 주변을 다 때려 부쉈던 질병의 군주라고는 도저히 믿기 힘들었다.

진우와 루나가 그 광경을 보곤 입을 열지 못했다.

"역시 불쌍함. 맨날 짝없다고 울었음."

옆에 나타난 미궁이 하늘을 올려다보며 그렇게 말했다.

"그래서 평생 없을 거라고 사실대로 말해줬음."

"그랬군."

팩트 폭격을 맞고 레어에 틀어박혔다고 한다.

미궁도 역시 사악한 군주였다.

신성룡은 간절한 눈으로 진우를 바라보았다. 오른손에 있으면서 계속 밖으로 나오고 싶어 했는데, 지금은 제발 역소환해 달라는 간절한 눈빛이었다.

질병의 군주가 그대로 신성룡을 잡자 바닥으로 추락했다. 다시 숲을 뒹굴었다.

신성룡은 도망쳤고 질병의 군주는 그 뒤를 쫓았다.

진우는 잠시 저대로 놔두기로 했다.

"여, 역시 사, 사랑이 넘치는 계, 계절이네요."

루나가 고장 난 것 같았다.

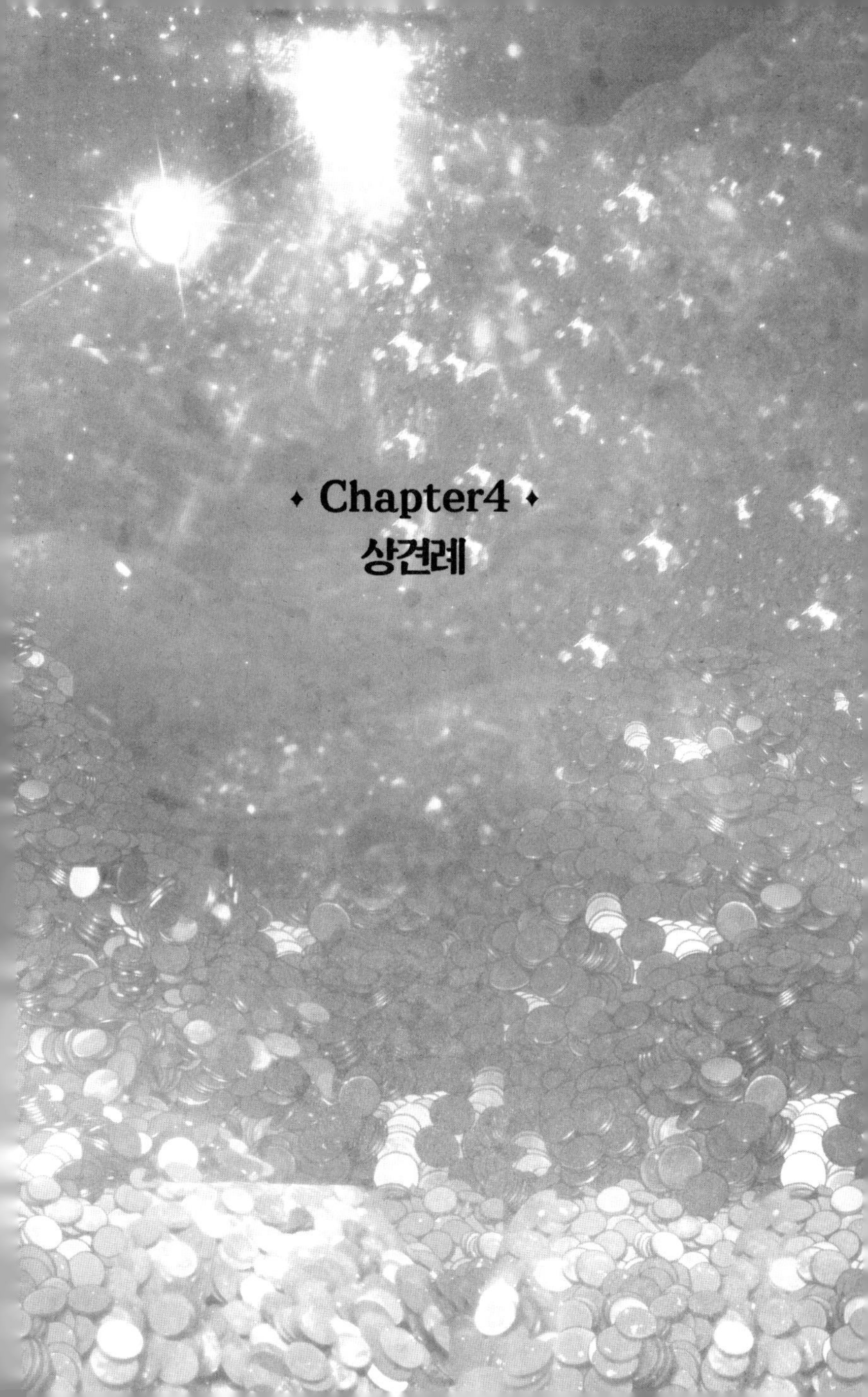

⬩ Chapter4 ⬩
상견례

신성룡을 역소환시키지 않고 그렇게 한동안 놔두었다. 질병의 군주, 아르카나가 가진 부정적인 감정이 모두 사라질 때까지 놔두는 것이 좋을 것 같았기 때문이다.

[신성룡이 역소환을 원합니다.]

"조금만 더 있어 봐."

아르카나는 다른 의미로 천적이었다. 신성룡이 질색하며 아르카나를 피해 다녔다. 꽤 볼만한 광경이기는 했다.

신성룡이 희생한 결과, 대기근을 일으킨 질병은 씻은 듯 사라졌고, 숲과 질병이 퍼져 나가던 모든 지역이 완전히 정상으로 돌아왔다. 산이 사라지고 숲이 반쯤 박살이 났지만, 그래도 전에 비하면 평범한 광경이었다. 아르카나가 반짝이는 녹색 비늘을 완전히 되찾자, 진우는 신성력 공급을 끊었다.

신성룡의 크기가 작아지면서 진우의 오른손에 빨려 들어왔다. 신성룡이 간신히 안도의 한숨을 내쉬고는 사라졌다.

진우는 오른손을 바라보았다. 붕대를 감으려 했는데, 감지 않아도 반응이 없었다. 평소에 마구 기운을 흘려대며 존재감을 과시했지만, 지금은 너무나 조용했다. 말을 아주 잘 따랐다. 또 소환할까 봐 전력을 다해 복종하고 있었다. 황금의 군주는 아름다움이 깨지는 걸 싫어했다. 아르카나가 자주 깨뜨려 버리니 피하고 있었다. 역시 폼에 살고 폼에 죽는 황금의 군주다웠다.

'잘 된 건가?'

대기근도 막고, 질병의 근원도 완전히 사라졌다. 그리고 황금의 군주도 순종적으로 변했다. 지금까지의 결과만 놓고 보자면 아주 좋았다. 최상의 결과였다. 질병의 군주 아르카나를 제외하면 말이다.

스윽!

아르카나가 거대한 눈동자로 진우를 바라보았다. 아르카나는 진우의 오른손에 신성룡이 회수되는 걸 모두 보았다.

진우도 아르카나를 올려다보았다. 잠시 그렇게 눈이 마주쳤다. 핑크빛이 가득했던 아르카나의 눈빛이 또렷해졌다. 눈이 크게 떠지더니 동공이 마구 흔들렸다.

우당탕! 쿵!

바닥을 파고들어 몸을 숨겼다. 머리만 살짝 내놓고 진우를 힐끔힐끔 바라보고 있었다. 숨는다고 숨었는데, 워낙 커서 티가 다 났다. 꼬리로 흙을 치고 있는 모습을 보니, 흑역사 때문에 이불킥을 하는 모습이 연상되었다.

'중간계에 해를 끼칠 것 같지는 않은데.'

질병이 퍼지는 것을 막았으니 지구도 무사할 것이다. 전혀 위험해 보이지는 않으니 놔둬도 될 것 같았다.

아르카나가 숨어 있는 흙더미에서 나무와 풀이 순식간에 자라났다. 중간계의 대자연을 조종할 수 있는 권능이 다시 돌아온 것이다. 원한이 사라져서 격이 떨어진 건 어쩔 수 없었다.

"일단 돌아갈까?"

"그, 그러죠."

루나는 간신히 고개를 끄덕였다. 도저히 믿기 힘든 광경을 목격한 터라 그녀는 마치 영혼이 사라진 것 같은 표정이었다.

진우는 바로 마을로 향했다.

딱히 아무런 말도 하지 않았는데도, 아르카나는 진우의 뒤를 졸졸 따라왔다. 처음에는 거대한 드래곤의 모습으로 두더지처럼 바닥에 숨어서 따라오다가, 숲을 벗어나니 미궁과 같은 인간형으로 변했다. 녹색 머리카락을 지닌 성숙한 여인의 모습이었다. 엘프와 비슷한 복장을 하고 있었는데, 워낙 몸매가 폭발적이다 보니 엘프와는 느낌 자체가 달랐다.

진우는 시선이 느껴져 뒤를 바라보았다.

쏙!

아르카나가 바위 뒤에 숨었다. 그러나 살짝 삐져나온 뿔과

긴 꼬리는 감출 수 없었다. 나무나 바위 뒤에 숨어도 긴 꼬리가 보였다. 꼬리가 살랑거렸다.

'음…….'

모른 척해야 할까?

루나는 어색한 표정을 하며 필사적으로 모른 척하고 있었고, 미궁은 가끔 아르카나에게 다가가 그녀를 놀라게 했다. 그러면 미궁과 다투고는 하루 정도는 사라졌다가 다시 나타났다. 성소에 갔다 오면 그 자리에 아주 잘 손질된 물고기나 고깃덩어리, 또는 먹음직스러운 과일들이 잔뜩 있었다.

"어, 어떡해요? 계속 따라올 것 같은데……. 무려 군주라고요."

"미궁도 군주고 나도 군주잖아."

"아!"

루나는 깨달음을 얻었다. 따지고 보면 군주라고 두려워할 필요가 없었다. 성소에서 자주 보는 허영도 군주였고, 미궁도 군주고 진우도 군주였다.

아르카나가 며칠 안 보이는가 싶더니, 다시 나타났다. 그전까지는 손질한 재료를 주었다면 지금은 달랐다. 어디서 배워 왔는지는 모르지만 거대한 식탁 위에 중간계의 각종 요리가 보기 좋게 놓여 있었다. 처음에는 어설펐는데, 마을 근처까지 도착할 때쯤이 되니 굉장한 수준이 되었다. 데코레이션까지 완벽해서 사진을 찍고 싶은 충동까지 생길 정도였다.

진우는 문득 어린 시절에 보았던 전래동화가 생각났다.

'우렁각시도 아니고…….'

드래곤이었다. 그것도 군주가 된 드래곤.

커다란 나무를 바라보았다. 그 뒤에 살짝 꼬리가 보였다. 진우는 정보의 마안으로 그녀를 살펴보았다.

Lv.93

[S+]가을의 승리자 아르카나

호감도: 측정 불가.

'놓치지 않을 거예요.'

반만년의 고통 끝에 새로운 사랑을 찾아 본래의 순수했던 모습으로 돌아왔다. 덕분에 랭크가 한 단계 떨어졌다. 진우 안에 깃든 용의 힘을 느껴 아주 깊게 반한 상태이다. 이성이 돌아오니 그동안 자신이 부렸던 추태가 떠올라 감히 그의 앞에 나타날 수 없게 되었다. 현재로서는 멀리서 지켜보고 챙겨주는 것만으로도 막대한 행복을 느끼고 있다.

-특수 기술

[S+]현모양처

사랑의 힘으로 무엇이든 빨리 배운다. 헌신하는 상대를 위해 무언가를 할 때, 육체 랭크와 마력이 무지막지하게 상승하고 막대한 경험치를 얻는다. 다만, 이성을 잃을 수도 있어 주의를 요한다.

[A]핑크빛 추적

권능을 소모하여 상대의 위치를 추적할 수 있다.

아르카나가 지닌 권능이 완전히 바뀌었다. 위협적인 기술은 없었지만 역시 군주다 보니 굉장하기는 했다. 중간계를 정복한다거나 무언가를 파괴할 생각은 전혀 없어 보였다. 그래서 대응하기가 더 어려웠다. 일단 가만히 놔두는 게 좋을 것 같았다.

빠르게 마을로 돌아올 수 있었다. 마을은 여전히 북적였고 평화로웠다. 도시로 발전하는 단계였다. 이미 작은 도시라고 불러도 손색이 없었다. 마을에 당연히 아르카나도 따라왔다. 중간계에 돌아다니게 놔두는 것보다 마을에 있는 게 차라리 나을지도 몰랐다.

[에이션트 드래곤 아르카나가 성역에 머무릅니다. 아르카나가 성역의 기운을 느끼고 행복해합니다. 아르카나가 성역의 수호룡, 중간 보스가 되었습니다. 성역이 더욱 확장됩니다. 성역에 속한 주민, 몬스터가 아르카나의 가호를 받습니다.]

이곳이 진우의 영역임을 알아차리자 바로 이곳에 머물기로 한 모양이었다. 아르카나의 합류로 성역의 권능이 더욱 강해지고 넓어졌다.

'음…….'

미노타우로스와 피쉬맨, 그리고 던전이 있었다. 거기에 드래곤까지 머물게 되었다. 누가 보더라도 절대 평범한 마을은 아니었다. 진우는 어쨌든 평화로우니 됐다고 생각했다.

아르카나는 처음에는 절벽에 동굴을 파고 머무르다가, 마을에 익숙해지자 아예 마을로 내려와서 집을 짓고 머물기 시작했다. 인간화가 익숙하지 못해 뿔과 꼬리가 여전히 있었는데, 머리 장식과 긴 치마로 뿔과 꼬리를 숨겼다. 나름대로 변장을 한 것이다.

아르카나는 인간에게 익숙해지기 위해서 매일매일 단련했다. 성과가 있었다. 꽃이나 약초를 팔기 시작하면서 단번에 유명해졌다. 여러 가지 효능이 있는 약초는 마을 사람들뿐만 아니라 마을에 방문한 모험가들에게도 인기가 많았다.

그녀의 일과는 단순했다. 아침 일찍 일어나 진우가 머무는 집과 주변을 깨끗하게 청소했다. 벌레는커녕 더러운 입자 하나라도 남겨놓지 않았다. 필요한 건 없는지 이것저것 살펴보다가 바로 채워놓았다. 마지막으로 진우가 올 시간에 맞춰 진수성찬을 차려놓았다.

"허허, 오늘도 수고하는구만."

"정말 참하네."

마을 사람들은 지극정성인 그녀를 보며 고개를 끄덕일 뿐이었다. 정작 진우와 이야기를 나눈 적이 없었지만 말이다.

상을 차리기 시작했다. 오늘은 대륙을 가로질러 넓은 바다까지 가서 잡은 크라켄 다리와 깊은 심해에만 산다는 전설의 물고기를 잡아 요리했다. 유명 레스토랑에서 납치한 요리사들에게 모든 요리 기술을 배웠기에 그녀의 실력은 최고였다. 기술을 배우고 나서 수고비로 약초를 만들어주는 것도 잊지 않았다.

'오늘도 안 오시네.'

간절히 기다려 봤지만 나타난 건 미궁과 루나, 그리고 엘리제였다. 미궁은 아주 익숙하게 자리에 앉아 수저를 들었다.

우걱우걱!

다른 이는 몰라도 미궁은 음식을 먹지 않아도 되었는데, 아주 잘 처먹었다.

으득!

이가 갈렸지만, 간신히 참아냈다. 포악한 드래곤이 이 정도로 참은 것은 사랑의 힘이라고밖에 말할 수 없었다.

황금의 군주를 떠올리자 금세 화가 가라앉았다. 그는 그녀가 반만년 동안 상상했던 이상형을 아득히 초월해 있었다. 가장 아름다운 신성한 드래곤의 모습을 가지고 있었다. 그리고 그녀가 동경하면서도 두려워했던 탐욕의 군주 칼베르토의 모든 것을 가지고 있었다. 카리스마 있는 흑염룡도 느낄 수 있었다.

아름다움, 위엄, 멋짐이 하나로 합쳐진 그야말로 삼위일체였다. 그동안 망하기를 바랐던 세상이 너무나 아름다워 보였다.

'일단…….'

일단 아들 하나 딸 하나를 가지는 게 좋을 것 같았다. 아들은 엄하게 키울 생각이었다. 차원을 다스리는 훌륭한 왕으로 키우고…… 손자와 손녀가 뛰어다니면 그걸 흐뭇하게 둘이서 바라보며…….

"흐, 흐흐……."

미궁은 구석에서 웃음을 흘리고 있는 아르카나를 바라보며 고개를 설레설레 저었다.

"불쌍함."

"아르카나 님?"

엘리제가 아르카나를 발견했다. 아르카나는 언제 숨어 있었냐는 듯 헛기침을 하며 청소하는 척했다. 크라켄 다리를 씹고 있던 루나가 그녀를 보고는 주춤거렸다. 거의 매일 요리를 얻어먹는 터라 익숙해지기는 했지만 역시 편하게 대할 수는 없었다.

"군주……."

"꽃집을 운영하는 아르카나입니다. 나이 24세 마을 사람입니다. 인간입니다."

아르카나의 황금빛 눈동자가 길게 찢어졌다.

루나는 고개를 끄덕일 수밖에 없었다. 엘리제가 고개를 숙였다.

"오늘도 감사합니다."

"무슨 말인지 모르겠군요."

통하지 않는 연기를 했지만, 아르카나는 진지했다. 엘리제가 루나와 미궁에게 눈치를 주자 둘은 고개를 끄덕였다. 신기하게도 평범한 인간인 엘리제가 늘 중재를 했다.

아르카나가 어색하게 다시 청소하는 척할 때였다.

"아르카나, 여기에 있었군. 지금 바쁜가?"

"알론소 님, 무슨 일인가요?"

"약초를 주문하고 싶어서 말일세."

아르카나가 고개를 끄덕였다. 이럴 때 보면 굉장히 평범한 사람처럼 보였다. 성숙한 분위기에 청순미가 흘러넘쳐 마을 남성들이 마음고생이 심했다.

그녀에게 반한 모험가들도 자주 찾아왔다. 드래곤답게 주머니를 아주 탈탈 털어버렸다. 아르카나의 약초는 신성 마법과 궁합이 잘 맞아서 알론소나 신관들이 자주 찾았다.

"누가 다쳤나요?"

"음, 아돌룬이 혼수 장만을 한다고 무리한 모양일세."

"그렇군요."

"좋은 환경에서 시작하고 싶은 마음은 이해하네만, 본인이 다치면 쓰나. 거 참……."

마침 약초를 가지고 있었다. 아르카나는 품에서 꺼내 알론소에게 약초를 건네주었다. 알론소가 떠나자 그녀의 머릿속에 여러 단어가 떠다니기 시작했다.

'혼수…… 좋은 환경…….'

그러고 보니, 그분의 영역에 머무르고 있지만, 아무것도 챙겨오지 않았다. 드래곤에게 있어 영역에 머무는 걸 허락한다는 말은 일원으로 받아들인다는 말이었다.

첫 만남에 추태를 부려서 부끄러워 나오지도 못하고 있었는데, 염치없이 맨몸으로 와서 얹혀살고 있었다!

아르카나는 고민하다가 미궁을 바라보았다. 미덥지 않지만, 의견을 구해보고 싶었다.

"혼수로는 뭐가 좋을까요?"

"크고 빛나는 거."

미궁의 말에 엘리제는 잠시 생각하다가 입을 뗐다.

"의자 같은 가구가 좋을 것 같아요."

"아무래도 집을 꾸밀 수 있는 게 좋겠죠."

루나도 의견을 말했다.

아르카나는 한동안 그 자리에 서서 생각에 빠졌다. 그러고는 건물 밖으로 뛰어나갔다. 그녀가 가지고 있던 가장 크고 화려한 보석이 생각났다. 오래전, 그녀의 다른 레어에 있었는데 지금은 유실되고 없었다. 그녀가 잠들어 있는 사이 도둑놈들이 레어로 침입해 훔쳐갔기 때문이다. 그러나 마법이 걸려 있어 어디에 있는지 알 수 있었다.

생각해 보면 정말 괘씸했다. 하지만 너그럽게 봐주기로 했다. 세상은 아름다운 곳이니까 말이다. 딸과 아들, 손녀, 손자가 뛰어놀 세상이었다.

그녀의 얼굴이 붉게 달아올랐다. 이미 상상 속에서는 가족계획이 5대까지 내려갔다.

아르카나는 마을 밖으로 나와 깊은 숲속에 들어왔다. 주변에 아무도 없자 바로 본래 모습으로 변해 하늘 위로 날아올랐다. 그녀가 향한 곳은 라스칸 왕국의 왕궁이었다. 그곳에 그녀의 보석이 있었다.

라스칸 왕국은 내전에 휩싸여 있었다. 왕궁을 둘러싸고 1왕자와 2왕자의 지지세력들이 맞붙었다. 라스칸 왕국의 여신 교단도 두 파벌로 갈라져서 치열한 싸움을 벌였다. 그러나 교단은 알 수 없는 이유로 공멸했다. 귀족회가 손을 썼다는 분석이 있었는데, 증거는 없었다.

정통 후계자에 가까운 1왕자가 왕궁을 지키고 있었고, 2왕자가 병력을 동원하여 굳게 잠긴 문을 뚫어냈다. 2왕자는 병석에 누운 왕이 정신을 차리려고 하자, 암살자를 보내 왕을 암살했다. 왕이 죽은 이상, 왕을 상징하는 옥새를 탈환하면 귀족회도 자신을 왕으로 인정할 수밖에 없었다.

옥새는 빛나는 보석이 가득 달린 왕좌에 비밀스럽게 보관이 되어 있었다. 그 옥새 아래 라스칸 왕국의 모든 귀족 가문이 왕국에 충성을 맹세했다. 단순한 상징이 아니라 서약 그 자체였다. 왕권이 약함에도 귀족들이 왕의 권위를 인정해 주는 이유였다. 2왕자의 병력이 크게 앞서고 있었다. 결국, 왕궁 안까지 진격할 수 있었다. 1왕자와 그를 따르는 기사들이 왕좌 앞에 서 있었다.

“이제 끝이다!”

“크윽…….”

1왕자는 침통한 눈빛으로 2왕자를 노려보았다. 조금 방심했던 것이 패배의 원인이었다.

1왕자는 죽음을 예감했다. 2왕자는 그를 살려둘 생각이 없었다.

"모두 죽여."

2왕자가 그렇게 명령을 내리자 병사들이 무기를 치켜들었다. 모두를 죽이기 위해 달려드는 그 순간이었다.

태풍이라도 온 것일까? 갑자기 왕궁이 흔들렸다.

콰아아앙!

거대한 천장이 무너져 내렸다. 1왕자와 기사들은 간신히 무너져 내리는 잔해를 피했다.

"무, 무슨……."

왕궁을 무너뜨리고 나타난 것은 거대한 드래곤이었다.

"드, 드래곤……."

모든 이들이 드래곤을 보자 얼어붙었다. 소드 마스터들마저 덜덜 떨면서 검을 떨구었다. 전설 속에나 등장하는 드래곤이었다. 모든 몬스터의 정점이자 악의 상징이었다.

드래곤이 커다란 눈으로 그들을 훑어보다가 고개를 돌렸다. 왕좌에 붙어 있는 거대한 보석이 유난히 더 반짝였다.

드래곤은 왕좌를 바라보고는 그대로 입을 벌려 물었다.

두드득!

수백 년간 자리를 지키던 왕좌가 그대로 뜯겨 나갔다. 모두 그 모습을 멍하니 지켜볼 수밖에 없었다. 맞서 싸울 생각은 아에 하지도 못했다.

휘이익!

드래곤은 그대로 날아올라 저 멀리 사라졌다.

두 왕자는 싸움을 멈춘 채 멍하니 하늘을 올려다보았다. 옥새뿐만 아니라 왕좌까지 통째로 사라졌기 때문이다.

왕권이 완벽하게 붕괴한 날이었다.

진우는 며칠 동안 지구에 머물면서 밀린 스케줄을 한 번에 소화했다. G&P의 공식 행사에 참여했고, 협회의 초대를 받아 만찬에도 다녀와야 했다.

"상견례?"

"네, 이민우 측에서 일을 빠르게 추진했습니다."

유나가 말에 진우는 고개를 끄덕였다.

상견례라고는 하지만 진우와 이민우는 부모가 없었다. 그리고 엘라도 그러했다. 이희진 회장에게 엘라를 소개해 주는 자리일 뿐이었다.

이민우의 추진력은 정말 대단했다.

'사랑의 힘인가?'

진우는 피식 웃고 자리에서 일어났다. 유나와 잠시 이야기를 나누다가 중간계로 돌아왔다. 중간계에 있는 진우의 집은 먼지 하나 없이 깨끗했다. 광이 날 정도였다.

"음?"

테이블 앞에 진짜 빛나는 게 있었다.

"의자?"

수많은 보석이 박혀 있는 의자였다. 의자의 정중앙에는 태양을 보는 것 같은 보석이 박혀 있었는데, 사방으로 빛을 뿜어내고 있었다. 굉장히 부담스러운 의자였다.

[라스칸 왕국의 실질적인 지배자가 되었습니다. 칭호를 획득하였습니다.]

[B]모든 일의 흑막

[A]인기남

정보를 확인해 보니 테이블 앞에 있는 의자는 왕좌였다.

저게 왜 여기에 있는 걸까?

라스칸 왕국은 귀족회에 의해 개혁이 되었다. 그동안 왕족이라는 이름 아래 방탕한 생활을 했지만, 이제는 그럴 수 없게 되었다. 왕자를 포함해서 모든 왕족이 해체되었다. 귀족회가 아닌 왕족 쪽에 붙어서 비리를 일삼았던 귀족들도 모조리 청소되었다.

타락한 왕족과 신관들 때문에 드래곤이 나타났다는 소문이 났다. 민심은 등을 돌렸고, 국교는 자연스럽게 성자의 교단으로 정해졌다. 마왕을 물리친 성자가 있었기 때문이다. 성자라면 드래곤도 물리칠 수 있다는 믿음이 백성들 사이에서 생겨났다.

도플로와 도플갱어들은 진우의 계략에 감탄을 금치 않을 수 없었다. 드래곤을 지배하는 위엄을 보여주었고, 바로 전력으로 활용해 왕족을 해체해 버렸다. 도플로가 한 일이라고는 그저 보조를 맞춘 것밖에 없었다.

중간계의 왕국 중에서 가장 커다란 영토를 지닌 라스칸 왕국을 점령하자 마계는 축제 분위기였다. 중간계에 천계와 비교할 수 없을 정도로 큰 영향을 끼치게 되었으니 기뻐하는 건 당연했다.

그런 분위기였지만 진우는 고민에 빠져 있었다. 중간계의 집은 본래 아늑한 분위기였다. 화려한 보석이 가득 박힌 왕좌를 기점으로 무언가 하나둘씩 채워지더니 황실처럼 변했다. 집도 전체적으로 리모델링되었다. 어디서, 어떻게 초빙했는지는 모르지만, 소문에 따르면 중간계 최고의 건축가들이 밤낮을 가리지 않고 매달려 지었다고 한다.

미궁은 왕좌가 마음에 들었는지 그곳에 자주 앉았다. 그럴 때마다 저쪽 구석에서 이가 갈리는 소리가 들려왔다. 미궁이 진우에게 매달릴 때면 마을 외곽에서 폭발음이 치솟았다. 꽃집 여주인이 마을 외곽 던전을 정복했다는 소문이 들려온 것도 그때였다. 그날 미궁은 복통에 시달렸다.

진우는 조심스럽게 기척을 죽이며 아르카나에게 다가가 보았다. 구석에 숨어 있던 아르카나와 진우의 눈이 마주쳤다. 아르카나의 동공이 크게 확장되었고 얼굴이 마치 터질 것처럼 붉게 달아올랐다. 그녀의 심장 소리가 진우의 귀에 들릴 정도였다.

"울컥!"

아르카나가 피를 토했다. 코피까지 줄줄 흘렀다.

쿵!

아르카나가 옆으로 넘어가며 그대로 기절해 버렸다. 진우가 이렇게 다가가서 말을 걸려고 하면, 대부분 저렇게 기절했다. 반만년 만에 찾아온 폭발적인 감정을 주체하지 못하고 있었다.

주르륵!

드래곤의 피에는 많은 힘이 담겨 있었다. 아르카나의 권능이 담긴 피가 대지에 스며들며 사람 형태의 식물인 만드라고라나 골렘 등이 나타나기 시작했다. 최근에는 말하는 나무까지 생겼다고 한다.

"헤, 헤헤……."

기절한 모습도 굉장히 행복해 보였는데, 진우의 앞에서는 전혀 드래곤답지 않았다. 수습은 엘리제나 루나가 해주었다.

'익숙해지는 수밖에 없겠군.'

현재는 그 방법밖에 없었다. 시간이 필요할 것 같았다.

진우는 지구로 돌아왔다. 아주 오랜만에 이희진 회장과 만나는 날이었다. 엘라와 이민우 덕분이었다. 설이나 추석에도 안부조차 보낸 적이 없었는데, 막상 만난다고 하니 상당히 느낌이 이상했다.

'이희진 회장이 악역 역할을 하긴 했지만…….'

이진우가 죽고 나서의 일이었다. 이민우가 그런 이희진 회장을 죽였다. 지금은 상당히 얌전했다. 원작과는 다르게 이희진 회장과 이민우의 사이도 그렇게 나빠 보이지는 않았다.

무슨 계기가 있었던 걸까?

"엘론티 쪽은 어때?"

"엘프들이 반대하긴 했지만, 엘라 님이 잘 수습했습니다. 이민우에 대한 이미지가 상당히 좋지 않습니다."

유나가 진우의 말에 그렇게 대답했다.

'알아서 하겠지.'

왜인지는 모르겠지만 G&P나 JW 게이트에 있는 이들은 이민우를 싫어했다. 종족, 수명, 이희진 회장 등을 포함하여 둘이 넘어서야 할 역경이 참 많았다.

준비를 끝마친 진우는 이희진 회장이 머무는 빌딩으로 향했다. 이진우가 되었을 때 이후로 처음이었다. 굉장히 높은 빌딩이기는 하지만 예전과는 다르게 빌딩이 높게 느껴지지 않았다. 성소에 있는 미궁에 비하면 규모 자체가 달랐다.

진우는 피식 웃었다.

'나도 많이 바뀌었군.'

의도한 바는 아니었지만 어쩌다 보니 그의 세력은 일선 그룹을 일선 그룹 따위라 부를 만큼 거대해졌다. 영토만 해도 엘론티, 마계, JW 게이트, 그리고 중간계의 왕국까지 있었다. 아르카나는 논외로 치더라도 군주만 해도 본인을 포함해 3명이었다.

진우는 약속 시각보다 일찍 도착했다. 최상층에는 아무도 없었다. 이희진 회장의 명령인 듯했다. 게이트 물품들이 진열되어 있었는데, 대부분 JW 게이트에서 나온 것들로 바뀌어 있었다.

최상층에 있는 거대한 저택으로 향하는 문이 보였다. 긴장은 전혀 되지 않았다. 탐욕의 군주, 거대한 미궁, 드래곤까지 겪은 진우였다. 긴장하는 게 더 이상했다.

노크를 해봤지만, 응답이 없었다. 안에서 인기척이 느껴졌다. 문을 열려고 하니 무언가 걸린 것처럼 열리지 않았다. 조금 힘을 주자 잠금장치가 부서졌다. 경보는 울리지 않았다.

'괜찮겠지.'

진우는 떨어진 부품을 바라보다가 안으로 들어갔다. 이곳은 여전했다. 유리로 된 천장 아래 정원이 펼쳐져 있었다. 그리고 한옥 스타일의 집이 있었다.

거침없이 정원을 가로질러 집에 도착했다. 큰 방에서 무언가 분주하게 움직이는 소리가 났다. 이희진 회장이 안에 있는 것 같았다.

"저 왔습니다. 들어갈게요."

진우는 그렇게 말하며 문고리를 잡아당겼다. 이희진 회장이 빠르게 손을 움직이며 무언가를 숨기고 있었다.

깜짝 놀란 듯했지만 그런 기색을 빠르게 지웠다.

"왔느냐. 오랜만이군."

근엄한 표정으로 진우를 바라보았다. 지구의 황제라 불리는 이희진 회장답게 카리스마가 엄청났다. 그러나 진우의 존재감이 훨씬 대단했다.

"바쁘신 것 같은데……."

이희진 회장이 깔고 앉은 방석 밑에 무언가 삐져나와 있었다. 자세히 보니 사진이었다. 환하게 웃고 있는 엘라의 얼굴이 보였다.

진우의 시선에 이희진 회장은 아래를 바라보았다. 사진을 발견하고는 움찔했다.

"크, 크흠. 신경 쓰지 말거라. 어떤 여인인지 조사를 해보았다. 흠, 근본이 없더군."

"앨범을 사면 주는 사진 같은데요."

"꼼꼼하게 조사를 할 필요가 있었다."

첫 만남과는 상황이 반대였다. 그때는 이희진 회장이 진우를 나무랐고 진우가 눈치를 살폈다. 지금은 이희진 회장이 필사적으로 머리를 굴리고 있었다.

진우는 이희진 회장도 사람이라는 것을 느낄 수 있었다. 그렇게 생각하자 이희진 회장이 편하게 느껴졌다.

진우는 웃으면서 맞은편에 앉았다.

"형수님이 예쁘기는 하죠?"

"나는 아직 인정 안 했다."

"조사해 보셨으니 알겠군요. 혹시 출신이 걸리시는 겁니까?"

이희진 회장이 진우를 바라보았다. 엘라에게 만들어준 신분은 완벽했지만, 그의 눈은 속일 수 없었다.

"네가 만들어낸 신분인 것은 알고 있다. 모두 조작된 기록이더군."

"인간이 아닙니다. 엘프…… 그러니까 요정이라고 불리는 존재입니다."

진우는 그냥 솔직하게 말해주었다. 간단하게 설명을 해주는 것도 잊지 않았다.

이희진 회장의 눈이 크게 떠졌다. 산전수전 다 겪은 그가 놀랄 정도의 발언이었다. 잠시 깊게 생각을 하다가 고개를 끄덕였다. 깊게 묻지도 않았다.

"그렇군."

"할아버지께서 반대하셔도 소용없습니다."

진우가 할아버지라고 부르자 이희진 회장은 잠시 진우를 바라보다가 시선을 돌렸다.

"크, 크흠. 아직 인정하지 않았다고 했지 반대를 한다고는 하지 않았다."

"다행이네요."

"고얀 놈…… 아예 버르장머리가 없어졌군."

회장이 눈썹을 찡그려도 진우는 여유로울 뿐이었다.

밖에서 인기척이 느껴졌다.

"왔나 봅니다."

"크흠."

민망한지 이희진 회장이 먼저 나갔다.

진우는 방을 둘러보다가 슬쩍 서랍을 열어보았다.

'음…….'

엘라의 앨범과 행사 상품이 가득했다. 걱정하지 않아도 될 것 같았다.

밖으로 나가니 이민우와 엘라가 보였다.

이희진 회장은 둘을 바라보다가 표정을 굳히고는 그대로 몸을 돌려 안방으로 들어갔다. 굉장히 싸늘한 태도로 보였다.

이민우와 엘라의 표정이 굳었다.

"제가 마음에 드시지 않은 걸까요?"

"괜찮습니다. 걱정하지 마세요."

이민우가 애써 굳은 표정을 지우며 엘라를 위로해 주었다.

진우는 안방으로 가보았다. 거울을 보면서 표정 관리를 하고 있는 이희진 회장이 보였다. 씰룩거리는 입꼬리를 간신히 내리고 있었다. 그렇게 노력하자 겨우 진지한 표정이 되었다.

"으, 으음. 왔느냐. 크흠, 와, 왔니? 왔구나……."

인사 연습을 했다.

이희진 회장은 굉장히 많이 바뀌어 있었다. 이진우의 죽음이 그렇게 크게 작용한 걸까? 원작에서 보여주지 않았던 다른 모습인지도 몰랐다.

'아무튼, 솔직하지 못하군.'

진우는 이민우와 엘라에게 다가갔다.

"왔어?"

"군주님……."

이민우는 고개를 끄덕였고, 엘라가 눈물을 글썽였다. 이민우도 진우가 군주라는 걸 엘라를 통해 알게 되었다. 엘라와 함께하기로 했으니 언제까지 숨겨둘 수는 없었기 때문이다.

엘론티를 구한 것도 알자 이민우는 진우에게 큰 고마움을 느끼고 있었다.

"일은 잘되고 있나?"

"나야 뭐……. 그렇지."

"도움이 필요하면 말해라."

이민우의 말에 진우는 그저 웃을 뿐이었다.

둘을 데리고 정원 쪽으로 이동했다. 정원에는 거대한 상이 차려져 있었다. 최고의 쉐프들이 차린 상이었는데, 중간중간에 다른 게 보였다.

[-]할아버지의 손맛

정성이 가득 담긴 반찬과 찌개. 이희진 회장이 손주들, 손자며느리를 위해 직접 만들었다. 티를 내지 않기 위해 여러 개로 나눠 사방에 배치했다. 오랫동안 고민한 결과이다.

메뉴 구성에 어울리지 않았지만, 정성이 느껴졌다. 이희진 회장이 다시 안방에서 나왔다. 엘라가 공손하게 인사를 하자 이희진 회장은 살짝 고개를 끄덕일 뿐이었다.

진우의 눈에는 이희진 회장의 입술이 파르르 떨리는 게 보였다. 연습한 대로 말하고 싶어 하는 것 같았는데, 결국 할 수 없었다.

식탁에 둘러앉았다. 이민우는 엄청난 부담감을 느끼는지 식은땀을 흘리고 있었다. 오히려 엘라는 나긋하게 웃으면서 이희진 회장을 향해 다정다감하게 말을 건넸다. 회장의 근엄한 분위기가 엘라의 따듯한 기운에 많이 흐려졌다.

"크흠."

이희진 회장은 헛기침하며 작게 고개를 끄덕일 뿐이었다.

요리 재료는 JW 게이트의 재료라 잘 먹지 못했는데, 이희진 회장이 만든 반찬과 찌개는 잘 먹었다. 지구의 재료를 썼기 때문이다. 이희진 회장이 진우에게 눈치를 주었다.

'어떠냐고 물어보거라.'

'그냥 직접 하시지…….'

'고얀 놈.'

그런 대화가 눈빛으로 이루어졌다.

진우는 무시할까 하다가 고개를 끄덕였다.

"형수님, 입맛에 맞나요?"

"네? 네! 정성이 가득 느껴져서요. 굉장히 맛있네요."

진우가 형수님이라 부르자 엘라는 크게 당황했지만, 평정을 되찾고 웃으며 대답했다. 이희진 회장은 엘라의 말을 듣고는 살짝 고개를 돌렸다. 엘라는 자신이 잘못 말한 게 아닌가 하고 당황했다.

'좋아하시는군.'

아니었다. 진우의 눈에는 좋아서 어쩔 줄 모르는 이희진 회장이 보였다. 이희진 회장의 귀가 조금 빨갛게 달아올라 있었다.

이민우는 엘라가 먹은 반찬을 맛보더니 고개를 갸웃했다.

"조금 싱거운……."

"크흠!"

이희진 회장이 눈을 부릅뜨며 노려보았다. 이민우는 움찔했다. 엘라를 볼 때와 이민우를 볼 때의 온도 차가 엄청났다.

'이 정도만으로도 대단한 거겠지.'

진우는 그렇게 생각했다. 장소만 특이할 뿐이지 평범한 가족 모임이었다.

식사가 끝나고 자리를 옮겼다. 정원이 보이는 마루에 둘러앉아 차를 마셨다. 엘라가 선물을 꺼내 건네자, 이희진 회장은 진우를 힐끔 바라보았다. 이제는 진우를 아예 의지하고 있었다. 진우는 고개를 설레 젓고는 대신 받아서 옆에 챙겨주었다. 이민우는 굳은 표정으로 이희진 회장을 바라보았다.

"약혼하겠습니다."

이희진 회장이 자리에서 일어나 다시 안방으로 사라졌다.

상황이 뻔히 보였다.

이민우는 이희진 회장이 나올 때까지 머리를 숙이고 있었다. 굉장히 비장해 보였다.

잠시 후, 이희진 회장이 안방에서 나와 고개를 끄덕였다.

"내 알 바 아니다. 알아서 하거라."

"감사합니다."

다소 차가운 말이었지만 이민우는 겨우 고개를 들고 웃을 수 있었다. 엘라도 마찬가지였다. 회장의 허락을 구했으니 다음은 엘론티였다. 진우는 그것까지 챙겨줄 생각은 없었다.

침묵이 내려앉았다. 이희진 회장이 쉬는 데 방해가 된다고 생각해서 이민우와 엘라가 먼저 자리에서 일어났다.

둘이 사라지자 이희진 회장의 포커페이스가 무너졌다.

진우는 그 모습을 보고 웃었다.

"아쉬우세요?"

"크흠, 내가 아쉬울 게 무어가 있겠느냐."

"자고 가라고 하지 그러셨어요. 방도 많은데 스케줄도 비워 놨다고 알고 있는데요."

이희진 회장이 눈이 크게 떠졌다. 충격을 받은 모양이었다. 간신히 정신을 수습한 이희진 회장이 진우를 바라보았다.

"너는 없느냐?"

"선물요?"

"고얀 놈. 여전히 말귀를 못 알아 처먹는군."

"할아버지를 닮았나 보죠."

이희진 회장이 인상을 찡그렸다. 그의 근엄한 모습이 진우의 앞에서 무너진 것도 진우가 군주였기 때문인지도 몰랐다. 군주의 시선에서 본 이희진 회장은 그저 꼬장꼬장한 할아버지에 불과했다.

"저라도 자고 갈까요?"

"크흠."

이희진 회장은 손을 휘저었다. 어깨가 살짝 처져 있었다.

"춥다. 들어오거라."

이희진 회장의 손에는 어느새 엘라가 준 선물이 들려 있었다. 진우는 고개를 저으며 안으로 들어갔다.

기절에서 깨어난 아르카나는 이불을 펑펑 찼다. 또 흑역사를 거하게 썼기 때문이다.

'사과를 해야…….'

그녀는 익숙하게 사과 선물을 챙겼다. 이번에는 용기를 내서 직접 전해주고 싶었다.

마침 특제 비약이 완성되었다. 거대한 솥에 독한 약초를 모아 만든 비약이었다. 군주가 아니고서는 냄새를 맡는 것만으로도 심장이 멈출 정도로 독했다.

벌컥벌컥!

커다란 솥을 들고 단번에 들이켰다. 엄청나게 많은 양을 한

번에 다 마셨다. 그녀의 표정이 차분해졌다. 이제야 심장이 좀 진정을 하는 것 같았다.

'어디 계시지?'

권능을 일으켜 진우의 위치를 추적해 보았다. 중간계에는 없었다. 멀리 떨어진 차원에서 희미하게 기운이 느껴졌다.

'진우 님…….'

진우의 이름도 미궁을 통해 겨우 알아낸 그녀였다.

그녀는 잠시 고민하기 시작했다. 약효가 돌기 시작했다. 이제 진우를 보더라도 기절하지 않을 자신이 있었다. 그래서인지 과감해지고 용감해졌다.

'미궁을 이용하면…….'

미궁은 전 차원에 걸쳐 있으니 미궁을 이용하면 진우 쪽으로 갈 수 있을 것 같았다. 마력 소모가 극심하기는 하겠지만 그런 것 따위는 신경도 쓰지 않았다. 그녀는 조심스럽게 미궁에게 다가갔다. 미궁은 여전히 뒹굴고 있었다.

덥석!

"뭐임?"

아르카나는 미궁의 몸을 잡고는 마력을 일으켰다. 미궁이 눈을 깜빡이면서 그녀를 올려다보았다. 아르카나가 권능을 일으키자 막대한 마력이 빠져나가며 포탈이 생겼다. 성소를 통해 지구로 갈 수 있는 포탈이었다. 아르카나는 진우가 가장 최근의 기운이 남아 있는 곳으로 좌표를 정했다.

'가자!'

그녀는 잠시 망설이다가 안으로 들어갔다. 미궁이 포탈을 바라보며 고개를 갸웃했다. 밖에 있던 루나가 안으로 들어왔다. 한가운데에 덩그러니 있는 포탈을 보며 그녀 역시 고개를 갸웃했다.

진우마저 돌아가자 이희진 회장은 깊은숨을 내쉬었다. 따듯했던 온기가 사라지니 허전함이 밀려왔다. 그러다가 엘라가 떠오르자 부드러운 미소가 입에 걸렸다.

이희진 회장은 엘라의 노래를 자주 들었다. 그녀의 노래는 그에게 큰 의미를 지니고 있었다. 마음이 부드러워졌고, 삶에 대해 다시 생각하게 되었다. 꼭꼭 숨겨놓았던 감정이 다시금 살아났다.

결국, 늦게나마 자신의 진짜 마음을 인정할 수 있었다. 세상을 주무를 권력과 재력을 지니고 있지만, 그저 정에 굶주린 노인에 지나지 않았다.

'검선, 그놈도 놀라겠지.'

검선이 엘라의 콘서트에 갔다고 은근히 약을 올렸다. 약혼 소식이 퍼지면 아마 깜짝 놀라지 않을까? 경악에 빠진 검선의 얼굴을 꼭 보고 싶었다.

'아쉽군.'

이희진 회장은 많은 말을 준비했지만 한마디도 하지 못했다. 표정 관리를 하는 것이 고작이었다. 사랑스러운 손자며느리를 보니 입꼬리가 절로 씰룩했기 때문이다.

"크흠……."

이희진 회장은 괜히 헛기침을 하며 표정을 정리했다.

'진우는…….'

최희연과 약혼이 깨진 이후에 딱히 만나고 있는 사람은 없는 것 같았다.

'유나, 그 아이도 있고 연구소 아이도 참하더만…….'

진우가 걱정되었다.

이희진 회장이 보기에 여복이 없어 보였기 때문이다.

생긴 건 멀쩡한데 의외로 여자에게 인기가 없는 것이 아닐까?

이희진 회장이 그렇게 생각하며 고개를 설레 저을 때였다.

"으음?"

이희진 회장의 바로 앞에 있는 공간이 일렁거렸다. 작은 게이트를 보는 것 같은 모습에 이희진 회장의 눈이 크게 떠졌다.

휘익!

공간을 가르며 등장한 것은 아름다운 녹색 머리카락을 지닌 여성이었다. 도저히 인간이라고는 생각할 수 없을 정도로 아름다웠다. 중간계에서 미궁을 이용해 건너온 아르카나였다.

아르카나는 최대한 다소곳한 몸짓으로 포탈을 빠져나왔다.

"누구시오?"

"아……."

이희진 회장이 보이자 아르카나가 당황했다. 이희진 회장에게서 진우와 비슷한 향기가 났기 때문이다.

"호, 혹시 지, 진우 님과 무슨 관계……."

"내 손자인데……."

"꺄악, 실례가 많았습니다!"

아르카나가 넙죽 엎드리며 인사했다.

이희진 회장은 침착하게 그녀를 바라보았다.

"손자와 어떤 관계이오?"

"아, 아내는 아직 아니고 예비 부, 부부라고 해야 할지, 일단 같이 사니까……."

"으흠."

이희진 회장은 아르카나를 바라보았다. 평범한 존재로 보이지 않았다. 아르카나는 허겁지겁 손에 들린 선물을 이희진 회장에게 건넸다. 진우를 위한 사과 선물이었지만 그런 걸 생각할 겨를이 없었다.

'음, 같이 산다라……. 혹시 진우의?'

같이 산다는 말에 이희진 회장은 살짝 놀랐다. 성역에서 같이 지내고 있으니 같이 산다는 말도 틀린 말은 아니었다.

그때였다. 미궁과 루나가 포탈 밖으로 모습을 드러냈다. 루나의 눈에 이희진 회장 앞에 아르카나가 무릎을 꿇고 있는 것이 보였다.

"혹시 진우를 찾아오셨소? 내가 진우 할애비요."

이희진 회장이 그렇게 말하자, 루나가 화들짝 놀랐다. 군주의 할아버지라면 엄청난 존재일 것이 뻔했기 때문이다. 미궁은 고개를 갸웃할 뿐이었다.

'차, 창조신이 아닐까?'

루나는 이희진 회장의 주변에 감도는 근엄한 분위기에 그렇게 생각했다. 얼떨결에 모두 아르카나의 옆에 나란히 앉게 되었다. 이제 끝난 줄 알았는데, 포탈을 가르며 또 누군가 등장했다. 성소에 갑작스럽게 생긴 포탈을 조사하러 온 아리나와 허영이었다. 아리나와 허영 역시 당황했다.

"내 친구 진우 할아버지임."

미궁이 그렇게 말하자 아리나와 허영도 크게 놀라며 똑같이 나란히 앉았다. 이희진 회장은 아르카나에게 물었던 것처럼 진우와 어떤 관계냐고 물었다.

"은인?"

"내 친구."

"주인."

"주인님이십니다."

이희진 회장은 침착함을 유지하며 고개를 끄덕였다. 손자며느리가 요정임을 알고 나니, 시야가 넓어진 탓인지 못 받아들일 상황은 아니었다.

'고얀 놈……. 걱정할 필요 없겠군.'

진우를 걱정했던 게 싹 사라졌다. 손자는 엄청나게 인기가 많았다. 이희진 회장은 굉장히 뿌듯해졌다.

그는 자리에서 일어나며 그녀들을 바라보았다.

"식사들은 하셨는가?"

모두 눈을 깜빡이다가 고개를 저었다.

그날 모두 식사와 후식까지 얻어먹고 성소와 중간계로 돌아갔다. 얼떨결에 이희진 회장과 안면을 트게 된 것이다. 진우가 전혀 예상하지 못한 일이었다.

◆ Chapter5 ◆
마성의 늪

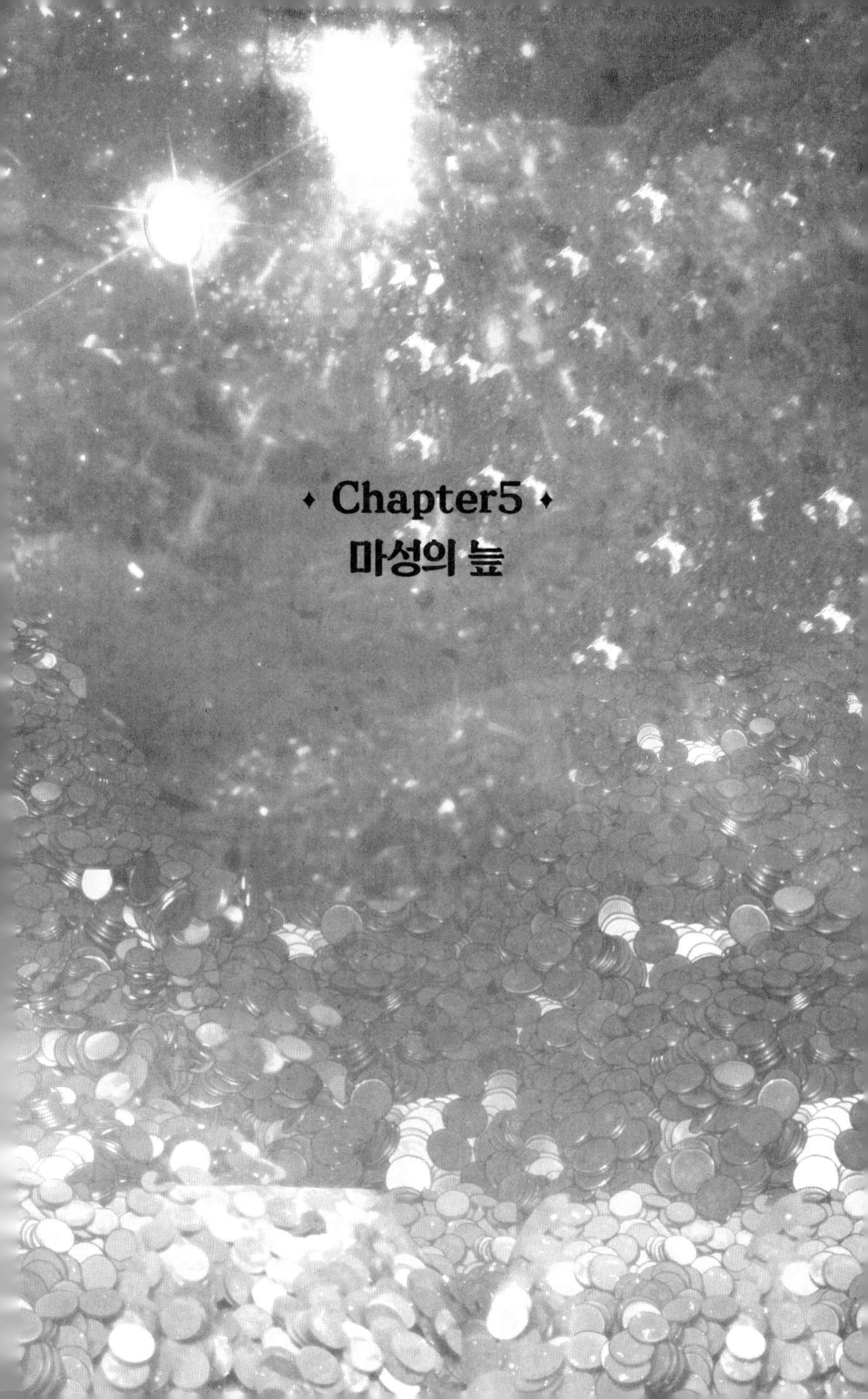

천계는 비상이었다. 가장 성스럽고 거룩한 존재인 여신 루나가 사악한 군주를 막기 위해 중간계로 내려간 이후, 최고 등급의 경계령이 내려졌다. 루나의 그러한 희생정신은 천족들에게 많은 감동을 불러왔다.

여신 루나를 모시는 천족 아르엘은 걱정이 이만저만이 아니었다. 그는 대천사였고, 차원 감시센터를 책임지고 있는 센터장이었다.

천계에 있는 차원 감시센터는 언제나 분주했다. 미궁의 군주가 전 차원을 뚫어버린 이후에는 쉴 틈이 없었다. 과로 때문에 피를 토하며 쓰러지는 천족들이 계속 나올 정도였다.

아르엘은 지친 몸을 이끌고 차원 감시센터로 들어갔다. 며칠 동안 집에 가지 않아 꾸깃꾸깃한 옷을 입고 있는 천족들이 보였다. 긴 네모 모양의 아티팩트에서 인쇄되고 있는 차원의 정보를 분석하며 중간계를 파악하고 있었다. 천족들은 대부분 워커홀릭이었지만, 지금은 아예 쉬지도 않고 일했다.

차원 감시센터의 모든 역량을 동원해 루나의 위치와 상태를 알아보고 있었다. 루나의 위치를 발견하기는 했지만 무언가 끼어든 것처럼 흐릿했다.

그래서 아르엘과 천족들은 쉴 수 없었다. 인쇄된 종이가 창고를 가득 채우고도 모자라 감시센터 주변에 가득 쌓여 있었다.

정보를 분석하고 있던 연구원 하나가 화들짝 놀라며 벌떡 일어났다.

"세, 센터장님!"

"무슨 일인가?"

"이, 이걸 보십시오!"

루나의 위치가 사라졌다!

아르엘은 정보를 보고 경악했다. 머리 위에 떠 있는 엔젤링이 바닥에 떨어질 정도였다.

"꺄악!"

"빨리 찾아!"

그날부터 또 밤을 새워가며 루나의 위치를 찾기 시작했다. 천계에 있는 모든 신성력을 감시센터로 끌어모았다. 언제나 대낮처럼 밝은 천계가 급격히 어두워졌지만 감시센터의 능력은 대폭 상승했다. 차원의 흐름에서 정보를 모았다. 조각모음을 하듯이 하나씩 정보가 모이며 맞춰졌다. 자세한 사정은 알 수 없었지만 어떤 일이 발생했는지는 알 수 있었다. 마치 소설이나 일기처럼 읽을 수 있었다.

“찾았습니다!”

“지금 어디 계시나?”

“그, 그게…….”

연구원의 눈빛이 마구 떨렸다. 그는 극심한 두려움에 빠져 있었다. 주변에 있던 연구원들도 마찬가지였다. 감시센터는 정예 천족들만이 일할 수 있는 곳이었는데, 그런 정예 천족들이 겁에 질려 있었다.

아르엘은 연구원의 손에 들린 종이를 바라보았다.

“허, 허억!”

하얀 종이가 완전히 검게 물들어 있었다. 암흑 그 자체였다. 아르엘은 정보를 해독할 수 있었다.

“황금의 군주가 루나 님을 어두운 공간 속으로 던졌다. 기절에서 깨어난 루나 님은 비명을 지르며 도망 다녔다. 고위 마족……. 허, 허영의 군주가 루나 님을 쫓으며…….”

아르엘의 해독에 연구원들이 침을 꿀꺽 삼켰다. 대천사장까지 나타나 아르엘의 해독을 경청했다.

“루나 님은 공포에 떨며 문으로 들어갔다. 그 문에는…….
미궁의 군주가! 루나 님이 기절……. 허억!”

아르엘의 말이 끊겼다. 아르엘은 정신이 혼미한지 비틀거렸다. 대천사장이 옆에서 잡아주었다. 덜덜 떨리는 손으로 검은 종이를 분석했다.

"허, 허영의 군주가 더러워진 루나 님의 몸을 구석구석 문지르며……. 거, 거품으로 문지르자 루나 님은 비명을……. 크, 크흠, 루나 님을 거대한 수조와 같은 곳에 빠뜨리고 거침없이 깊숙한 곳까지 문질렀다. 허영의 은밀한 손가락이 꿈틀거리자 루나 님의 허리가 활처럼 휘었……."

"커헉!"

"그럴 수가!"

"흐읍! 타, 타락할 것 같아!"

신성력이 부족한 터라 부분부분 구멍이 뚫려 있었지만 중요한 정보를 읽을 수 있었다.

"천계로 돌아오는 데 실패하고 황금의 군주에 의해 미궁에 감금당하셨다. 미궁의 군주가 패드? 음, 진동으로 떨리는 무언가를 두 손으로 잡고, 손가락을 움직여 루나 님을 공격……. 루나 님은 방어했지만 가, 가드가 뚫리면서……. 이윽고 신음을 터뜨리고……. 루나 님은 패배하였다."

"그런!"

"맙소사! 그렇게 불경한……."

충격적인 내용이었다.

"루, 루나 님은 미궁에 빠져 멍한 눈으로 기이하게 빛나는 상자를 바라보셨다. 입가에는 천박한 웃음이 걸려 있었다."

"미궁에게 세뇌를 당하신 건가."

"시, 심각하군."

대천사장은 바로 천족 회의를 소집했다. 대천사장과 천족

고위간부들이 모두 모였다. 아르엘도 자리했다.

회의하는 곳은 루나가 잠들어 있는 곳이었다. 루나의 정신은 아바타에 깃들었기에 루나의 본체는 빛 덩어리가 되어 있었다. 천족들이 빛으로 변한 루나를 심각한 표정으로 바라보았다.

"루나 님의 빛이 점점 작아지고 있습니다."

"이대로 가다간 루나 님이 아바타와 완전히 동화되어 버리고 말 것입니다."

간부들이 그렇게 말했다. 아르엘이 고개를 끄덕였다.

"황금의 군주가 노리는 것도 그걸 겁니다. 루나 님을 느, 능욕한 것도 루나 님의 정신을 아바타에 묶어놓으려는 수작입니다. 루나 님이 스스로 돌아오고자 하신다면, 아바타와의 동화는 시작되지 않으니까요."

천족들 모두 고개를 끄덕였다. 황금의 군주는 너무나 사악하고 치밀했다. 함정을 파서 루나를 납치하고 능욕해서 아바타에서 빠져나오지 못하게 했다. 대천사장은 눈물을 흘렸다.

"구출대를 파견하겠습니다."

루나처럼 권능이 없어서 아바타에 깃들 수 없었다. 많은 희생을 감수하고 본체가 직접 내려가야 했다. 중간계의 강한 마력에 오염되어 다시는 천계로 올라오지 못할 수도 있었다.

쿠그그그그!

갑작스럽게 천계 전체가 흔들렸다. 대천사장과 아르엘, 그리고 천족들은 회의장 밖으로 나왔다. 급속도로 사라지는 신성력을 느낄 수 있었다.

감시센터로 집중되어 있던 신성력이 차원의 균열을 따라 중간계로 흘러갔다. 신성력이 급격히 부족해지자 감시센터가 폭삭하고 주저앉았다. 모든 아티팩트들이 바싹 마르며 쪼그라들었다.

모두 경악했다. 이제 중간계의 상황을 알 방법은 없었다.

다행히 감시센터의 연구원이 감시센터가 무너지기 전에 마지막 정보를 가지고 빠져나왔다.

"루나 님을 이용해 신성력을 빼돌린 군주가……. 거대한 드래곤을 만들어냈고……. 지, 질병의 군주가 황금의 군주에게 빠져들어 그의 시중을 들기 시작했다. 라, 라스칸 왕국이 악의 세력에 의해 점령당했다."

반만년을 살아오며 세상의 종말만을 바라던 질병의 군주마저 황금의 군주가 지배하게 되었다.

대천사장은 모두를 바라보았다.

"지금 당장 루나 님을 구출해 와야 합니다. 그리고 방어 전선을 꾸립니다. 황금의 군주를 막아야 합니다!"

천족들은 비장한 표정으로 고개를 끄덕였다.

정예 천족으로 이루어진 구출대가 구성되었다. 그들은 목숨을 걸고 중간계로 향했다.

진우는 이희진 회장과 꽤 가까워졌다. 하룻밤을 같이 지내며 이런저런 이야기를 나누었기 때문이다. 일선 그룹이나 G&P가 아닌 잡다한 이야기가 대부분이었다. 이희진 회장은 그마저도 진지하게 들어주었다.

생각해 보면 이희진 회장의 주위에는 아무도 없었다. 이렇게 이야기를 할 수 있는 사람은 지금까지 존재하지 않았다. 그의 위치가 워낙 높았기 때문이다. 그와 가장 가까운 곳에 있는 이민우조차 늘 긴장하며 그를 대했다.

그러나 진우는 아니었다. 같은 형태는 아니었지만 비슷한 위치에 있다 보니 이야기를 하기가 편했다. 이희진 회장도 진우와 이야기를 하다 보니 내숭을 내려놓게 되었다. 하루 동안 시골에 내려간 것처럼 푹 지내다가 집으로 돌아왔다.

-할아버지: 엘라 리미티드 에디션.

-진우: ㅇㅋ

-할아버지: 고맙.

가끔씩 톡이 왔다. 이희진 회장이 보냈다고는 믿기 힘든 내용이었다. 진우는 무시하지 않고 답변을 해주고 있었다.

이희진 회장은 벌써 약혼식 연습을 하고 있었다. 진우가 보기에는 솔직히 그다지 효과가 있을 것 같지는 않았다. 엘라라면 이희진 회장의 진심을 알아차릴 수도 있겠지만, 이민우에게는 평생 불가능할 것 같았다.

'뭐, 이민우보다 엘라를 더 예뻐하는 것 같기도 하니…….'

진우가 고개를 설레 저으면서 톡을 보내고 있자 유나가 궁금한 듯 옆으로 다가왔다. 진우가 휴대폰으로 하는 일이라고는 가끔 게임을 하는 게 전부였기 때문이다.

"요즘 톡을 자주 하시는군요."

"할아버지야. 이번에 한정판으로 발매한 엘라 앨범 좀 달라는데."

"할아버지라면……. 이희진 회장 말씀입니까?"

진우가 고개를 끄덕이자 유나는 진우를 잠시 바라보다가 피식 웃었다. 유나의 저런 웃음은 굉장히 오랜만이었다. 웃으니까 사람이 달라 보였다.

"재미있는 농담이었습니다."

유나는 믿지 않았다. 진우라도 믿지 않았을 것 같았다.

"이민우가 엘론티로 진입했습니다. 모처럼 긴 휴가를 냈다고 하더군요."

"가서 뭐 하고 있는데?"

"엘프들의 인정을 받기 위해서 농사부터 장인들의 일까지 전부 돕고 있다고 합니다."

이민우는 스케줄을 모두 뒤로 미루고 엘론티에 머물고 있었다. 엘프들과 같이 지내며 엘프에 대해서 완벽히 알기 위해 노력하고 있었다. 정말 대단한 정성이었다.

-이민우: 사진(엘라와 함께.jpg)

이민우는 진우에게 가끔씩 엘라나 엘프들과 찍은 사진을 톡으로 보내주었다. 사진을 보니 엘프들과 그럭저럭 어울리고 있었다. 아직 가야 할 길이 멀기는 하지만 말이다.

진우는 사진을 할아버지에게 모두 전송했다. 톡을 확인했지만 답변이 없었다.

'좋아하고 계시겠군.'

조금 과장하자면 좋아서 바닥을 굴러다닐지도 몰랐다. 가족이라는 건 생각하지도 않았는데, 어느새 꽤 가까워졌다. 이민우는 사업 방면의 두뇌가 굉장히 뛰어나니, 많은 도움이 될 것 같았다. 엘론티가 더 풍요로워지지 않을까?

진우는 성소를 통해 중간계로 가기 위해 자리에서 일어났다. 포탈을 열자 유나가 잠시 망설이다가 입을 뗐다.

"도련님."

"음?"

진우는 고개를 돌려 유나를 바라보았다. 그녀의 눈빛은 무척 진지했다.

"내일부터 저도 휴가입니다. 그동안 모은 휴가를 다 썼습니다."

"아……."

유나는 이민우처럼 휴가를 냈다고 어필하고 있었다.

'그러고 보니…….'

성소에 데려가 준다고 했던 말이 떠올랐다. 엘론티와 마계만 보았을 뿐, 정작 가장 중요한 장소인 황금의 성소에 온 적은 없었다.

"구경해 볼래?"

"실례가 안 된다면 부탁드리겠습니다."

"그럼 지금 바로 가자."

유나의 표정이 밝아졌다.

진우는 유나를 데리고 성소로 왔다. 유나는 지구에서 진우가 해야 할 일을 대부분 대리해서 처리하고 있으니, 성소와 연계를 하면 좀 더 일이 편해질 것 같았다. 황금의 성소에 오자 늘 그랬던 것처럼 아리나가 진우를 맞이했다.

그러나 평소와는 분위기가 완전히 달랐다. 그동안 마주치고는 꽤 정상적인 옷을 입고 있었는데, 지금은 한껏 꾸민 것처럼 화려했다. 아리나와 전혀 어울리지 않았다.

"군주님, 오셨습니까? 유나 님도 함께 오셨네요."

어째서인지 그녀답지 않게 경박을 떨지 않고 다소곳하게 인사했다. 진우가 평소에 생각하는 아리나의 이미지는 두 손을 비비며 차원 금화를 바라보는 모습이었다. 늘 텐션이 높았는데, 지금은 차분해 보였다.

"뭐 잘못 먹었어?"

"농이 지나치십니다. 이게 원래 저의 모습입니다."

심각하군.

정말 심각했다. 예전에도 정상은 아니었지만, 지금은 더 이상해졌다.

유나도 그렇게 생각했다. 그녀는 엘론티의 일 때문에 아리나와 이런저런 이야기를 한 적이 있었기 때문이다.

그녀는 일단 아리나를 지나쳐 주변을 둘러보았다.

"굉장히 넓군요."

"그렇지?"

진우는 본격적으로 성소를 구경시켜 주었다. 거대한 공간에 무수한 방이 있었고, 굉장히 깔끔했다. 고급스러운 조명과 장식들이 가득해서 큰 공간이었지만 공허하게 느껴지지 않았다. 이렇게 구경을 시켜주니 기분이 새로웠다.

창고 중 하나를 열어 보여주었다.

키에에에엑!

꿈틀꿈틀!

미끈한 촉수들이 가득한 창고였다. 요사스러운 냄새가 가득했다. 진우는 재빨리 창고의 문을 닫았다.

유나는 못 본 척 넘어가 주었다.

"여긴 훈련장이야."

유나는 넓은 훈련장을 보며 감탄했다. 훈련장을 청소를 하고 있는 허영이 보였다.

허영도 무언가 이상했다. 평소대로 암흑 마력을 일으키며 과격한 청소를 해야 했다. 그러나 지금은 깔끔한 메이드복을 입고 천천히 청소를 하고 있었다. 연약해 보이는 분위기를 연출하고 있었다.

"주인님, 오셨습니까?"

공손하게 인사를 했다. 진우는 흠칫했다. 낯선 그녀의 모습에 소름이 끼쳤다. 진우는 잠시 그녀를 바라보다가 조용히 훈련장의 문을 닫았다. 그리고 다시 열어보았다.

"필요한 것이라도 있으십니까?"

나긋나긋하게 웃으면서 진우를 바라보고 있었다.

닭살이 돋았다. 바로 다시 문을 닫았다. 허영과 함께 훈련장을 봉인해야 하나 고민까지 했다.

"이미지가 많이 달라진 것 같습니다."

"스트레스 때문에 드디어 미쳐 버린 건가."

허영이 드디어 정신을 놓아버린 것 같았다. 진우는 한국 연예계의 혹독함을 느낄 수 있었다. 드라마 촬영이 끝나면 성소로 와서 청소를 했고, 아리나를 도와 잡일도 도맡아 했다. 최근에는 미궁과 루나를 돌보기까지 했다. 군주라는 이유로 너무 방치를 한 것 같기는 했다.

성소가 워낙 넓다 보니 둘러보는 데도 시간이 꽤 걸렸다. 유나는 굉장히 만족한 것 같았다. 입가에 은은한 미소가 떠올라 있었다.

"저 문은 어디로 통합니까?"

유나는 다른 문들과 동떨어져 있는 문을 바라보았다. 미궁과 루나가 있는 곳이었다. 진우는 문을 열고 안으로 들어갔다. 여전히 어두웠는데, 감자칩을 먹으면서 뒹굴고 있던 루나가 진우를 보더니 빠르게 일어나 바른 자세가 되었다. 편하다는 이유로 트레이닝복을 즐겨 입었지만, 지금은 하얀 원피스를 입고 있었다. 여신이니 성스러워 보여야 했지만, 진우의 눈에는 굉장히 어색해 보였다. 조용히 손에 들린 패드를 내려놓고 입에 묻은 감자칩 가루를 닦았다.

다행히 미궁은 여전했다. 머리를 묶고 있기는 했다. 누가 묶어준 것인지는 모르지만 엄청 투박한 솜씨였다. 지구의 것으로 보이는 머리핀을 하고 있었다.

"앗!"

"누구임?"

유나는 루나와 미궁을 바라보았다. 서류상으로 신분을 만들어준 적이 있어서 얼굴은 알고 있었다. 실제로 만나는 건 처음이고 당연히 정체도 몰랐다. 둘은 호기심이 가득한 눈으로 유나를 바라보았다.

진우는 둘을 유나에게 소개해 주었다. 유나는 크게 놀랄 수밖에 없었다. 평범한 인물들은 아니라고 생각했는데, 설마 그 거대한 미궁과 여신일 줄은 생각지도 못했다.

'그 거대한 미궁을 길들이고…….'

잠시 소식이 들리지 않는 사이에 천계의 여신마저 손에 넣은 진우였다. 도련님은 역시 한눈을 팔 수 없는 남자였다.

미궁은 유나의 이름을 듣자 그녀를 알아보았다. 아리나나 허영을 통해 이름을 알고 있었다. 그리고 그녀가 어떤 직위에 있는지도 대충 알고 있었다.

"유나? 중간 보스!"

"그, 그러셨군요! 바, 반갑습니다!"

루나는 깜짝 놀라며 인사를 했다. 진우는 유나가 언제든 성소에 출입할 수 있도록 허가해 주었다. 손바닥에 열쇠 모양의 문양이 새겨졌는데, 유나는 그 문양을 보며 부드러운 미소를 그렸다. 유나가 아리나와 허영과 이야기를 나누고 있을 때, 진우는 먼저 중간계의 집으로 돌아왔다.

"음?"

이제 집이 청소가 되어 있고 식사가 차려진 건 당연한 일이었다. 그러나 지금은 그 정도가 엄청났다. 진우가 있는 곳부터 문 앞까지 거대한 상이 놓여 있었고 그 위에 화려한 요리들이 놓여 있었다. 집 안은 광채가 날 정도로 깨끗했다. 욕실도 증축되어 있었는데, 거대한 욕조에 뜨거운 물이 받아져 있었다. 수건도 보기 좋게 비치가 되어 있었다.

실내에는 좋은 향기가 감돌았다. 구석을 보니 반짝이는 황금 눈동자가 얼핏 보였다. 아르카나가 심호흡을 하고 슬금슬금 옆으로 나오더니 진우와 멀리 떨어진 곳에 섰다. 흔들리는 눈동자로 진우를 바라보았다.

"아, 아, 아…… 안녕하십니까!"

엄청난 목소리에 테이블에 있던 잔이 깨졌다. 집 전체가 흔들렸다. 아무래도 아르카나가 굉장히 무리를 한 것 같았다.

동공이 마구 흔들리더니 몸이 비틀거렸다.

"저는…… 아, 아르카나입니다!"

그렇게 말하고는 엄청난 속도로 달려 나갔다. 문제가 있다면 몸으로 문을 뚫고 나갔다는 점이다. 문이 그대로 박살 나며 벽면까지 날아가 버렸다. 드래곤의 파워는 인간형일 때도 대단했다.

'오늘 단체로 왜 그럴까?'

무슨 일이 있는 것 같았다. 머리를 굴려봤지만 짐작조차 할 수 없었다. 진우는 고개를 설레 저었다.

최희연은 검을 휘두르며 잡념을 떨쳐내고 있었다. 검문쇠가는 깊고 높은 산 속에 있기 때문에 온도가 굉장히 낮았다. 내력으로 보호를 하고 있어 추위에 강했다. 게다가 검을 휘두르고 있어 땀이 후두둑하고 떨어지고 있었다. 그렇게 검을 휘두르다가 잠시 멈칫했다.

야옹!

언젠가부터 검문쇠가에 자리를 잡은 고양이가 수련장에 모습을 드러냈다. 외로워 보이는 검은 고양이였다. 왜인지 자신과 비슷하게 느껴졌다.

최희연은 잠시 검을 내려놓고 검은 고양이에게 다가갔다. 쭈그려 앉아서 손짓을 했지만 최희연을 한차례 바라보다가 고개를 돌릴 뿐이었다.

훌쩍!

고양이를 지켜보던 최희연은 한차례 코를 훌쩍했다.

그때였다. 저쪽에서 하얀 고양이가 나오더니 검은 고양이에게 달려왔다.

뒹굴뒹굴!

둘이 끌어안고 뒹굴며 서로 핥았다. 최희연은 그 광경을 멍하니 바라보았다.

두 고양이가 한참 그러고 있다가 동시에 고개를 돌려 쭈그려 앉아 있는 최희연을 바라보았다. 마치 그녀를 비웃는 것 같이 울음소리를 내었다. 둘이 서로 몸을 비비며 오붓하게 산책을 하다가 저 멀리 사라졌다.

최희연은 몸을 부르르 떨었다.

"춥네."

내력으로 몸을 보호하고 있지만 왠지 춥게 느껴졌다. 다시 잡은 검도 유난히 차가웠다.

띠링!

핸드폰에 알림음이 들렸다. 빠르게 검을 내려놓고 화면을 바라보니 광고 문자였다. 최희연은 코를 훌쩍이고는 작게 한숨을 내쉬었다. 그녀는 다시 검을 들었다. 올해 겨울은 유난히 추운 것 같았다.

중간계는 늘 그렇듯 평화로웠다. 내전이 끝난 지 얼마 되지 않아서 라스칸 왕국은 급속도로 발전했다. 망나니들이 왕국 운영에 참여하면서부터였다.

도플로는 악독했다. 영지민들이 매일 매일 힘든 일을 할 수 있도록 노동 시간을 정했고, 체력 보충을 위해 다양한 영양소가 듬뿍 들어간 음식을 사료처럼 먹였다. 병에 걸리면 부려먹을 수 없으니 도시환경을 깨끗하게 만들었다. 영지민들이 다른 곳으로 떠나지 못하도록 아이를 인질로 삼았다. 영지마다 보육원이나 학교를 세우고 마족이 아이들을 관리하게 했다.

귀족회가 여러 정책을 시행하면 할수록 성자를 칭송하는 이들도 많아졌다. 덕분에 루나의 신성력은 더욱더 질이 좋아졌다.

성자의 마을은 초보 모험가라면 무조건 방문해야 하는 마을이 되었다. 신관들에게 무료로 축복을 받을 수 있었고, 질 좋은 약초를 싸게 구매할 수도 있었다. 마을 노인도 굉장히 유명했다. 1년 동안 마을 노인 밑에서 노동을 하면서 배우게 되면 실력이 가파르게 늘어난다고 한다. 지금 왕도에서 명성을 떨치고 있는 새내기들은 모두 마을 노인의 제자였다.

"좋은 곳이네요."

유나는 중간계의 마을을 굉장히 마음에 들어 했다. 그녀도 이제 지구와 성소, 중간계를 자유롭게 이동할 수 있었다. 풍부한 마력은 그녀를 더욱 강하게 해주었고, 성역의 축복은 그녀를 아름답게 가꿔주었다.

"루나 님이군요. 수업이 끝났나 봅니다."

"음……."

루나가 미궁과 함께 진우의 집으로 달려왔다. 그녀의 일과는 단순했다. 아침 늦게 마을로 돌아와 치료나 축복 등 이런저런 일을 돕고 오후에는 수업을 들었다. 그리고 바로 성소로 이동해서 미궁과 함께 뒹굴뒹굴했다. 신작 게임은 물론, 명작들까지 모조리 클리어하고 있었다.

"앗! 중간 보스, 아니, 유나 님 안녕하세요!"

"네, 성소로 가시나 봐요?"

"네! 오늘은 운명7 발매일이에요!"

"그렇군요."

루나의 눈이 반짝였다. 엄청나게 기대를 하는 모양이었다. 발까지 동동 구르고 있었다. 유나는 웃으며 그녀를 바라보다가 문득 무언가 생각이 났는지 입을 뗐다.

"루나 님은 천계의 여신이시지요?"

"네. 맞아요."

"그럼 연락이라도 해야 하지 않을까요? 오랫동안 자리를 비우셨는데……. 천계에 있는 이들이 걱정할 것 같습니다."

루나의 입이 살짝 벌어졌다. 그러고 보니 천계에 대해서 까맣게 잊고 있었다. 요즘 워낙 재미있게 생활을 해서 천계는 생각도 나지 않았다. 아바타도 본래 육체처럼 편안해져서 더더욱 그러했다.

진우는 고개를 끄덕였다. 그도 그런 생각을 하지 못하고 있었다. 루나가 직접 천계로 가지는 못하더라도 연락을 하는 방법은 있을 것이다.

"아……. 그, 그렇죠. 처, 천천히 해도 될 것 같아요."

진우와 유나가 동시에 루나를 바라보자, 그녀는 시선을 돌리며 괜히 딴청을 부렸다. 살짝 땀이 흐르는 게 보였다. 천계에 연락하면 데리러 올 수도 있기 때문이다.

루나는 지루한 천계로 돌아가기 싫었다. 천족들은 일만 했다. 밥을 먹을 필요도 없었고, 인간들처럼 오래 쉴 필요도 없었다. 하는 일이라고는 차원을 감시하거나 열심히 일해서 천계를 유지하는 일뿐이었다. 게다가 더욱 많은 신성력을 받아들이기 위해 무미건조한 삶을 이어갔다. 조금이라도 자극이 있으면 신성력이 탁해지기 때문이다.

루나는 그럴 걱정을 할 필요가 없었지만, 덕분에 함께 무미건조한 생활을 했다. 중간계를 지키겠다는 사명감으로 버텼지만, 황금의 군주인 진우가 대신해 주고 있으니, 완전히 봉인이 해제되어 버렸다. 그 답답한 생활로 돌아가기 싫은 루나였다.

루나의 어깨가 축 처졌다.

"천계에서 성소로 오면 되잖아요?"

유나의 말에 루나가 진우를 바라보았다. 그녀의 눈에는 간절한 감정이 가득 담겨 있었다.

"그, 그래도 돼요?"

"안 될 건 없지."

루나의 얼굴이 환해졌다. 천계와는 좋은 관계를 유지하고 싶었고, 루나와도 정이 들었다. 천계와 연결이 되어 있다고 해도, 입장 허가를 받은 루나만 올 수 있었으니 큰 상관은 없었다.

"감시센터를 통해 연락할 수 있어요."

"감시센터? 천계에 그런 것도 있어?"

"네! 차원 침략을 감시하는 장치에요."

적당한 장소와 준비가 필요했다. 전에 시도한 적이 있었는데, 그때는 아예 발동하지 않았다고 한다. 아마도 불행 때문인 것 같았다. 그러나 지금은 다를 것이다.

루나는 집 앞에 넓은 공터로 가서 주변에 있는 돌을 옮겼다. 돌에 신성력을 담아 배치를 하니 루나를 상징하는 문양이 떠올랐다. 신성력이 하늘 위로 치솟았다. 루나가 눈을 감고 천계와의 연락을 시도했다.

"여신이 맞군요."

"그러게 말이야."

유나의 말에 진우는 고개를 끄덕였다. 평소에는 느끼지 못했지만, 눈을 감고 가만히 있으니 제법 여신다워 보였다.

'뭐, 마황이 사라 브리악인데…….'

진우에게 있어서 여신이니 마왕이니 하는 것도 큰 의미가 없었다. 그와 비교할 수 없는 존재인 군주도 미궁이나 아르카나였다. 모두 정상이 아니었다.

집중을 하고 있던 루나가 인상을 쓰더니 눈을 떴다. 몇 번

시도했는데 소용이 없었다. 루나는 마지막 시도를 하고 안도의 한숨을 내쉬었다.

"응답이 없네요. 이상하네요."

이런 상황이라면 안타까운 기색이 보여야 했지만, 루나의 표정은 밝았다.

'어지간히 가기 싫은가 보군.'

루나는 일단 잘 있다고 신호만 보내기로 했다. 신호를 보내고 있을 때, 미궁이 다가왔다.

"뭐임?"

미궁이 다가오더니 하얗게 빛나는 돌을 손가락으로 찔렀다. 그러자 검은 기운이 신성력에 섞여 들어가며 같이 올라갔다. 진우가 미궁을 잡고 빠르게 물러났다. 다행히 큰 영향은 없어 보였다. 천계로 신호가 가고 하얗게 빛나던 돌들이 다시 본래 모습으로 돌아왔다.

"됐어요! 이제 제가 잘 지내고 있는 걸 알았을 거예요."

루나는 개운한 듯 미소를 지었다. 한시름 덜었다는 표정이었다.

'괜찮겠지.'

아르카나도 문제도 해결되었으니, 당분간은 편안하게 지내면 된다.

'천족들은…….'

원작에서 천족들은 개성이 없었다. 작가가 제대로 표현을 못 하는 것인지, 딱딱하고 차갑게 느껴지기도 했다. 그래도 중간계의 평화를 위해서 노력하는 이들이니 근본적으로 선한 존재였다.

중간계에 자리 잡은 또 다른 군주. 그 군주에 의해서 천계의 천족들은 타락했고 천계는 추락했다. 신성 제국과 관련이 있었다.

'본래라면 신경 쓰고 싶지 않았지만…….'

천계가 어찌 되든 지구와는 상관없는 일이었다. 질병도 퍼져 나갈 일이 없으니, 천계나 중간계가 멸망한다고 해도 지구에 아무런 영향이 없었다. 원작에서도 천계는 멸망했고, 주인공은 루나와 함께 지구로 왔다.

진우는 루나의 뒷모습을 바라보았다. 그녀는 즐겁게 웃으면서 미궁과 함께 성소로 돌아갔다. 굉장히 발걸음이 가벼워 보였다. 그녀는 근심 걱정이 없을 때 가장 보기 좋았다.

"하는 수 없군."

진우가 고개를 설레 젓자 유나가 진우를 바라보았다.

"계획이 있으십니까?"

"지금부터 생각해 봐야지."

"그렇군요."

유나는 고개를 끄덕였다. 진우의 저런 말은 너무나 익숙했다. 가슴이 두근거리는 것을 느꼈다. 무언가 대단한 일이 벌어질 것 같았기 때문이다.

구출대가 편성이 되었다. 천계에서 가장 강력한 정신력과 무력으로 무장한 정예 부대였다. 대천사 아르엘이 구출대장으로 임명되었고, 중간계에서 그나마 버틸 수 있는 정예 천족들이 그의 뒤를 따르기로 했다. 마족들과 마찬가지로 천족들도 중간계에서 약해졌다. 다른 기운의 침입을 막기 위해 신경을 써야 했기 때문이다.

감시센터가 사라진 후, 루나의 위치를 알 수 없었었다.

"루나 님이 보낸 신호가 포착되었습니다!"

"위치는?"

"이쪽입니다!"

연구원들이 임시 장치로 강렬한 구조신호를 감지했다. 네모난 상자에 있는 다이얼을 돌리며 신호를 맞추었다.

[뭐…… 임……. 치지지직!]

섬뜩한 소리가 들려왔다. 너무나 사악한 소리였다. 다행히 위치는 알 수 있었다. 아르엘은 천계를 수호하는 대천사장을 바라보며 고개를 끄덕였다. 모두 비장한 표정이었다.

대천사장과 천족들이 신성력을 모아 중간계로 향하는 포탈을 열었다. 성자의 마을과 가까운 초원이었다. 아르엘과 천족들이 포탈을 넘었다. 천계로부터의 신성력 공급이 끊기자 본래 모습이 드러났다.

인간 형태의 모습이었는데, 등에 작은 하얀 날개가 달려 있었다. 신성력을 뿜어내며 화려하고 거대하게 빛났지만, 본래는 귀여운 느낌이 나는 날개였다. 신장도 그러했다. 빛에 둘러싸여 있을 때는 신장이 거대해 보였는데, 실제로는 체구가 그리 크지 않았다. 오히려 루나보다 조금 작았다. 머리 위에 있던 엔젤링도 서서히 옅어지더니 사라졌다.

"으…… 윽!"

들고 있던 거대한 방패와 철퇴가 바닥에 끌렸다. 천계에서는 늘 떠다녀서 문제가 없었다. 그러나 지금은 아니었다.

무기를 아공간에 수납을 하고 주변을 바라보았다. 그들의 표정은 근엄했다. 작은 체구와 동안으로 보이는 얼굴 때문에 귀여워 보일 뿐이었다. 차원이 열리며 마족과 마주쳤을 때, 마족이 꼬마라고 놀리자 천마대전이 일어났다는 소문이 있기는 했다.

"신호는?"

아르엘의 물음에 천족이 품에서 무전기 모양의 아티팩트를 꺼냈다. 어째서인지 아날로그 감성이 듬뿍 담겨 있었다.

"마지막으로 신호가 잡힌 곳은 저 앞입니다."

"그렇군."

큰 대로가 보였다. 그곳에 많은 인간이 오가고 있었다. 대로에서 먹을 것을 파는 인간들도 있었다.

"꿀꺽."

"음……."

천족들이 냄새에 취한 듯 비틀거렸다. 천계에서는 맡을 수 없는 달콤한 냄새였다.

아르엘이 헛기침을 하자 다시 정신을 차렸다.

"이 길로 간다."

눈에 띄면 안 되니 아르엘은 길보다는 숲으로 들어가는 것을 택했다. 숲으로 가니 분위기가 어두워졌다. 아르엘조차 감당할 수 없는 기운이 주변으로 흐르고 있었다. 그 기운을 들여다보는 것만으로도 타락해 버릴 것 같았다.

'루나시여…!'

아르엘은 두려움을 이겨내려 기도를 했다. 천족들도 마찬가지였다. 그러나 기이하게도 그럴수록 주변의 사악한 기운이 그들을 유혹하듯 일렁였다.

"루나시여, 저희에게 용기를…!"

[용기를…….]

[용기…….]

주변에서 목소리가 들렸다. 천족들이 흠칫 놀라면서 무기를 꺼내 들었다.

"누구냐! 모습을 드러내라!"

[누구냐. 누구냐!]

스스스!

나뭇잎 부딪히는 소리가 섬뜩하게 들렸다. 나무를 바라보니 나무에 얼굴이 달려 있었다. 성자 마을의 명물인 말하는 나무였다.

천족들에게는 섬뜩한 몬스터로 보였다. 아르엘은 침착하게 천족들을 이끌고 마지막으로 신호가 잡힌 곳으로 향했다.

늪을 지날 때였다.

스르륵!

다리 달린 물고기, 피쉬맨이 나타나더니 아르엘을 바라보았다. 군주의 사악한 기운이 느껴졌다. 신성력도 느낄 수 있었는데, 착각이라고 치부했다. 아르엘은 철퇴를 꺼내 신성력을 담아 휘둘렀다. 다른 천족도 신성력으로 공격을 했다.

"그륵?"

그러나 소용없었다. 신성력이 흡수되며 오히려 피쉬맨의 기운이 더욱 강해지기 시작했다.

아르엘과 천족들이 당황했다. 피쉬맨들은 익숙한 신성력이 느껴지자 늪에서 빠져나왔다. 모두 루나를 좋은 친구로 생각하고 있었기에 그와 똑같은 신성력을 지닌 천족들을 맞이하러 나온 것이었다.

그륵! 그륵!

엄청난 인파가 환영하러 나오니 천족들은 주춤거리며 물러났다. 엄청난 대군이었다.

"여기서 벗어난다!"

아르엘과 천족들은 늪을 가로질러 달리기 시작했다. 천족들은 늪을 처음 보았다. 당연히 밟는 것도 처음이었다. 그저 얕은 진흙 바닥이라고 생각했는데, 허벅지까지 차오르더니 어느새 가슴까지 올라왔다.

"윽!"

"이건?"

"함정입니다!"

아르엘은 결단을 내려야 했다.

"모든 신성력을 개방해서 함정을 없앤다!"

"네!"

아르엘과 천족들이 모든 신성력을 개방했다. 중간계의 기운에 오염이 될 수 있었지만 그런 걸 생각할 겨를이 없었다. 위험을 감수하고 주변 일대를 모두 날려 버릴 수 있을 만한 신성력을 개방했다.

스으윽!

그러나 기이하게도 신성력이 모두 늪에 흡수가 되었다.

꼬르륵!

신성력을 모두 소모한 아르엘과 천족들이 탈진하며 그대로 늪 안으로 가라앉았다. 피쉬맨들이 물음표를 띄우며 천족들을 바라보다가 그들을 건져냈다. 피쉬맨들은 서로를 바라보며 고개를 끄덕였다. 종종 늪에 빠지는 이들이 있었는데, 모두 건져내서 마을 입구에 놔두고 왔다. 이번에도 그래야 할 것 같았다.

피쉬맨들은 이들이 루나와 닮은 면이 많다고 생각했다.

"으윽!"

아르엘은 정신을 되찾았다. 정신을 차리고 보니 따듯한 분위기가 흐르는 방이었다. 옷이 갈아 입혀져 있었다. 귀여운 느낌이 나는 복장이었다. 귀여운 소가 그려져 있었다. 요즘 마을에서 판매하는 옷이었다.

'다른 이들은?'

아르엘은 벌떡 일어났다. 다른 천족들이 걱정이 되었다.

끔찍한 일이라도 당했다면…….

'어서 찾아야 해!'

아르엘은 침대에서 내려왔다. 슬리퍼가 보였는데, 물고기가 그려진 슬리퍼였다. 잠시 고민하던 아르엘은 슬리퍼를 신었다. 조금은 큰 슬리퍼를 끌고 조심스럽게 문을 열었다.

아르엘이 있는 곳은 2층이었다. 아래에서 시끌벅적한 소리가 들려왔다. 조심스럽게 계단으로 내려가니 많은 인간 사이에서 어색하게 앉아 있는 천족들을 볼 수 있었다. 그들의 앞에는 김이 모락모락 나는 스프가 놓여 있었다. 그들의 복장도 아르엘과 비슷했다. 다만 색깔이 다 달라 모여 있으면 무지개처럼 보였다.

"무사했구나!"

"센터장님! 깨어나셨군요!"

아르엘은 천족들이 앉아 있는 테이블로 다가갔다. 천족들의 눈은 충혈되어 있었다. 아르엘은 그 이유를 곧 알 수 있었다. 눈앞에 놓인 스프 때문이었다. 신성력이 부족해서 몸을 유지하기 위해서는 음식을 섭취해야 했다. 그러나 천족들은 음식을 먹은 적이 거의 없었다.

중간계의 음식이니 어쩌면 몸이 오염될 수도 있었다.

"그래도 영양소가 필요하니 먹어야 하지 않겠습니까?"

"그러나…… 부정한 것을 입에 댈 수 없는 노릇."

"하지만 임무를 수행하려면……."

"게다가 중간계의 인간이 베푼 호의인데……."

말은 그렇게 했지만 모두 군침을 흘리고 있었다. 늘 충만한 상태였던 신성력이 텅텅 비었기 때문에 몸이 강렬하게 스프를 원하고 있었다. 아르엘도 그러했다. 신성력을 회복하기 위해서라도 영양소는 필요했다.

"루나 님을 생각하며 먹자. 괴롭지만 참아내야 한다!"

"네!"

"알겠습니다!"

기다리고 있었다는 듯 모두 고개를 숙이며 기도를 하더니 빠르게 숟가락을 들었다. 모두 스프를 떠서 입에 넣었다.

천족들의 눈이 커졌다. 바로 허겁지겁 먹기 시작했다. 숟가락이 그릇을 때리는 소리가 요란하게 울려 퍼졌다.

여관 주인이 흐뭇한 미소를 지으면서 그들을 바라보았다.

"어이구, 잘 먹네. 더 줄까?"

"네!"

그렇게 말한 천족의 머리카락이 조금 어두워지고 날개의 끝이 회색빛으로 바뀌었다.

"저, 정신 차려라!"

"아……. 네!"

아쉬운 듯 숟가락을 내렸다.

"응? 뭐야, 저 꼬맹이들은."

덩치가 있는 무리들이 여관 안으로 들어왔다. 꼬맹이라는 말에 천족들이 일제히 그들을 바라보았다.

아르엘이 자리에서 일어나며 그를 노려보았다. 다른 말은 다 참아도 도저히 그냥 넘길 수 없는 말이었다.

"말을 삼가게. 내가 자네보다 나이가 많다네."

덩치들은 잠시 아르엘을 바라보다가 크게 웃었다.

아르엘은 깊은 빡침을 느꼈지만 참아냈다. 아르엘은 대천사, 그것도 감시센터장이었기 때문이다.

"사과하게."

"싫다면?"

덩치들이 아르엘을 내려다보았다. 분위기가 험악해졌다. 덩치는 아르엘을 바라보다가 여관 주인에게 시선을 옮겼다.

여관 주인은 피식 웃으며 고개를 끄덕였다. 덩치 뒤에 있던 이들이 여관의 문을 닫았다.

"여기서 사과를 받으려면 결판을 내야 해."

"결투인가."

"자신 없나?"

"난 한 번도 패배한 적이 없다."

아르엘이 그렇게 말하자 덩치는 웃었다. 천족들의 눈빛이 날카로워졌다. 중간계에서 전투다운 첫 전투가 시작되었다.

진우는 성소에서 유나와 함께 이런저런 계획을 세우는 중이었다. 아리나와 허영은 계획을 세우는 데 도움이 되지 못했고, 루나와 미궁은 말할 것도 없었다.

진우는 역시 참 든든했다. 유나가 성소에 나타나니 성소의 분위기도 무언가 체계가 잡힌 것처럼 변했다.

"도플로라는 마족과 이야기를 나눠봐야 할 것 같습니다."

"그러는 게 좋겠다."

"왕국을 점령하시다니……."

"어쩌다 보니까 그렇게 되었어."

유나는 왕좌를 보며 고개를 끄덕일 뿐이었다. 이제는 도련님의 큰 계획에 완벽히 적응한 유나였다. 왕국 점령도 큰 계획에 포함된 것이 틀림없었다.

'천족이라…….'

유나는 잠시 생각에 빠졌다. 천족들과의 관계를 어떻게 정하냐에 따라서 계획이 달라졌다. 루나가 무언가를 느꼈는지, 진우에게 다가왔다.

"중간계에 천족이 온 것 같아요."

"천족이?"

루나는 이렇게 빨리 올 줄은 몰랐는지 당황한 기색이었다. 진우는 중간계로 향했다. 루나와 유나도 함께였다.

중간계로 오자 정보가 떠올랐다.

[피쉬맨의 늪이 막대한 신성력으로 인해 강화되었습니다! 엔젤 피쉬맨이 나타났습니다.]

[D+]엔젤 피쉬맨

날개가 달린 피쉬맨. 강력한 각력으로 뛰어올라 활강을 할 수 있다. 날치라고 생각하면 편하다.

어째서인지 피쉬맨이 진화했지만, 천족을 찾는 게 우선이었다.

“마을에 왔나 봐요.”

루나는 천족이 있는 곳을 느낄 수 있었다. 집 밖으로 나와 천족이 있는 곳으로 향했다. 마을 입구에 있는 줄 알았는데, 마을 깊숙한 곳에 있었다.

루나가 여관 앞에 섰다. 강력한 포스를 자랑하는 여주인이 운영하는 여관이었다. 여관의 문은 닫혀 있었는데, 엄청 시끄러운 소리가 들렸다. 무언가 깨지는 소리도 났다.

“여기가 확실해?”

“네.”

진우는 천족이 왜 이곳에 있는지 이해가 되지 않았지만 직접 보기로 했다.

루나는 긴장이 되는지 숨을 크게 내쉬었다. 여관의 문을 열고 안으로 들어갔다.

“음?”

진우의 눈에 덩치가 큰 마을 사람들이 보였다.

“으하하하!”

"마셔!"

"한 잔 더!"

마을 사람들이 어깨동무하며 춤을 추고 있었는데 중간에 체구가 작은 이들이 껴있었다.

천족이었다. 거대한 술잔을 들더니 한 번에 들이켰다.

"캬!"

"오오! 잘 마시는데? 무알코올이지만."

"크흐!"

천족이 빈 잔을 바닥에 던지자 잔이 깨졌다. 2층 난간 위에서 있는 천족이 보였다.

"라르엘! 날겠습니다!"

손에 든 잔을 단번에 비우더니 난간 위로 올라갔다. 천족의 머리에는 옷을 잡아주는 끈이 감겨 있었다. 마치 넥타이를 이마에 두른 것 같았다. 엔젤링 대신 넥타이링을 두르고 있었다. 난간에서 뛰어내리자 등 뒤에 있는 작은 날개가 쉴 새 없이 펄럭였다. 아주 천천히 활강하듯 내려왔다.

"오오오!"

"엄청난 마법인데? 어떻게 한 거야?"

"몰라! 마셔!"

모험가들과 팔씨름을 하는 천족도 보였고, 바닥에 쓰러져 있는 천족도 있었다. 그중 하나가 구석에서 토를 하고는 방실방실 웃으면서 다시 잔을 들었다. 천족의 토는 일반 토와는 달리 무지개색이었다. 모두 얼큰하게 취해 있었다.

"……."

진우와 유나는 잠시 멍하니 그 광경을 바라보았다. 루나도 마찬가지였다. 그녀는 멍한 표정으로 열려 있던 문을 닫았다. 눈을 비비고는 다시 문을 열었다.

헛것이 아니었다.

"아, 아르엘……. 라르엘……. 미르엘……. 모두……."

루나의 정신이 혼미해졌다. 진우는 태연하게 접시를 닦고 있는 여주인에게 다가갔다.

"성자님! 오셨습니까?"

"아, 네. 근데 저들은……."

"마을 입구에 쓰러져 있길래 데려왔습니다. 늘 그렇듯 시비가 붙었는데……."

여관의 공식 룰에 따라 누가 더 많이 먹는지 내기를 했다고 한다. 천족은 전투를 피하지 않았다.

"많이 취한 것 같은데."

"성인이 아닌 것 같아 알코올이 없는 주스를 줬습니다. 근데, 분위기에 취한 모양입니다. 귀여운 여행자들이네요."

음식을 먹다가 술이 들어간 모양이다. 천족들도 마시고 싶어 해서 무알코올 맥주나 주스를 대신 줬다고 한다.

어째서인지 취해 있었다.

[황금의 성역에서 천족이 타락하였습니다. 새로운 종족, 타천사가 탄생하였습니다. 정말 대단합니다! 위대한 업적을 세워 대량

의 경험치를 획득하였습니다.]

"아……."

진우는 정보를 확인하고는 잠시 멍해졌다. 그러고 보니 천족들의 등 뒤에 달린 날개는 하얀색이 아니라 회색이나 검은 색이었다.

"어, 어떡하죠?"

루나는 패닉상태에 빠졌다.

그야말로 광란의 밤이었다. 진우를 본 마을 사람들이 무슨 일인가 싶어 여관으로 왔다가 분위기에 휩쓸려 합석하게 되었다.

진우는 실시간으로 늘어나는 사람들을 바라볼 수밖에 없었다. 규모가 눈덩이처럼 불어나며 거의 축제가 되었다. 말리기에는 이미 늦은 감이 있었다. 여관 주변에까지 상이 차려졌고, 오가던 모험가들도 합류하기 시작했다. 여관 주변이 왁자지껄해졌다.

천족들은 강력했다. 남녀노소 할 것 없이 호감을 살 만한 귀여운 외형을 가지고 있었는데, 사람들은 천족의 미소를 보고 그냥 지나칠 수 없었다. 마을 사람들과 모험가들이 이것저것 잔뜩 주문해서 챙겨주기 시작했다.

유나가 그 모습을 보고는 고개를 끄덕였다.

"어디 가서 굶고 다니지는 않을 것 같습니다."

"그러게."

진우도 동의했다. 타락하기는 했지만 기운 자체는 깨끗했다. 신성하기보다는 친근감이 느껴져서 더욱 귀엽게 보였다.

루나가 멍하니 그 광경을 바라보고 있을 때였다.

"으앗! 루나 님?"

"와!"

"루나 님이다!"

아르엘과 천족들이 루나를 발견하고는 루나에게 몰려왔다. 반갑게 인사를 나눌 수 없었다.

"으, 으앗!"

루나를 둘러싸더니 번쩍 들고는 테이블 쪽으로 옮겼다. 루나는 얼떨결에 시끌벅적한 곳 한가운데에 위치하게 되었다.

"오, 신관님도 오셨군요!"

"드세요!"

그녀의 앞에 맥주와 음식이 잔뜩 쌓이기 시작했다. 루나는 곤란한 표정이 되었다. 그러나 일어날 수 없었다. 마을 사람들이 루나를 바라보고 있었기 때문이다.

"마셔라! 마셔라!"

"쭉쭉!"

천족과 마을 사람들이 외치기 시작하자 루나는 하는 수 없이 잔을 들었다. 잔은 꽤 컸는데, 잠시 망설이다가 입을 대었다. 진우는 루나가 조금만 마실 줄 알았다. 그러나 꿀꺽꿀꺽하더니 잔을 완전히 비웠다.

원샷이었다. 혹시 원샷은 천계의 전통이 아닐까?

"크으!"

주변에서 박수를 보내자 루나는 기분이 좋아진 것 같았다. 입에 거품이 잔뜩 묻어 있었다. 루나는 금방 술에 취해 얼굴이 벌겋게 달아올랐다. 그녀는 씨익 웃으면서 손가락 하나를 펼쳤다.

"한 잔 더!"

"오오! 신관님, 장난이 아닌데?"

"자이언트 맥주로 추가!"

그렇게 루나도 합류하게 되었다. 더욱 시끌벅적해진 광경을 보니 역시 천족들은 루나를 닮은 게 틀림없었다. 타락한 게 저 모습이라면 신경을 쓰지 않아도 될 것 같았다.

"금방 끝날 것 같지 않은데?"

"아침까지 계속될 기세로군요."

쉽게 끝날 것 같지는 않았다. 다음 날 아침에 와도 괜찮을 것 같았다. 진우와 유나는 그들을 놔두고 성소로 돌아갔다.

간단하게 성소에서 모두와 함께 술 한잔했다.

가족 모임 같은 기분이 들었다.

다음날 진우는 늦은 아침에 여관으로 향했다. 루나는 전날 돌아오지 않았으니 아마도 여관에 있을 것 같았다. 여관으로 가보니 전날의 흔적을 찾아볼 수 없을 정도로 깔끔하게 치워져 있었다. 유일한 흔적은 고통스러운 듯 배를 부여잡고 있는 천족들이었다. 천족들은 서로의 변화를 확인하고는 깜짝 놀란 표정이었다.

"타, 타락했어."

"타락해 버렸어."

"아, 루나시여……."

타락한 천족들이 숙취에도 불구하고 일제히 무릎을 꿇고 루나에게 기도를 올리기 시작했다.

"루나시여! 저희 죄를 용서하시옵소서!"

"유혹에 굴복하고 말았습니다."

"아아……."

그렇게 기도를 했다. 루나는 천족들 뒤에 쓰러져 있었다. 여관 주인이 이불을 덮어주었는지, 이불을 뒤집어쓰고 있었다. 천족들이 계속 기도를 올리자 이불이 꿈틀거렸다.

"아, 시끄러!"

머리가 산발이 된 루나가 벌떡 일어나며 그렇게 외쳤다. 아직 술이 덜 깼는지 표정이 몽롱했다.

"어억?!"

"루나 님?"

"루, 루나 님?"

기도를 올리고 있던 천족들이 루나를 보며 깜짝 놀랐다.

루나는 눈을 비비며 그들에게로 시선을 옮겼다. 그녀는 천족들을 바라보다가 엄지손가락을 올려주고는 다시 이불을 뒤집어썼다. 술이 덜 깬 게 틀림없었다.

"아…… 음……."

천족들은 혼란스러운 표정이었다. 마침 여관 주인이 해장국을 들고 왔다. 천족들의 고개가 일제히 돌아갔다.

아르엘은 고개를 끄덕였다.

"일이 이렇게 되었으니 어쩔 수 없군."

"그, 그렇네요. 이미 타락했으니 어쩔 수 없죠."

"게다가 루나 님도 용서해 주신 것 같으니……."

분위기가 급변했다. 조금 전 심각했던 모습은 완전히 사라져 버렸다. 천족들이 아주 맛있게 해장국을 먹기 시작했다.

"어제 참 재미있었죠?"

"재미라는 걸 처음 느꼈어요."

"타락하는 것도 나쁘지 않네요."

"캬! 국물이 끝내주네요!"

진우는 잠시 그 광경을 지켜보다가 안으로 들어갔다. 국물을 마시고 있던 천족들이 진우를 보자 눈을 깜빡였다. 동시에 수저가 떨어졌다. 본능적으로 진우가 어떤 존재인지 느낀 것이었다.

"이야기 좀 할까?"

천족들이 굳은 얼굴로 일제히 고개를 끄덕였다.

루나가 이불 속에서 부스럭거리고 있을 때, 진우는 천족들과 이야기를 나눴다. 여관 주인이 분위기를 파악하고 자리를 비워줘서 제대로 이야기를 나눌 수 있었다.

천족들은 의외로 진우의 말을 잘 믿었다. 아주 흥미진진한 표정으로 진우의 이야기를 들었다. 마치 동화를 듣는 아이의 표정과 흡사했다. 그런 반응을 보여주니 진우도 이야기를 할 맛이 나서 더욱 자세하게 이야기를 해주었다.

"그렇게 된 것이로군요. 루나 님을 보호해 주셔서 감사합니다."

아르엘이 정중하게 감사를 표했다. 다른 천족도 마찬가지로 고개를 숙였다. 진우는 천족들을 보며 조금 난감해졌다. 이들을 어찌해야 할지 고민이 되어서였다.

타락했으니 천계로 돌아갈 수도 없었다.

"미안하군. 천계로 돌아가지 못하게 되었으니……."

진우가 그렇게 말하자 아르엘이 고개를 가로저었다.

"아닙니다. 루나 님도 여기 계시고, 재미……. 이런 시련도 다 피가 되고 살이 되지 않겠습니까?"

"맞습니다."

어제 정말 재미있게 논 모양이었다. 하지만 세상에 공짜란 없는 법이었다. 이야기가 끝난 걸 본 여관 주인이 천족들에게 다가왔다. 계산서를 내밀었다. 천족들이 계산서를 보자 고개를 갸웃했다. 여관 주인은 웃으면서 입을 뗐다.

"어제 내기에서 졌으니 모든 비용을 내야 해. 스프랑 해장국은 서비스로 줄게."

계산서가 의미하는 바를 이해하자 천족들은 넋이 나갈 수밖에 없었다. 진우가 대신 계산을 해주려고 했는데, 아르엘이 고개를 저었다.

"그럴 수는 없습니다. 저희가 패배했기 때문에 벌어진 일입니다."

"돈은 있고?"

"그건…… 지, 지금은 없지만……."

아르엘이 식은땀을 흘렸다. 진우가 주면 간단했지만, 자신의 힘으로 내고 싶어 했다. 패배한 천족의 마지막 자존심이었다.

'그러면…….'

진우는 잠시 생각하다가 고개를 끄덕였다. 일단 할 일과 머물 곳을 만들어줄 수 있을 것 같았다. 진우는 자리에서 일어나 여관 주인에게 다가갔다.

"저들을 고용할 생각 없습니까? 월급은 제가 지원해 드리겠습니다."

"저 아이들을요?"

"네, 저래 보여도 성인입니다."

"그, 그렇군요. 그런데…… 다 고용하기에는 저희 여관이 좀 좁아서요."

여관은 그리 넓지 않았다. 기존에 일하던 종업원도 있으니 저렇게 많은 일손은 필요 없었다.

"증축하면 되지 않습니까? 마침 옆 부지도 비어 있으니."

"네? 그렇긴 한데……."

진우가 돈을 지원해 준다고 하니 여관 주인은 얼떨떨한 표정이 되었다. 그러나 곧 좋아할 수밖에 없었다. 공짜로 여관을 확장해 준다는데, 누가 싫어할까. 진우는 대신 대우를 잘해 달라고 당부했다.

여관 주인은 흐뭇한 표정으로 천족들을 바라보았다. 넓은 방 하나를 숙소로 쓰기로 했다.

여관 주인이 말해주니 천족들은 굉장히 좋아했다. 무얼 해야 할지 막막했는데, 순조롭게 일이 풀렸기 때문이다. 처음 재미를 느낀 곳이 이 장소다 보니 마음에 들기도 했다.

"열심히 일하겠습니다!"

"맡겨만 주세요!"

아르엘과 천족들이 의욕이 넘친 표정이 되었다. 일단 어떻게든 수습이 된 것 같았다. 중간계를 떠돌아다니는 것보다는 이렇게 마을에 머물게 하는 편이 안전했다.

[타천사가 바람꽃 여관에 취업하여 황금의 영역 소속이 되었습니다. 성역의 기운이 타천사에게 깃듭니다. 타천사가 새로운 형태로 진화합니다.]

[A]골든 엔젤

'우리는 해방되었다!'

황금빛 날개를 지닌 천사. 타락한 천사가 황금의 영역에 소속되어 완전히 황금의 기운에 완전히 물들게 되었다. 골든 엔젤은 신성력과 마력을 동시에 쓸 수 있다. 신성력과 마력을 쓰면 신성룡이 양각된 골든 엔젤링이 머리 위로 떠오르게 된다. 다만, 억눌러왔던 욕구가 해방되어 성격이 조금 변할 수도 있다.

-특수기술

[B]심장폭격기

유혹하여 이득을 취한다. 유혹당하는 상대 역시 힐링이 되기 때문에 손해는 없다.

[C]황금 통장

신기하게도 금전운이 있다.

천족들의 날개가 황금빛으로 변했다. 검은색일 때는 타락했다는 느낌이 강했는데, 황금색으로 변하니 타락했다기보다는 한 단계 진화를 한 것 같이 보였다. 성역에 또 이상한 종족이 자리 잡게 되었다.

'뭐, 루나도 있는데.'

이 정도는 그래도 아직은 허용범위 안이었다. 천족들은 서로를 보며 놀랐다. 어두워졌던 머리카락도 본래 색보다 화려해졌고, 날개도 변했기 때문이다. 황금의 군주가 개입한 효과였다. 천족들이 그걸 깨닫고는 나란히 서서 진우에게 고개를 꾸벅하며 감사를 표했다.

"으, 음. 그래."

진우가 어색하게 인사를 받았다. 여전히 예의 있고 착했지만 골든 엔젤이 되고 나서 성격이 다소 바뀌었다.

"어제 누님 예쁘던데……."

"그렇지요?"

"어허!"

아르엘이 헛기침을 하자 천족들이 말을 멈추며 아르엘을 바라보았다.

"누님은 무슨, 우리가 더 나이가 많은데. 동생이라 해야지. 위아래는 확실해야 하는 법!"

"아, 그렇죠?"

"오늘 또 올까요?"

그런 이야기를 아주 진지하게 나누고 있었다.

"으, 으음……."

구석에 있던 루나가 눈을 떴다. 정신이 들자 화들짝 놀라며 벌떡 일어났다. 루나는 여관 주인의 뒤를 졸졸 따라가는 천족들을 멍하니 바라보았다. 그러다가 어제의 일이 떠올랐는지 절망스러운 표정으로 머리를 움켜쥐었다.

루나는 숙취 때문에 속이 아파 배를 부여잡았다. 진우는 작게 한숨을 내쉬며 아공간에서 음료수 하나를 꺼냈다. 숙취 해소에 효과가 있는 음료였다.

"가, 감사합니다."

루나는 음료수를 원샷했다. 진우는 물끄러미 바라보았다.

"너는 타락 안 해?"

"저는 여신이니까요."

설득력이 전혀 없었다. 아무튼, 그렇게 일이 일단락되는 듯했다.

여관은 빠르게 증축되었다. 여관 주변은 작은 텃밭이나 나무가 있는 공터였기 때문에 확장을 하는 데 전혀 문제가 없었다. 게다가 진우가 자금을 지원했다고 알려지니, 마을 사람들도 흔쾌히 도와주었다.

"저, 저희는 제, 제국에서 온 거, 건축기, 기술자입니다."

"무, 무료로 도, 도와드리겠습니다."

갑자기 신성 제국에서 왔다는 건축가까지 나타났다. 정보를 보니 굉장한 수준의 건축가였다. 아무래도 누군가가 이들을 데려온 것이 틀림없었다.

진우가 후하게 보수를 지급하니, 그들은 눈물을 글썽이며 공사에 합류했다. 마을 사람들은 힘이 워낙 세서 공사는 무척이나 빨리 진행되었다.

천족들도 안전모를 쓰고 공사를 도왔다. 인기가 있었다. 오가는 모험가들이 천족들을 껴안기도 했는데, 그들이 보기에는 천진난만한 웃음으로 보였다.

그러나 진우는 볼 수 있었다.

"헤헤헤……."

음흉한 미소였다. 타락을 초월한 무언가였다. 아무래도 성역의 기운이 조금은 과하게 깃든 것 같았다. 루나도 이제 반쯤은 포기했다.

'생각했던 것보다…….'

더욱 크고 화려하게 지어졌다. 내친김에 기존 건물도 허물고 다시 지었다. 진우가 살짝 감탄할 정도로 멋진 여관이 탄생했다. 여관이 아니라 호텔이라고 불러도 될 정도였다.

알론소가 여관을 축복해 주었고, 완공 기념으로 파티가 열렸다. 천족들은 만세를 불렀다.

"노동 후의 술 한잔! 크으! 이게 삶이지!"

"맞습니다! 아르엘 님! 천국이 따로 없습니다!"

천족들은 자신들의 모습과 전혀 어울리지 않은 말을 했다. 루나와 함께 미궁도 슬쩍 끼어들었는데, 몇 번 이야기를 나눠보더니 천족들은 루나보다 미궁을 더 따르기 시작했다.

"미, 미연시?! 너무나 성스럽게 느껴지는 이름입니다!"

"그런 신비한 놀이가……."

"미궁 님이시여, 부디 저에게도 기회를…!"

미궁은 타천사들의 수장으로 보일 정도였다. 미궁이 득의양양한 표정으로 품에서 휴대용 게임기를 꺼내자 천족들은 마치 성물을 보듯이 바라보았다. 루나도 게임 이야기로 즐거워 보였다.

'뭐, 행복하면 그걸로 된 거겠지.'

혼돈이 가득하기는 하지만 어쨌든 즐겁고 행복하니 그걸로 충분했다. 그렇게 파티가 시작되고 있을 때, 마을 노인이 수레를 끌고 다가왔다. 수레를 한 손으로 끌고 있었는데, 그의 어깨 위에는 거대한 통나무가 놓여 있었다.

"흘흘, 안녕하십니까? 성자님."

마을 노인이 진우에게 공손히 인사를 했다. 옆에 통나무를 내려놓고는 그 자리에서 도끼를 몇 번 휘둘렀다. 그러자 보기 좋게 잘리며 땔감이 되었다. 파티에 쓸 땔감을 가지고 온 것이다. 수레를 바라보니 신음을 흘리고 있는 이들이 있었다.

“마을 입구에 쓰러져 있었습니다. 늪에 빠진 것 같습니다.”

수레에 있는 이들은 천족이었다. 진흙이 진득하게 묻어 있었는데, 여관 주인과 마을 사람들이 다가왔다. 능숙하게 그들을 들고는 씻기러 갔다.

‘음…….’

천족들이 어떻게 여관에 왔는지 짐작이 되었다. 그 이후에는 저번과 똑같은 일이 반복되었다. 어색하게 있던 천족을 아르엘과 다른 이들이 유혹하자 결국 똑같이 변했다.

다음 날 아침에도 똑같은 상황이 벌어졌다. 여관 주인이 곤란한 표정을 지었다. 진우는 고개를 끄덕이며 입을 뗐다.

“여관을 더 증축해야겠군요.”

“그, 그러면 되겠군요.”

그렇게 조금씩 늘어나더니 알타미아 영지에서 가장 큰 호텔이 탄생하게 되었다. 바람꽃 여관에서 ‘골든 엔젤 호텔’로 이름이 바뀌었다. 성자 마을의 랜드마크가 되어버렸다.

그런 일이 연이어 발생하자 진우는 늪으로 향했다. 늪에 가니 피쉬맨들이 보였다. 날개가 달린 피쉬맨들이 늪 위를 날아다니고 있었다. 피쉬맨들의 랭크가 전체적으로 증가했고, 늪에서는 신성력이 가득 느껴졌다. 모두 천족들이 불어넣은 것이었다. 진우는 큰 대로와 가까운 곳에 팻말을 설치했다.

[위험! 늪지대 접근 금지!]

진우가 여러 곳에 팻말을 설치할 때였다. 신성력이 느껴져서 고개를 돌리니 천족들이 포탈을 열며 등장했다. 에호스 영지와 통하는 길이라서 노점상이 있었는데, 노점상을 뚫어져라 바라보다가 대로를 피해 늪으로 가더니 그대로 늪에 빠졌다. 마치 운명인 것처럼 자연스럽게 빠졌다.

"음……."

천족들이 어마어마한 신성력을 방출하며 탈출하려 했다. 그러나 늪이 신성력을 마구 빨아들였다. 성역에 속해 있으니 신성력으로 인한 파괴는 허용되지 않았다. 오히려 늪을 강하게 만들어주었다. 천족들은 결국 기절해 버렸다.

[막대한 신성력이 늪을 강화하였습니다. 늪이 새로운 형태로 진화합니다.]

[B]마성의 늪

'나에게 빠져!'

황금을 녹인 것처럼 보이는 신비한 늪. 본래 피쉬맨들이 사는 평범한 늪이었으나 천족들이 자주 빠지다 보니 특별한 능력을 지닌 늪으로 진화했다. 늪에 다가가면 밟고 싶은 욕망이 생기니 각별하게 조심하여야 한다. 신성력과 마력을 흡수하는 성질이 있다.

[B]천족 끈끈이

[C]날 밟고 가라!

마성의 늪이 되어버렸다. 피쉬맨들이 기절한 천족을 들고 마을로 향하기 시작했다. 좋은 일인지 나쁜 일인지 좀처럼 판단이 내려지지 않았다.

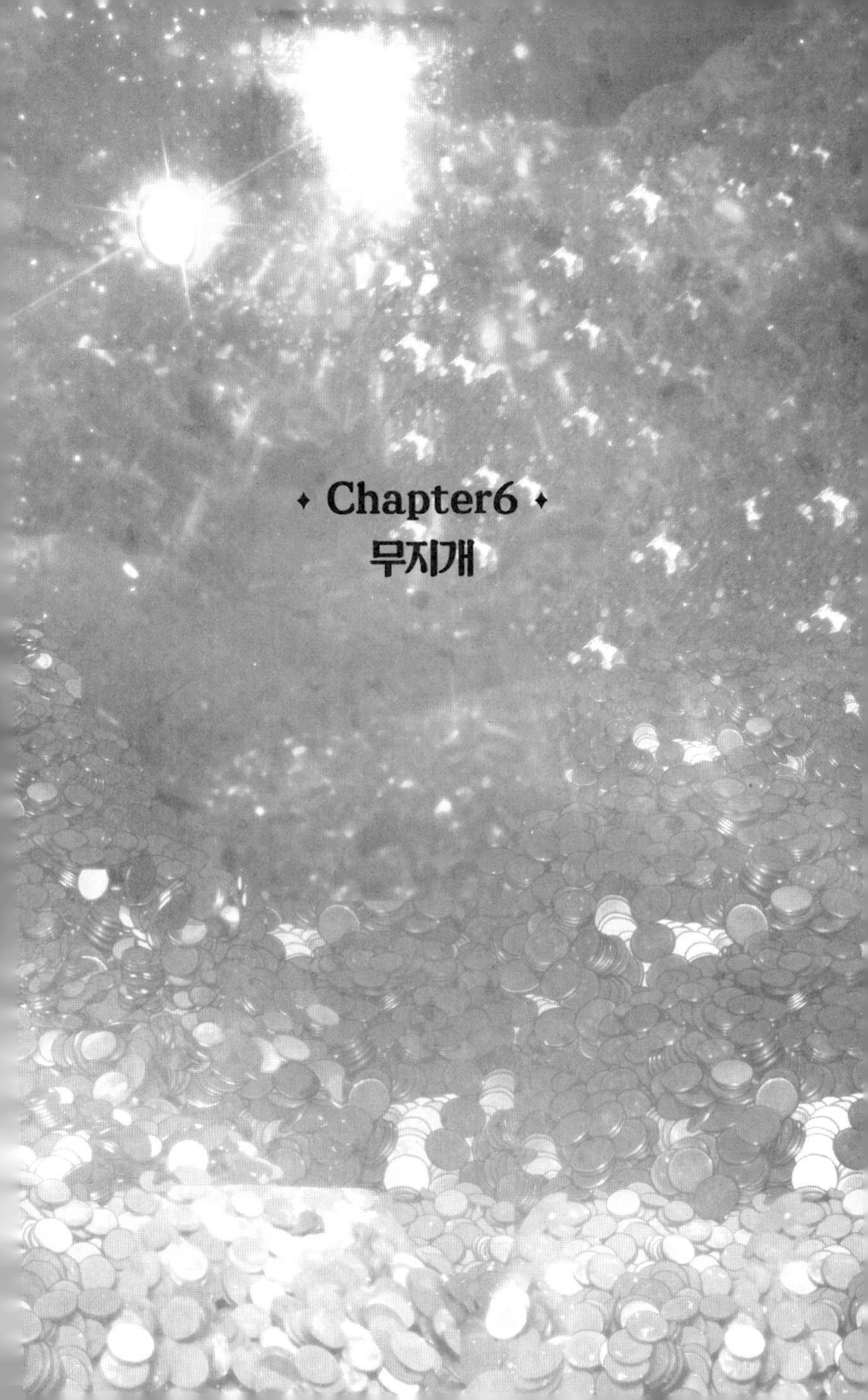

Chapter6
무지개

마을은 북적였다. 이제는 성자의 마을이 아니라 성자의 도시로 불리고 있었다. 얼마 전까지만 해도 규모가 크기는 했지만, 그래도 마을 규모였다. 그러나 천족들이 마성의 늪에 빠지고 마을에 오면서 규모가 급격히 커졌다.

골든 엔젤 호텔을 중심으로 여러 상점이 들어서더니, 순식간에 확장되었다. 골든 엔젤이 된 천족들이 종업원이 되면 어째서인지 돈이 불어났기 때문이다. 입소문을 타자, 여러 상인이 몰려왔고, 교회에서 교단 가입을 한 후에 입점을 허가해 주었다. 그렇게 계속 늘어났다. 마침 다른 왕국과도 가까운 곳에 있어 교역하기에도 편리했다. 사람들이 많이 오가다 보니 자연스럽게 길도 넓어졌다.

성자의 도시에서 장사하기 위해서는 성자의 교단에 가입을 해야 했다. 성역에서 한 번 교단에 가입하게 되면 진우의 허락

없이는 빠져나갈 수 없었다. 자유의지를 억압하거나 하지는 않았지만, 성역에 해가 되는 일을 할 수 없으니 진우는 막지 않았다. 성역은 알타미아 영지뿐만 아니라 라스칸 왕국에서도 관여할 수 없는 곳이었다. 귀족회가 성역의 모든 토지를 성자에게 건네주었고, 독립적인 구역임을 선포했다.

라스칸 왕국을 다스리는 귀족회가 진우의 부하이니 성역은 라스칸 왕국 우위에 있는 영역이었다. 덕분에 교단에 기부하는 금액과 도시발전기금을 내면 세금도 거의 없었다. 그야말로 최고의 환경이었다.

천족들은 호텔에서 일하거나, 주변 상점에서 일을 도왔다. 늪에 있는 경고판이 무색하게 천족들이 계속 보충되었는데, 하나같이 모두 천계로 돌아가고 싶어 하지 않아 했다. 그 중심에는 아르엘이 있었다. 아르엘은 독수리 같은 눈으로 먹잇감을 살펴보았다. 마침 허술해 보이는 모험가가 보였다.

"모험가 언니!"

"으, 응?"

"혹시 귀족이세요?"

"아니, 왜 그러니?"

아르엘이 너무나 순진한 표정으로 중급 모험가에게 말을 걸었다. 중급 모험가는 아르엘의 귀여운 외모에 경계를 풀었다. 아르엘이 중급 모험가를 커다란 눈으로 빤히 바라보았다.

효과는 강력했다. 중급 모험가의 심장이 마구 두근거렸다. 마치 심장에 미사일을 맞은 것 같았다. 중급 모험가가 살짝 이성을 잃으며 아르엘을 껴안았다.

아르엘은 그녀의 품에서 씨익 웃었다. 중급 모험가는 그 표정을 볼 수 없었다.

"앗! 미안!"

"아니에요! 언니, 귀족인 줄 알았어요! 타고난 기품은 감출 수 없네요! 왕족의 피가 흐르는 것 같아요."

"그, 그래? 내가 좀……."

"네! 그런데 머릿결이 아쉽네요."

"아……. 모험을 하다 보니……."

아르엘이 방긋 웃으면서 모험가의 손을 잡았다. 모험가는 따듯한 온기를 느끼며 어쩔 줄 몰라 했다. 너무 귀여워서 집으로 데려가고 싶을 지경이었다.

아르엘은 영업 미소를 지었다.

"지금 골든 엔젤 호텔에서 단돈 2골드에 헤어 관리를 해주고 있어요! 피부 관리도 서비스로 포함된답니다. 거기에 2골드를 추가하면 럭셔리룸에서 1박 2일을!"

"그, 그래?"

"기품이 넘치는 언니를 위한 특별 서비스! 지금 바로 교단에 가입하시면 1골드를 할인해 드려요!"

중급 모험가는 얼떨결에 고개를 끄덕였다. 정신을 차려보니 어느새 교단 가입 신청서에 싸인을 하고 있었다. 호텔 정기 이용권과 전신 관리 코스까지 결제하고 말았다. 호텔은 크기가 엄청나게 크고 가격대가 있었지만, 빈방이 하나도 없었다. 영업왕 아르엘과 천족들 덕분이었다.

진우는 도시발전기금을 포함한 모든 수입표를 분석해 보며 고개를 끄덕였다.

'일단 만족도는 상당히 높으니…….'

방문객들의 만족도는 매우 높은 편이었다. 그러니 사기라고 부를 수 없었다. 상황이 이렇다 보니 교단원은 엄청나게 늘어났다. 천족들도 있으니 루나도 안심하고 성소에 머물렀다.

천족들은 도시에 있는 귀족들과도 잘 어울렸다. 귀족들은 큰 공을 세울 때마다 하사품으로 만화책 세트를 받았는데 대부분 19금이었다. 만화책방 하나를 통째로 아공간에 넣은 게 화근이었다. 진우의 눈에는 예술의 거리로 가보았다.

"하지만 루나 님은 저렇지 않은데……."

"상상이 현실을 능가하는 건 당연한 게 아닌가."

"하지만 사기가 아닐까요?"

천족들이 예술의 거리에 있는 여신상을 보며 그런 이야기를 나누었다. 귀족들과 함께 이런저런 토론을 하는 것도 보였다. 서로 멱살까지 잡으며 고성이 오갔다. 고양이 귀와 강아지 귀 중에서 뭐가 더 좋은지에 대한 토론이었다.

"음……."

도시는 타락했다.

진우는 유나가 있는 곳으로 가보았다. 유나와 아르카나가 보였다. 유나는 휴가가 끝나도 중간계와 지구를 오갔다. 진우의 비서였으니 그의 일을 돕는 게 그녀의 일이었다.

진우의 부하들은 그녀를 중간 보스로 인식했다. 마족들은 자신들보다도 훨씬 냉정하게 일을 진행하는 유나를 보며 감탄했다. 아르카나도 유나의 도움을 받고 있었다.

아르카나가 시뻘겋게 달아오른 얼굴로 유나를 바라보았다.

"아, 아, 안녕하십니까? 나, 날씨가 좋습니다."

"네, 좋습니다. 전보다 훨씬 자연스러워졌습니다."

"가, 같이 시, 식사라도… 울컥!"

상상만으로도 심장박동이 한계를 돌파해 피를 토했다.

"그래도 예전보다는 훨씬 나아졌습니다. 좀 더 강도를 올리도록 하겠습니다."

"네, 선생님!"

"견뎌낼 수 있겠습니까?"

"네, 드래곤하트가 부서지더라도 참아내겠습니다! 부디 가르침을……!"

유나는 그녀를 다독이면서 훈련 강도를 더욱 높였다. 아르카나는 의지를 불태웠다. 현재 아르카나의 목표는 진우와 20초 동안 정상적으로 대화하는 것이었다.

유나는 고개를 끄덕이면서 무언가를 꺼냈다. 사진집이었다. 협회에서 국제대회 승전기념으로 사진집을 만들었는데, 진우의 사진집을 제작해서 발매했다. 인기가 워낙 많아 나오자마자 매진이 되었다. 본래 가격의 몇 배나 주고 사겠다는 사람이 넘쳐났다. 한정판이라 가치는 더욱 올라가고 있었다.

최희연은 꽁꽁 무장하고 줄까지 섰는데 구매에 실패했다.

유나가 협회에서 준 여유분을 보내주자, 직접 찾아와 답례까지 했다. 물론 유나도 하나 소장하고 있었다.

"으윽!"

표지를 보자마자 아르카나가 눈이 부시는지 뒤로 주춤 물러났다.

"보셔야 합니다."

"아, 알겠습니다! 아, 아 이렇게 성스러울 수가!"

몇 단계나 올라간 훈련 강도에 당황했지만, 그녀는 비장한 표정으로 사진집을 바라보았다. 사진집에는 진우가 가득했다. 엄청난 고화질이었다. 매끄러운 피부와 땀방울이 보였다.

"아……."

아르카나의 눈이 마구 돌아갔다. 거칠게 숨을 몰아쉬었다. 코에서는 뜨거운 콧김이 나오는 것이 보였다. 어떻게든 버텨냈지만, 살짝 노출이 있는 사진이 보이자마자.

쿵!

코와 입에서 피가 분수처럼 뿜어져 나오며 그대로 쓰러졌다. 그녀가 감당할 수 있는 자극이 아니었다.

"앗! 보스 누님! 좋은 아침임다."

"드래곤 누님 또 쓰러졌슴까?"

"저희가 옮길게요."

지나가던 천족들이 유나에게 꾸벅하고 인사를 하고는 여럿이서 아르카나를 들었다. 익숙하게 아르카나를 그녀의 가게로 옮겼다. 아르카나는 기절 중에도 사진집을 소중하게 껴안고 있었다. 유나는 그녀의 상태를 기록하고는 고개를 끄덕였다.
'음…….'

진우는 그 광경을 보고 있다가 조용히 도시를 빠져나와 늪으로 향했다.
피쉬맨은 늪 주변에 울타리를 치고 있었다. 가시까지 달아놓았는데도 천족들이 늪에 자주 빠졌다. 울타리에 작은 깃털이 끼어 있는걸 보면 낑낑거리며 넘어온 것이 틀림없었다.
마성의 늪은 강력했다. 천족들이 기어코 기어들어 와 늪에 빠질 만큼 말이다. 랭크가 계속 상승하고 있었다.
'천족이 늘어나는 건 문제가 아니지만…….'
오히려 성역 발전에 크게 이바지하니 많을수록 좋았다. 다만, 역시 조금 찜찜하기는 했다. 내려오는 천족들이 천계에서 제법 지위가 있어 보였는데, 아예 도시에 눌러앉았으니 천계가 제대로 돌아갈지 의문이었다.
그륵!
진우는 거대한 엔젤 피쉬맨의 머리를 쓰다듬어 주었다. 날렵한 몸 때문에 물고기보다는 도롱뇽처럼 보였다. 신성력의 영향 때문인지 둥글둥글해서 그럭저럭 귀여웠다.
"여기 계셨군요. 오랜만입니다. 군주님."
도플로가 진우의 뒤에서 나타났다. 그는 울타리와 늪을 보면서 감탄했다. 울타리의 가시에는 천족의 깃털이 엉망진창으로 걸려 있었다. 늪은 너무나 잔인한 함정이었다.

'중간계, 천계를 동시에 공략하시다니…….'

사악함에 일가견이 있는 마족들조차 섬뜩함을 느끼는 방법이었다. 천족을 더럽히고, 치욕스럽게 타락시켰다. 게다가 여신이 직접 그걸 지켜보게 했다. 여신은 아마 절망을 느끼고 있지 않을까? 태어난 걸 후회하고 있을지도 몰랐다.

잔인함, 사악함, 그리고 치밀한 계획까지. 도플로는 몸이 부르르 떨렸다. 솟아오르는 존경심에 고개를 숙였다.

"신성제국에서 정식으로 서한을 보냈습니다. 여신 교단의 이름으로 성자를 검증하겠다고 하더군요."

"그렇군."

진우는 고개를 끄덕였다. 신성제국이라는 명칭을 사용하게 된 것은 백 년도 되지 않았다. 본래는 중간계에서 가장 찬란한 문화를 꽃피웠던 국가였다. 지금은 폐쇄적이고 너무나 금욕적인 국가가 되어버렸다. 황제는 꼭두각시였고, 교황이 그 자리를 대신했다. 광신도로 이루어진 병력은 주변 왕국을 두려움에 떨게 했다.

'군주의 힘이지.'

타락의 군주. 아티팩트 형태로 존재하는 군주였다. 천계까지 타락시켜서 천족들을 흉측한 몰골로 만들었다. 타락으로 인한 파괴를 먹이로 삼는 군주였다. 그렇게 차원을 꿀꺽하면서 떠돌아다녔다. 루나의 눈과 귀가 가려진 것도 타락한 교단 때문이었다. 천계에 풍부한 신성력을 빼돌리고 있는 것도 교단이었다.

"거절할 시에는 성전을 불사하겠다고 합니다. 주변 왕국도 동조하고 있습니다."

급속도로 발전하는 라스칸 왕국을 견제하고 성자의 교단 때문에 약화된 본인들의 세력을 다시 넓히기 위함이었다.

전쟁은 큰 문제가 되지 않았지만 역시 타락의 군주가 걸렸다. 원작에서도 다른 왕국의 병사를 타락시켜서 꼭두각시로 만든 묘사가 있었다. 인간의 고통과 절망이 에너지원이었는데, 질병의 군주가 남긴 파괴가 아주 좋은 먹잇감이 되었고, 그 결과 중간계와 천계가 박살이 나버렸다.

'괜찮은 조연이랑 히로인도 꽤 있었는데…….'

히로인이 대략 8명가량 등장했던 걸로 기억했다. 왕녀, 귀족, 모험가, 상인 등등 다양했다.

'결국, 다 죽었지.'

루나가 메인 히로인이 된 까닭은 중간계가 사라질 때, 루나만 데리고 지구로 왔기 때문이다. 200편 정도 분량의 중간계 이야기였다. 히로인뿐만 아니라 조연이고 뭐고 다 사라지는 걸로 정리를 해버렸다.

"오라고 해."

무언가 수작질을 부릴 것이 분명했다. 진우는 일단 성역에서 타락의 힘이 통하는지 확인을 해볼 생각이었다. 같은 군주이니 여러모로 시험이 필요했다. 원작에서는 주인공이 이기기는 했지만, 중간계와 천계가 사라졌으니 패배한 것이나 마찬가지였다.

"으앗!"

"꺄악!"

잠시 한눈을 판 사이에 천족들이 늪에 빠지고 있었다.

진우는 한숨을 내쉬었다.

라스칸 왕국과 신성제국은 인접하고 있어서 상당히 가까웠다. 모든 왕국에 여신 교단이 있었지만, 고위 신관만이 주둔할 뿐이었고, 유일하게 신성제국에만 추기경과 교황이 존재했다. 세뇌된 고위 신관들이 다른 왕국에 자리를 잡고 있어 신성제국은 대륙에서 막강한 영향력을 자랑했다. 성자가 나타나기 전까지는 말이다.

카드론 추기경은 탐욕스러운 돼지였다. 악명이 자자했지만, 그 누구도 그를 욕할 수 없었다. 그에게는 교황이 내려준 타락의 힘이 있었다. 그 힘은 추기경을 상징하는 지팡이에 깃들어 있었다.

'여신을 떨어뜨려 타락시키면…….'

교황은 막대한 신성력을 얻어 신이 된다. 여신을 종으로 삼아 중간계를 넘어 천계까지 지배할 수 있을 것이다. 그의 충실한 종인 자신도 신의 자리에 오를 것이 확실했다.

'흐흐…….'

추기경은 여신 덕후였다.

"하악……. 하아."

신성제국에서 금서로 지정되어 압수한 서적들이 그의 마차에 잔뜩 실려 있었다. 라스칸 왕국, 성자의 도시에서 수입한 만화책들이었다. 정통이 아니라 복사본인 것이 아쉬웠다. 여신의 다양한 모습이 있었는데, 그가 가장 좋아하는 건 폭발적인 몸매를 지니고, 고양이 귀를 단 여신이었다.

진리였다.

'그것이야말로 가장 신성한 모습이지.'

여신을 타락시킬 날만을 고대하고 있었다. 손수 고양이 귀를 달아줄 생각이었다. 카드론 추기경은 성자를 타락시켜 자신의 종으로 만들고, 라스칸 왕국이 인정한 성자의 성역을 자신의 것으로 만들 생각이었다. 다만, 타락의 지팡이도 만능이 아니라, 재물을 바쳐 충전을 해야 했다.

"라스칸 왕국 놈들은 예의가 없군."

"추기경께서 지나가시는데 저런 오만방자한!"

모두 추기경을 상징하는 마차를 그저 힐끔 보고 지나갈 뿐이었다. 모두 추기경을 노골적으로 무시하며 성자만을 칭송했다. 카드론은 화가 났지만, 간신히 참아내었다. 성자를 꼭두각시로 만들고 아주 망신을 줄 생각이었다.

성자의 도시에 도착했다.

도시는 굉장히 특색이 있고 아름다웠다.

"성자라는 놈이 건방지군요."

"혼쭐을 내줘야 합니다."

신관들이 그렇게 말했다. 건방지게도 마중을 나온 인물은 하나도 없었기 때문이다. 저 멀리 은색 머리카락을 지닌 신관이 달려가는 게 보였다. 그녀의 뒤로 꼬맹이들이 따라갔다.

카드론은 혀를 찼다. 그를 따르는 신관들도 마찬가지였다.

'경박하군.'

여신을 닮기 위해 노력해야 할 신관이 여신을 닮기는커녕 경박하기 그지없었다. 그에게는 오직 여신뿐이었다. 그의 이불에도 최고의 화가가 그린 여신이 그려져 있었다.

'이 도시가 이제 내 것이란 말이지.'

계획대로 되리라!

그는 신관들과 함께 성자가 머무는 곳으로 향했다.

그의 얼굴에는 비릿한 미소가 가득했다.

진우는 신성제국에서 사람이 온 걸 알 수 있었다. 침입했다는 정보가 떠올랐기 때문이다.

[타락한 추기경과 신관들이 침입하였습니다.]

특별히 마중을 나가거나 하지는 않았다. 잘 보일 이유도 없으니 굳이 그럴 필요가 없었다. 추기경과 신관들이 요란을 떨며 알아서 찾아왔다. 밖으로 나가니 비곗덩어리처럼 보이는 추기경 카드론이 있었다. 그의 손에는 화려한 지팡이가 들려 있었는데, 군주의 기운이 느껴졌다. 알론소와 다른 이들도 몰려와 있었다.

카드론의 표정은 거만했다.

"네가 성자를 지칭하는 놈인가. 교황님의 권위를 떨어뜨리고 여신을 모욕한 네놈을 심문하러 왔다."

루나와 천족들도 무슨 일인가 싶어 나와 있었고, 루나는 고개를 갸웃했다. 모욕당한 적이 없었기 때문이다. 구석에서 지켜보고 있는 아르카나가 당장에라도 카드론을 분해해 버릴 것 같았는데, 유나가 옆에서 진정시키고 있었다.

대부분은 그냥 그러려니 하는 반응이었다. 성자의 도시에서 워낙 기괴한 일들이 많이 벌어지니 이 정도는 이벤트도 아니었다.

진우는 카드론의 정보를 살펴보았다.

LV.32

[E]카드론 추기경

소속: 거짓된 여신 교단(타락의 군주)

칭호: [B]여신 덕후

나이: 48세

보유기술: [C]여신과 하악하악, [E]여신과 상상데이트, [F+]신성력.

-특수 스킬

[B]타락하여라!

타락의 지팡이를 이용하여 상대를 타락시킨다.

*타락의 지팡이 필요.

원작에서도 나왔던 인물이다.

'그 쓰레기였군.'

루나를 납치한 인물이었는데, 루나를 조종하며 주인공을 공격하게 했다. 그의 손에서 루나는 '다크 루나'라고 불리는 빌런이 되었다. 아바타도 완전히 반전되어서 매혹적이라는 묘사가 있었다.

루나가 매혹적이라니.

'말도 안 되는 소리.'

진우는 전혀 상상이 되지 않았다.

그 이후는 전형적인 전개였다. 주인공이 루나를 공격하지 못하고 그녀의 칼을 맞으면서 '우리의 추억을 기억해!'라고 하니 정신을 차렸다.

[B]타락의 지팡이

군주의 기운이 깃든 지팡이. 상대의 어둠을 들여다보고 타락시켜 조종할 수 있다. 수십 개의 차원을 먹어치운 타락의 군주보다 더욱 악한 존재가 아닌 이상, 타락의 영향에서 벗어날 수 없다.

역시 타락의 군주는 위험했다. 진우가 그저 바라보고 있자 카드론이 몸을 움찔했다. 주변의 사람들도 무감정한 눈으로 카드론을 바라보았다.

카드론은 이런 분위기가 마음에 들지 않았다. 천민들은 늘 자신에게 굽신거리며 고개를 조아려야 했다.

"건방진 놈!"

카드론이 지팡이를 들자 추기경을 따르는 신관들이 무릎을 꿇었다. 성스러운 광경을 영접하기 위해 고개를 들며 두 손을 위로 펼쳤다.

카드론은 사악한 웃음을 지으며 지팡이를 치켜들었다.

"타락하여라!"

지팡이에서 빛이 반짝이더니 진우에게로 뻗어왔다. 신성력으로 보였지만 그 이면에는 군주의 기운이 담겨 있었다.

진우는 기운에 맞섰다. 어느 정도인지 직접 알아볼 생각이었다. 이진우인 자신이 타락할 것 같지도 않았다.

[타락의 군주가 눈을 떠 황금의 군주를 바라봅니다. 영혼의 근원을 파악하여 타락시키려 합니다. 이진우 속에 잠들어 있던 악이 타락의 군주를 맞이합니다. '아악! 내 눈!' 타락의 군주가 괴로워합니다.]

"응? 이, 이거 왜 이래?"

카드론이 당황했다. 지팡이가 겁을 먹은 것처럼 부르르 떨렸기 때문이다.

아르카나 때문에 잠들어 있던 황금의 군주가 고개를 들었다. 아름다운 기운을 일으키며 사방으로 뻗어 나갔다. 진우의 주변에 성스럽게 느껴지는 무지개가 피어올랐다. 무지개는 너무 찬란해서 카드론조차 넋을 잃을 정도였다.

[반사되었습니다.]

반사되었다. 지팡이에서 뿜어져 나온 군주의 기운이 모조리 반사되었다. 그저 반사만 되는 것이 아니었다. 황금의 군주가 더욱 강한 기운을 담아서 반사했다. 무지개 반사였다.

진우의 주변에 떠오른 무지개가 아름답게 일렁였다. 반사된 기운이 카드론과 신관들에게 쏟아져 내렸는데, 그것 역시 아름다운 무지갯빛이었다. 카드론과 신관들이 몸을 부르르 떨었다. 황금의 군주는 감히 더러운 오물을 묻히려는 자들을 용서하지 않았다. 진우에게 걸려던 효과가 변형되고 더욱 증폭되고 그들에게 돌아갔다.

[추기경과 신관들에게 강력한 효과가 적용되었습니다.]

[A]무지갯빛 노동 천사
'일해라! 노예야!'
가소로운 타락의 기운을 무지갯빛과 함께 반사하였다. 본래 효과는 타락시켜 시전자가 마음대로 조종하는 꼭두각시로 만드는 것이었지만, 더욱 강력해져 누구의 부탁이든 뭐든지 들어주는 도우미가 되어버렸다. 카드론과 신관들은 모든 사람의 부탁, 또는 명령을 거절할 수 없다. 항상 환한 미소와 함께 감사를 표하며 바로 행동한다.

단, 목숨이 위험한 일은 목숨을 보존하는 선에서 들어준다. 성역에 해가 되는 일, 범죄와 관련된 일은 할 수 없고, 스스로 목숨을 끊을 수 없다.

잠시 카드론과 신관들의 눈빛이 흐려지는가 싶더니, 정상으로 돌아왔다. 당황하며 다시 지팡이를 치켜들었지만, 빛은 나오지 않았다. 카드론과 신관들은 당황했다. 한 번도 이런 적이 없었기 때문이다.

정보를 확인한 진우는 시험해 보기로 했다.

"지팡이 좀 내려놓아 주시겠어요?"

"네. 알겠습니다."

카드론이 행복한 미소를 지으면서 지팡이를 바닥에 내려놓았다. 자신이 무슨 짓을 했는지 깨닫고 지팡이를 주우려 했지만, 몸이 그것을 거부했다. 확실히 효과가 있었다.

"무, 무슨 일이……."

"잠시 조용히 해주시겠습니까? 제가 전해 드리겠습니다."

"네."

진우가 그렇게 말하자 카드론이 그렇게 말하며 입을 다물었다. 신관들도 마찬가지였다.

갑작스럽게 닫힌 입에 카드론이 당황했지만 입은 열리지 않았다. 갑자기 진우를 핍박하려는 모습이 보이자 주변 분위기가 험악해졌는데, 진우는 부드럽게 웃었다.

그러나 눈빛은 아주 깊게 가라앉아 있었다. 군주든 누구든 상대를 가려서 덤벼야 했다. 이런 식으로 도전을 해왔으니 수십 배로 불려 갚아줄 생각이었다. 진우의 그런 마음을 황금의 군주가 아주 잘 따라주었다. 우선, 저들을 이용하는 것부터였다.

"검증이 끝났습니다. 잠시 오해가 있었습니다. 추기경님, 그리고 신관분들. 소란을 일으키셨으니 정중하게 사과를 해주세요."

"죄송합니다."

카드론과 신관들이 망설임 없이 허리까지 숙이라며 사과를 했다. 그리고 환하게 웃었다. 사람들은 고개를 끄덕이며 진우의 말을 경청하기 시작했다.

"사실, 저에 대한 검증은 부차적인 이유이고 추기경님과 신관분들께서 직접 오신 이유는 따로 있습니다. 정신을 단련하고 깨달음에 매진하기 위해서 오셨다고 합니다. 아무래도 저희 도시가 신성제국에서 꽤 유명한가 봅니다."

카드론과 신관들은 진우의 말에 눈동자를 굴렸다. 도대체 무슨 상황인지 이해가 되지 않았다. 그저 서로를 곁눈질하는 것밖에 할 수 없었다.

진우는 부드럽게 웃으며 말을 이었다.

"여신 루나 님의 뜻을 따라 어떤 궂은일이든 봉사할 자세가 되어 있다고 하시니, 무엇이든 마음껏 부탁하시면 됩니다. 그것이 이분들을 돕는 일입니다."

진우의 말에 사람들이 고개를 갸웃했다. 잘 믿기지 않았기 때문이다. 직접 보여주는 것이 좋을 것 같았다.

"봉사할 준비가 되었지요?"

"네."

진우의 말에 카드론과 신관들이 그렇게 대답했다. 스스로 대답하고도 당황했다. 부정하고 싶었지만 어째서인지 부정할 수가 없었다. 그저 환하게 웃을 뿐이었다.

"알론소 님, 하수도에 문제가 생겼다고 알고 있습니다."

"네. 마침 곤란하던 참이었습니다. 하수도가 막히고 슬라임들이 꼬였습니다. 마물이다 보니 모험가를 모집 중입니다."

알론소가 진우의 말에 고개를 끄덕이며 대답했다. 막힌 하수도를 뚫는 건 상하수도 담당자들과 함께 신관들도 자주했다. 그러나 슬라임 같은 몬스터가 있다면 이야기가 달라졌다. 부식 액체와 독 때문에 상당히 위험했기 때문이다.

진우는 카드론을 바라보았다.

"추기경님, 도와주실 수 있겠습니까?"

"물론입니다."

카드론이 그렇게 말했다. 카드론의 의지는 멀쩡했다. 오감도 살아 있었고, 자신이 움직이는 것을 인식하고 있었다. 그러나 부탁받은 대로 아주 성실하게 일했다.

카드론이 근처에 있는 하수도 구멍으로 다가갔다. 막혀 있어서 오물이 넘쳐 흐르고 있었다. 카드론은 태어나서 보지 못한 온갖 더러운 것들을 목격하고 말았다. 상당 기간 동안 처리가 안 되어 아주 가득했다.

카드론은 구역질이 치밀었지만 얼굴은 웃고 있었다. 이 일을 하게 되어 아주 행복하다는 듯이 말이다.

'아, 안 돼!'

카드론의 발이 망설임 없이 하수구 구멍 앞에 섰다. 구멍 앞에 서는 것만으로도 온몸이 썩어들어가는 것 같았다.

"하하하! 감사합니다!"

카드론은 속마음과는 달리 표정은 해맑았다. 모두가 보는 앞에서 점프해 들어갔다. 다이빙이라도 하는 것 같았다.

"설마?"

"저런!"

주변 사람들 모두가 경악했다. 카드론은 하수도의 막힌 부분을 손으로 뜯어가며 열정적으로 일했다. 워낙 힘이 없어 질긴 부분이 안 뜯기자 입으로 뜯기까지 했다.

"우욱! 우웩! 하하하! 감사합니다! 우, 우웩!"

오감을 온전히 느꼈기에 구토를 했지만, 그의 몸은 멈추지 않았다. 추기경을 상징하는 복장이 오물로 물들었다. 오물 속에서 슬라임이 나타나자 신성력을 일으키며 난투극을 펼치기 시작했다. 카드론을 따르는 신관들은 그걸 지켜보면서 움찔했다. 자신들의 미래가 보이는 듯해서였다. 마치 지옥에라도 온 것 같은 기분이었다.

"허어, 추기경은 역시 아무나 되는 것이 아니군."

알론소는 추기경을 보며 감동했다. 추기경처럼 높은 자가 저렇게 행복하게 일했다.

"장비를 가져왔……."

"응?"

뒤늦게 보호장비와 청소 장비를 가지고 온 상하수도 담당자들이 어리둥절한 표정이 되었다. 저렇게까지 할 일은 아니었기 때문이다.

추기경 카드론은 스스로 보호 없는 고행을 택했다. 그것은 이루 말할 수 없는 감동이었다. 알론소는 자신을 반성하며 여신 루나에게 기도를 올렸다.

주변 사람들도 매우 놀라며 감동했다. 추기경 카드론이 저렇게 모범을 보였으니, 가만히 있을 수는 없었다. 저들의 수행에 협력을 해주고 싶었다. 지켜보던 사람들이 카드론의 신관들에게 몰려왔다.

"신관님, 밭에 일손이 부족합니다."

"나무를 해야 하는데……."

"울타리 공사를……."

카드론의 신관들은 자신들이 왜 그런 일을 해야 하는지 반항하려 했지만, 얼굴에는 자동으로 미소가 떠올랐다. 일하게 되어 너무나 행복하다는 듯한 밝은 미소였다.

"네! 감사합니다!"

"알겠습니다! 감사합니다!"

저렇게 행복하게 웃으니 일을 시키는 자들도 마음이 한결 편해졌다. 카드론은 신성제국에서 얼마 없는 추기경이었다. 그를 따라온 신관들과 병사들이 상당히 많았다. 하나의 군대처럼 보일 정도였다. 병사들은 카드론에게 충성을 바친 이들이었고, 타락시켜 종으로 만든 이들이었다. 신관들이 노동을 시작하니 병사들도 눈치를 보다가 일을 돕기 시작했다.

"하하하! 행복해!"

"일을 시켜주셔서 감사합니다!"

카드론과 신관들은 지나가며 들려오는 하찮은 말도 충실하게 도와주었다. 산꼭대기 위에서 보는 경관이 궁금하다고 말한 노인을 등에 업고 올라갔고, 특이한 약초가 필요하다고 말한 상인들의 말을 듣더니 숲 전체를 뒤져 약초를 찾기 시작했다. 어린아이들의 부탁도 웃으며 들어주었다.

"무지개가 보고 싶어요!"

"하늘 위에 걸린 무지개! 예쁠 것 같아요!"

비가 올 기색이 전혀 없는 날씨였다. 신관들은 아이들에게 뭐라 할 수 없었다. 부탁을 들어주기 바빴기 때문이다.

병사들과 함께 물탱크를 짊어지고 올라가 산꼭대기 위에서 뿌리기를 반복했다. 병사들은 이게 무슨 짓인가 싶었지만, 그들은 이미 카드론의 종이었으니 거부할 수 없었다.

신관들은 약골이었다. 항상 남을 부려먹고 가까운 거리조차 마차나 가마를 이용해 움직이니 근육은 하나도 없었다. 조금 과장하자면 잔 하나 드는 것도 힘겨워할 정도였다. 이처럼 고된 노동은 고문이나 다름없었다. 그렇다고 앓아누울 수도 없었다.

"으어어어! 힐!"

"히, 히일!"

"그, 그레이트 힐!"

신성 마법도 쓸 수 있으니 거의 좀비나 마찬가지였다. 근육이 터지거나 뼈가 부러지면 바로 신성 마법을 써서 고쳤다. 그리고 다시 일했다. 웃기게도 그들의 미약했던 신성력은 남을 도와주기 시작하니 계속해서 올랐다.

신성 마법을 더 많이 사용할 수 있게 되었다. 더 많은 노동을 소화할 수 있게 된 것이다!

사람들은 역시 여신 교단이라며 고개를 끄덕였다. 천족들도 자극을 받았는지 더욱 열심히 일했다. 알론소와 도시 신관들도 마찬가지였다. 도시에 엄청난 활력이 생겨났다.

루나는 그들을 보며 눈물을 글썽였다.

"정말, 정말 대견해요."

알론소와 도시의 신관들을 제외하고 부패한 신관들만 접한 루나였다. 그런데 높은 지위에 있는 추기경과 신관들이 저렇게 몸을 돌보지 않으며 열심히 일하다니.

"그대들에게 도움이 되기를……."

루나는 두 손을 모으더니 추기경과 신관들에게 축복을 내려주었다. 아바타이다 보니 그렇게 강력한 축복은 아니었지만 그래도 효과가 있었다. 이제 그들은 피로 해소도 빨라지고 잔병치레를 거의 하지 않게 되었다. 게다가 신성 마법의 효율도 좋아져서 깊은 상처라도 빠르게 회복시킬 수 있었다.

'좀비 수준이군.'

진우는 고개를 끄덕였다. 의도치 않았지만, 루나가 축복을 내려주자 완벽한 좀비가 되었다. 아니, 좀비보다 더 좋은 일꾼이었다. 상처를 입어도 회복하고 병도 안 걸리고 피로 해소도 빨라서 조금만 쉬어도 되니 말이다.

신성력을 쓰면 쉬지 않아도 되었다. 지능도 괜찮아서 부탁받은 걸 완벽하게 이해할 수 있었다.

이보다 완벽한 일꾼이 또 있을까?

진우는 루나를 바라보았다. 언제 눈물을 글썽였는지 모를 정도로 그녀의 표정은 금세 해맑게 변했다. 눈에는 다크써클이 내려와 있었다. 이틀 동안 운명7을 끝까지 달렸다고 한다. 무려 48시간의 대장정이었다.

루나는 성소로 돌아가려고 하고 있었다.

"너도 모범을 보이는 게 어때?"

"네? 아! 저, 저는 조금 바빠서……. 그, 그럼 가볼게요!"

루나가 후다닥하고 사라졌다.

진우는 고개를 설레 저었다. 모든 상황을 지켜보던 유나가 곁으로 다가왔다. 그녀는 손에 들린 서류를 바라보며 고개를 끄덕였다.

"이해가 잘 안 되기는 하지만, 유용한 일꾼들이 들어왔군요. 안 그래도 노동력이 필요하던 참이었습니다. 도로 정비와 방벽 정비, 상하수도 보충 공사 등 일정이 많습니다."

"그래? 팍팍 부려먹어."

"네, 오늘 바로 배치하겠습니다."

유나는 도시 운영까지 도와주고 있었다. 그녀가 도와주니 체계가 잡혔고, 발전 속도가 더욱 빨라졌다. 도시의 규모가 급격히 커진 탓에 노동력이 필요하던 참이었다. 정말 딱 알맞은 일꾼이었다.

"역시 대단하십니다. 안 그래도 보고를 드리려고 했는데 이렇게 해결하시다니 말입니다."

"그러게 말이야."

진우는 가볍게 대답했다. 이제 굳이 부정하려 하지 않았다.

진우의 눈에 카드론의 남기고 간 지팡이가 보였다. 잠시 바라보다가 지팡이를 주워들었다. 자세히 살펴보니 보석들 사이에 불그스름한 파편이 있는 것이 보였다. 지팡이가 오히려 파편의 힘을 약하게 만들고 있었다.

[B]타락의 파편

타락의 군주가 뿌린 파편. 타락의 군주와 연결되어 있다. 타락의 힘을 사용하면 타락의 군주에게 의식이 점차 지배당하게 된다. 모든 생명체의 의지를 빨아먹고, 차원을 멸망시킨 후 다른 차원으로 향할 것이다.

진우는 타락의 파편을 바라보다가 손으로 뽑았다. 그저 아름다운 붉은 보석으로 보였는데, 타락의 군주와 연결된 것을 느낄 수 있었다. 타락을 상징하는 군주답게 외관은 무척이나 아름답고 매혹적이었다.

이 파편으로 '다크 루나'를 만든 것이다.

'흥미롭군.'

흥미로웠다. 굉장히 흥미로웠다. 루나를 어떻게 그런 존재로 만들 수 있는지 궁금하기도 했다. 진우가 바라보고 있자 타락의 파편이 부르르 떨렸다.

연구할 가치가 있었다. 타락의 힘은 진우에게 전혀 통하지 않았다. 황금의 군주와 극상성이었다. 항상 우아하고 기품이 넘치는 황금의 군주를 타락시킨다는 것은 말이 되지 않았다. 게다가 진우는 이 세계관에서 마신조차 뛰어넘는 악이었다.

타락이라는 개념이 아예 성립되지 않았다. 진우뿐만 아니라 진우에게 속한 모든 이들이 타락 면역이었다. 이미 진우에게 속한 것 자체가 설정상으로는 떨어질 수 없는 곳까지 타락한 것이었으니 말이다.

타락의 파편을 살펴보며 얻은 정보였다.

진우는 파편에 마력을 불어넣으면서 자신에게 타락의 힘을 써보았다. 황금의 권능이 눈을 뜨며 파편에 깃들었다. 파편에서 빛이 뿜어져 나오더니 진우를 향해 뻗어왔다. 바로 진우 주변에 무지개가 생기며 파편을 향해 반사되었다. 더욱 강력한 기운이 되어 있었다. 무지개 반사의 힘은 강력했다.

[끼에엑! 거, 거긴 안 돼! 크억!]

[황금의 군주에 의해 타락의 기운이 변형되어, 새로운 효과를 지니게 되었습니다. 황금의 군주에게는 적용되지 않습니다. 타락의 군주가 대미지를 입었습니다. 경험치를 획득하였습니다.]

"오……."

타락의 군주에게 균열이 생기며 경험치를 토해냈다. 생각지도 못한 이득이었다. 타락의 군주는 원작 주인공조차 감당하지 못한 강적이었다. 차원을 먹어치우는 존재였으니 가지고 있는 경험치도 엄청났다. 게다가 반사도 되면서 이로운 효과까지 있다고 한다. 과연, 반사의 궁극이라 일컬어지는 무지개 반사다웠다.

"멋짐."

"예쁘네요."

"보석인가요?"

미궁과 루나, 그리고 엘리제가 나란히 서서 파편을 바라보았다. 유나도 흥미로운 듯 지켜보고 있었다.

"나도 빛나고 싶음."

미궁이 반짝이는 눈동자로 진우를 올려다보았다. 진우는 잠시 파편을 바라보다가 고개를 끄덕였다. 새로운 효과가 무엇인지 실험해 보는 것도 좋을 것 같았다. 어차피 타락은 통하지 않으니 문제없었다.

지잉!

진우가 파편을 사용해 미궁에게 기운을 쏘아 보냈다.

[반사되었습니다! 변형된 효과가 적용됩니다. 경험치를 획득하였습니다.]

미궁의 주변에도 무지개가 생기면서 자동으로 반사되었다. 다른 이들에게도 무지개 반사가 적용되고 있었다.

경험치는 진우에게 빨려 들어왔다.

"오!"

미궁은 자신의 주변에 떠오른 무지개를 보며 이리저리 뛰어다녔다. 그러다 잠시 멈춰 서더니 고개를 갸웃했다. 중량감이 달라서였다. 두 손으로 자신의 몸을 더듬었다.

"뭔가 생김."

대충 만들어 밋밋했던 미궁의 몸에 윤곽선이 살아났다. 피부톤도 화사해졌다. 키도 조금 자란 것 같았다. 루나와 엘리제가 입을 벌리며 미궁을 바라보았다. 유나도 놀란 눈치였다.

"기, 기적이네요!"

"기적이에요!"

"기적이군요."

루나, 엘리제, 유나가 그렇게 말했다. 그러나 정작 미궁은 거슬리는지 마력을 일으키며 본래 모습으로 돌아왔다. 바닥을 굴러다니는데 걸린다는 이유였다.

'하긴, 만화나 영화에서 타락하면 뭔가 그런 분위기였지.'

뭔가 다크해지면서 성숙해지고 매혹적인 느낌이 들기는 했다. 황금의 군주가 필터링해서 성숙해지고 매혹적인 부분만 받아들인 모양이었다. 간단하게 말하면 몸매가 좋아졌다.

"저, 저기……."

엘리제가 조심스럽게 손을 들었다. 간절한 눈이었다. 진우는 고개를 끄덕이고는 엘리제에게 사용해 보았다.

지잉!

엘리제는 아래를 내려다보더니 입이 벌어졌다. 확실하게 효과가 있었다. 엘리제는 구세주를 보는듯한 눈빛으로 진우를 바라보았다. 그녀는 굉장히 기뻐하고 있었다.

루나가 슬쩍 다가와 앞에 섰다. 유나도 헛기침을 하며 루나의 옆에 섰다. 어디서 가져왔는지, 상자를 뒤집어쓰고 있는 아르카나도 은근슬쩍 루나의 뒤에 자리를 잡았다.

'쓸모없는 기능이군.'

모두 기대를 하고 있었지만, 진우는 파편을 바라보며 그렇게 생각했다. 그런 부가적인 기능은 아무래도 좋았다.

퍼석!

파편에 금이 갔다. 진우의 기운을 견디지 못하고 있었다. 파편은 아주 좋은 경험치 생산기였다. 몇 번 쓰지 못하고 부서지는 게 너무 아까웠다.

'강화해 볼까?'

파편을 강화한다고 해서 타락의 군주 본체가 강화되지는 않았다. 진우는 강화석을 꺼내 강화를 하기 시작했다. 강화를 시작하니, 가만히 서 있던 루나와 유나가 어색한 미소를 지었다. 다들 방해되지 않게 자리를 비워주었다. 역시 군주에게서 나온 파편이다 보니 강화가 아주 잘 되었다. 강화를 하니 내구력이 굉장히 높아졌다. 시험해 볼 생각으로 마력을 불어넣어 보았다. 파편에서 강렬한 빛이 뿜어져 나왔다.

[크아아악!]

[타락의 군주가 심각한 고통을 느낍니다. 많은 경험치를 획득하였습니다.]

기운이 생각보다 강해 창밖으로까지 뻗어 나갔다.

"음?"

지나가던 천족이 기운에 맞았다. 고개를 갸웃하며 눈을 깜빡였다.

"어? 라르엘의 키가……."

"키가 자랐어?!"

뒤따라오던 천족들이 라르엘을 보며 놀랐다. 무려 0.7㎝가 자라있었다. 키에 민감한 천족들은 단번에 알아차렸다. 라르엘은 천족 중에서 가장 장신이 되었다.

[골든 엔젤 라르엘의 충성도가 한계를 돌파하였습니다.]

라르엘은 떨리는 눈으로 성자의 집을 바라보았다.

성자의 집 위에는 거대한 무지개가 떠 있었다.

기적이었다!

진우는 요사스러운 빛을 내는 타락의 파편을 바라보았다.

'강화하길 잘했군.'

강화된 타락의 파편은 더욱 많은 기운을 뿜어냈다. 당연히 그보다 더 많은 기운이 반사되어 타락의 군주에게 타격을 입혔다.

주인공은 타락의 군주가 만들어놓은 거대한 병력에 죽을 고생을 했다. 병력을 무찌르자 나타난 것은 타락의 힘을 사용하는 신관들이었고, 그다음에 4명의 추기경이 있었다. 거기서 타락한 루나도 등장했고 어찌어찌 해결하고 가니 교황이 나타났다.

교황이 타락의 군주를 무기로 사용했고, 타락의 군주는 교황이 죽은 다음에야 그 육체를 이용해 괴물이 되었다. 교황이 모은 절망과 고통, 그리고 굉장한 수준의 업보가 타락의 군주와 융합한 것이다. 그것은 중간계, 천계의 멸망으로 이어졌다.

'뭐, 지금은…….'

주인공처럼 생고생할 필요가 전혀 없었다. 그냥 묶어놓고 패는 중이었다. 생각날 때마다 팼다. 먼저 싸움을 걸어왔으니, 봐줄 필요는 전혀 없었다. 진우는 파편을 계속 사용했다. 추기경이 그랬던 것처럼 쿨타임이나 충전 따위는 하지 않아도 되었다.

진우의 마력이 파편을 바로 충전시키고 활성화했다. 고통과 절망, 그런 어두운 기운이 있어야 했는데, 진우는 악 그 자체였다. 충전을 넘어 과부하까지 걸리고 있었다.

[크아아악!]

타락의 군주가 내지르는 비명이 희미하게 들렸다. 상당한 타격이 간 것으로 예상이 되었다. 정보의 마안으로 확인해 보니 쌓이고 있는 경험치 양이 대단히 많았다. 다음 랭크를 노려볼 수 있을 정도였다. 이쯤 되니 경험치 매크로나 마찬가지가 되었다. 좀처럼 없는 레벨업 찬스였다.

'욕심이 나는데?'

조금 더 욕심이 났다.

진우는 원작을 떠올려 보았다. 원작에서 등장하는 추기경은 4명이었다. 사천왕을 흉내를 낸 것 같은 분위기였는데, 아무튼 파편은 총 4개였다. 신성 제국의 가운데에는 교황이 있고 각각 신성 제국의 동서남북을 다스리고 있다는 설정이었다. 신성 제국의 남쪽과 라스칸 왕국과 가까웠기에, 남쪽을 다스리던 카드론이 직접 온 것이었다.

추기경이 있는 곳은 추기경만이 알고 있었다. 교황조차 타락의 힘을 이용하면서 군주의 존재를 모르고 있었다. 서서히 자유의지가 사라지며 이윽고 완전히 타락하여 타락의 군주에게 지배되었다. 원작에서는 그게 가장 무서운 점이었지만 지금은 허점이었다. 타락의 군주가 직접 의지대로 움직일 수 없었기 때문이었다.

[크아아, 크허허헉!]

이렇게 고통을 주어도 특별하게 할 수 있는 일은 없었다.

'충분히 괴롭히다가 없애는 게 낫겠지.'

추기경의 힘을 제거하면 그들에게 세뇌당한 이들도 한꺼번에 해결할 수 있으니 한결 편할 것 같았다. 신성 제국은 조만간 전쟁이라도 일으킬 분위기니 미리 선수 치는 것도 나쁘지 않으리라.

진우의 입가에 웃음이 떠올랐다. 사악한 웃음이었다.

'이렇게 들고 다니기는 뭐한데……. 계속 마력을 불어넣는 것도 불편하고.'

진우는 잠시 생각하다가 어울리는 물건이 떠올랐다. 오래전에 미궁에게서 습득한 성검이었다. 타락한 성검이었는데, 타락의 파편과 잘 어울렸다. 진우의 기운이 항상 감돌고 있는 검이기도 했다. 검을 꺼낸 진우는 즉석에서 강화하여 검 중앙에 타락의 파편을 박아넣었다.

휘이이이!

막대한 기운이 몰아쳤다.

[S]황금의 마검

오염되고 타락한 검, 강화된 타락의 파편, 황금의 권능이 만나

탄생한 마검. 악 그 자체인 이진우만이 다룰 수 있다.

[S]황금의 타락

[S]멋짐

[S]자동반사

[S]경험치 매크로(타락의 군주)

꽤 그럴듯한 검이 되었다. 검을 착용하고 있으면 타락의 군주에게 지속해서 대미지가 들어갔다. 검에 달린 기능인 자동반사 덕분이었다. 무지개 반사가 진화하여 자동반사가 되었다! 파편이 가지고 있던 효능도 그대로 유지가 되었다. S랭크 치고는 공격능력이 그다지 높아지지 않은 게 아쉽기는 했지만, 내구력도 뛰어나니 쓸 만했다.

'일단 정보를 뽑아내야겠군.'

카드론에게 추기경에 대한 정보를 뽑아내면 될 것이다.

생각을 정리한 진우는 고개를 끄덕이고는 집 밖으로 나왔다. 진우는 조용한 걸 좋아했기 때문에 도시 사람들도 그걸 존중해 주었다. 특별한 용무가 아니고서는 진우를 방해하지 않았다. 그저 먼발치에서 기도를 올리고 가는 경우가 대부분이었다.

웅성웅성!

"음?"

그런데 진우의 집 주변이 북적였다. 천족들 때문이었다. 천족들이 진우의 집 벽에 딱 붙어 있었고 주변에 잔뜩 몰려와 줄까지 서고 있었다. 도시의 모든 천족이 몰려온 것 같았다. 이렇게 보니 아주 바글바글했다.

"안녕하십니까! 골든 엔젤 최고의 장신! 라르엘이 군주님을 뵙습니다!"

"그래?"

"저 많이 변하지 않았습니까?"

진우는 라르엘을 바라보며 잠시 고민했다. 모든 감각을 집중하며 라르엘을 바라보았지만, 도저히 달라진 점을 찾을 수 없었다. 어째서인지 더욱 씩씩해져 있기는 했다.

"군주님께서 선물해 주신 기적으로 성장하였습니다!"

옆에 있는 천족과 나란히 서며 자신의 키를 과시했다. 진우가 보기에는 아르엘이나 다른 천족들의 키는 똑같았다. 한 치의 오차도 없는 것처럼 보일 정도였다. 정보의 마안을 일으키고서야 라르엘의 키가 조금 더 큰 것을 알 수 있었다.

"기적을 일으켜 주셔서 감사합니다!"

잘 이해가 되지 않아 물어보니 창문을 통해 빠져나온 빛이 키를 크게 만들어주었다고 했다.

타락의 파편 때문이었다.

천족들에게 있어 신장은 중요한 의미였다. 하늘과 더 맞닿아 있다는 개념이 있어, 더 많은 신성력을 받아들일 수 있다고 한다.

'타락한 지금도 신경을 쓰나?'

여전히 잘 이해가 되지 않았지만 저렇게 좋아하니 그냥 놔두는 것이 좋을 것 같았다.

'많긴 많네.'

마당은 물론이고 집 주변까지 가득 채울 정도로 많았다. 도시에서 하나의 계층으로 인정받을 정도의 숫자였다. 하나같이 모두 정예 천족들이라 천계가 제대로 돌아가는지가 의문이었다.

요즘은 그래도 천족들이 덜 와서 다행이었다. 이렇게 모두 몰려 있으니 도시에 문제가 생길 것 같았다.

진우가 말을 하려고 하자 모두가 진우를 반짝이는 눈동자로 바라보았다. 진우의 집 위에는 아직도 무지개가 떠올라 있었다. 모두 기적을 간절히 바라고 있었다. 해줄 수 없는 건 아니었지만, 저들 모두를 해줬다가는 온종일 걸릴지도 몰랐다. 일단 적당히 달래 해산시킬 필요가 있었다.

"열심히 잘 지내면 해줄 테니까 일단 해산하도록 해."

천족들이 진우의 말에 눈을 동그랗게 뜨더니 일제히 고개를 끄덕였다. 눈이 반짝이는 것을 넘어 불타오르고 있었다. 실제로 눈에서 빛이 뿜어져 나왔다.

[골든 엔젤의 사기가 한계를 돌파하였습니다! 여신 루나보다 황금의 군주를 더 따르게 되었습니다.]

[퀘스트 생성! 황금의 군주가 골든 엔젤에게 퀘스트가 내렸습니다!]

[A+]위대한 타락

'우리는 성장할 것이다!'

선택된 소수의 존재만이 평생 숙원인 성장을 이룰 수 있다. 성역 기여도에 따라 결정된다. 성장은 새로운 진화의 열쇠인지도 모른다.

천족들이 아주 강렬하게 원한 탓인지 퀘스트가 생성되었다. 진우가 뭐라 말할 틈도 없이 천족들이 모두 일제히 흩어졌다. 도시에 공로를 세우기 위해 열심히 뛰어다녔다. 새로 들어오는 모험가가 있으면 서로 경쟁하듯 몸까지 부딪히며 달라붙었다. 더 나아가 카드론의 신관들까지 부려먹고 있었다. 어쨌든, 열심히 일하는 광경은 보기 좋았다.

'타락의 군주가 우선이지.'

진우는 그렇게 생각하며 혼란스러운 광경을 애써 외면했다.

진우는 카드론을 불렀다.

카드론의 모습은 많이 바뀌어 있었다. 살이 상당히 많이 빠졌고, 얼굴은 10년은 늙은 것 같았다. 한 번도 쉬지 않고 아주 힘든 일을 하고 있었기 때문이다. 노동의 강도를 짐작할 수 있었다.

"꽤 보람차지?"

"으, 으윽!"

다리가 후들후들 떨리고 있었다. 카드론이 신성 마법을 자신에게 사용하자 겨우 정상으로 돌아왔다.

진우는 추기경들이 있는 곳을 물어보았다. 카드론은 당연히 아주 자세하게 말해주었다.

유나가 옆에서 모든 정보를 받아적었다.

"그럼 다시 공사 현장으로 돌아가도록."

카드론은 밝게 웃으면서 공사 현장으로 향했다.

은밀하게 추기경을 납치할 수 있는 인재는 누가 있을까?

중간계에서는 그 정도의 실력자를 쉽게 구할 수 없었다. 상급 모험가라고 해도 지구의 기사 수준도 되지 않았다. 뛰어난 실력자들도 있었지만 그만한 실력자에게 추기경을 납치하라고 시킬 수는 없었다.

'아주 많지.'

하지만 진우의 세력에는 그 정도 존재들은 넘쳤다. 너무 많아서 문제였다.

유나는 고개를 끄덕이며 진우를 바라보았다.

"그 분야는 아무래도 총지배인 쪽이 전문입니다. 마계에도 실력자들이 많으니 연계를 하는 것도 괜찮겠군요. 3명을 동시에 처리해야 하니까요."

진우는 고개를 끄덕였다. 암살과 같은 일에 최적화된 마족들이 있었다. 중간계에서 힘이 약해지기는 하지만 크게 문제가 되지는 않았다. 진짜 문제는 총지배인과 고위 심문관, 그리고 메이드들이었다.

솔직히 마족들보다도 위험했다. 그들을 중간계에 풀어놓았을 때 닥쳐올 후폭풍이 쉽게 예상되지 않았다. 하지만 망설일 이유가 되지는 않았다.

'하려면 제대로 해야지.'

진우는 어설프게 할 생각이 전혀 없었다. 어설픈 생각 때문에 주인공이 개고생하는 걸 꾸역꾸역 지켜본 진우였다.

"모두 불러."

"네, 알겠습니다."

진우가 명령하니 바로 소집했다.

포탈이 열리며 총지배인, 그리고 마족들이 나타났다. 그의 포스는 대단했다. 중간계에 오자마자 순수한 마력이 그의 몸을 휘감더니 위압감이 한층 더 강해졌다. 마계에서 건너온 마족들이 너무나 선량하고 평범해 보일 정도였다. 총지배인이 고개를 까닥이며 목을 풀자 우두둑하는 소리가 들려왔다.

"오오! 주인님!"

진우를 보자마자 바로 그의 앞에 무릎을 꿇었다.

"이런 대업에 저를 불러주셔서 감사합니다! 크흑……. 이제 죽어도 여한이 없습니다."

"여전하군."

총지배인은 여전했다. 훨씬 강해져 있었다.

"실력이 는 것 같은데?"

"크흑, 부끄럽습니다. 제가 모자라고 부족한 탓에 한계를 맞이한 듯합니다. 부디 불충을 용서하지 마시옵소서!"

순수한 감탄이었지만 총지배인은 다르게 받아들였다.

총지배인의 발전이 없을 만했다. 그는 인간의 한계에 완벽하게 도달해 있었는데, 저러다가 군주급으로 각성하는 게 아닌가 할 정도였다. 종족의 벽은 의지만으로 극복하기 힘들었다. 그 벽을 흔들고 있는 총지배인은 충분히 괴물이었다.

'저러니 마기도 아무렇지 않게 다루지.'

총지배인은 벌써 중간계 적응이 끝났는지 풍부한 마력을 계속해서 빨아들이고 있었다. 그가 뻘쭘하게 서 있는 마족들을 노려보았다. 마족들은 나름 마계에서 날리는 이들이었다.

"네 이놈들! 어느 안전이라고 목을 그리 뻣뻣이 들고 있는 게냐! 고개를 조아리지 못할까!"

"아, 네! 죄, 죄송합니다!"

그러나 총지배인 앞에서는 어린아이나 마찬가지였다. 갑작스러운 호통에 마족들이 허겁지겁 무릎을 꿇었다.

"설명해 드리겠습니다."

유나가 진우를 대신해서 설명을 해주자 총지배인은 눈물을 흘리면서 감격했다. 마족들도 눈치를 보다가 몰래 손가락으로 눈을 누르며 눈물을 짜냈다. 그렇게라도 하지 않으면 총지배인이 자신들을 찢어발길 것만 같아서였다.

"감히 주인님께 대적하다니……."

그러다가 총지배인의 얼굴이 악귀처럼 변했다. 마족들도 화들짝 놀라면서 인상을 썼다. 곧이어 총지배인의 입가에 피가 주르륵 흘러내렸다. 이를 너무 강하게 악물어서였다.

마족이 따라 하려고 했지만 안타깝게도 재생력이 워낙 좋아 깨무는 것만으로는 피가 흘러나오지 않았다. 아예 혀를 물려고 하자 진우가 손을 들어 말렸다. 아무튼, 저놈의 충성심이 너무 과한 게 문제였다.

"일단 진정하고……. 준비해서 오도록 해."

"당장 준비하겠습니다."

"저, 저희도 준비하겠습니다!"

주인공은 혼자였지만 진우는 아니었다. 총지배인과 고위 심문관, 메이드, 그리고 고위 마족으로 이루어진 부대가 중간계에 모습을 드러냈다. 그들은 중간계의 마력과 반응하며 탁한 기운으로 일렁였다.

'내 부하이기는 하지만…….'

비주얼이 장난이 아니었다. 객관적으로 보면 지옥에서 올라온 악귀처럼 보였다. 그야말로 진정한 악의 부대였다. 신성 제국, 타락의 군주는 아마 상상조차 못 하고 있을 것이다.

이번 계획에는 진우가 직접 나섰다. 나들이는 오랜만이었다.

추기경 중에서 가장 지위가 높은 해론 추기경을 진우가 직접 처리하기로 했고, 나머지들은 총지배인과 부하들에게 맡겼다.

원작에서 나온 해론은 중간 보스역할이었다. 중간계 최고의 변태이기도 했다. 타락의 파편을 충전하기 위해 사람들을 납치해 고문하고 죽였다. 어린아이를 죽이는 걸 특히 좋아했다.

본래부터 그러했지만, 타락의 군주 때문에 더욱 미쳐 날뛰고 있었다. 카드론에게서 습득한 정보와 원작의 정보를 대조해 보니 해론에 대해 완벽하게 파악할 수 있었다. 유나가 도플로의 정보원에게 정보를 전달받고는 진우에게 다가왔다.

"현재 성에서 나와 하론트 자작의 영지에 있다고 합니다. 카드론이 말해주었던 그 기지입니다."

"가깝네."

"신관들이 그곳을 축복의 성이라 부른다고 합니다."

주기적으로 축복의 성이라는 곳에 방문한다고 한다. 굳이 걸어갈 필요는 없었다. 도플로의 정보원이 곳곳에 포탈석을 설치해 놓았기 때문이다. 진우는 축복의 성이라 불리는 곳으로 이동했다. 추기경의 안전을 위해 대규모 병력들이 머물면서 성을 지키고 있었다.

'화려하군.'

진우는 하얀 벽을 지닌 성을 바라보았다. 완전한 밤임에도 은은하게 빛나고 있었다. 역겨운 기운이 느껴졌다.

달그락!

긴 마차의 행렬이 보였다. 성을 향해 천천히 나아가고 있었는데, 짐칸이 유난히 컸다. 가축을 후송하는 후송 마차였다. 그런 후송 마차가 줄을 지어 있었다. 짐칸은 두꺼운 천에 가려져 있었다.

뭐가 들어 있는지 궁금했다. 진우가 가벼운 걸음으로 도로에 나와 중앙에 섰다. 그를 발견한 마차가 멈춰 섰다.

"뭐야?"

"저기 웬 미친놈이……."

"그냥 밟고 지나가!"

마부가 망설임 없이 마차를 다시 몰려고 할 때였다. 숲에서부터 쇠사슬이 뿜어져 나오더니 마부와 옆에 서 있던 병사에게 꽂혔다.

차르르륵!

"끄악!"

"커억!"

쇠사슬이 팽팽하게 당겨지더니 짧은 비명과 함께 그대로 어둠 속으로 끌려갔다. 마차를 지키는 병사들이 당황하며 진우의 앞으로 몰려왔다. 신성 제국을 상징하는 갑옷을 입고 있었다.

진우가 마차를 향해 천천히 다가갔다. 그의 눈에는 마치 저 많은 병사가 보이지 않는 듯했다. 병사들이 진우를 막기 위해서 앞으로 나가려 했다.

"어?"

"무슨……."

"크윽!"

다리가 움직이지 않았다. 강제로 움직이려 하니 엄청난 고통과 함께 피가 뿜어져 나왔다. 병사들은 고개를 내려 아래를 바라보았다. 달빛에 반짝이는 은사들이 다리와 무릎을 꿰뚫고 있었다. 은사를 타고 핏방울이 천천히 맺혔다. 핏방울은 바닥에 떨어지지 않고 은사가 뿜어져 나온 숲속으로 빨려 들어갔다.

"허억!"

"억!"

다리가 부들부들 떨리다가 무릎이 꿇려졌다. 수십의 병사들이 한꺼번에 무릎을 꿇는 건 장관이었지만 진우는 그저 마차를 바라볼 뿐이었다.

아예 관심조차 없었다. 그러나 병사들에게는 악몽이었다.

진우를 바라볼 수조차 없었다. 어느샌가 은사가 목을 휘감고 있었기 때문이다. 고개가 저절로 숙어지며 이마가 바닥에 닿았다.

진우는 병사들을 스쳐 지나갔다. 그들을 지나치는 순간, 차례차례 비명을 지를 틈도 없이 숲으로 빨려 들어가며 사라졌다. 작은 파육음이 들릴 뿐이었다.

뒤에 있던 성기사와 병사들이 몰려왔지만, 그 광경을 보고는 주춤 물러났다.

"아, 악마!"

그런 소리를 내뱉은 성기사 하나의 목이 그대로 떨어져 나갔다. 감히 달려들 생각도 하지 못했다. 도망치는 것도 허락되지 않았다. 거미줄처럼 은사가 가득했기 때문이다.

진우가 마차를 바라보자 어느새 그의 옆에 나타난 유나가 마차의 자물쇠를 부수고 마차를 열었다.

"사람들이군요."

유나가 인상을 구기며 말했다. 구타를 당했는지 상처투성이인 사람들이 짐칸에 가득 실려 있었다. 파편의 에너지를 채우는 용도였다. 이런 마차가 셀 수 없이 많았다.

'타락이라…….'

타락이 그렇게 좋다면 직접 시켜주는 것도 괜찮을 것 같았다. 진우는 성기사와 병사들을 바라보며 부드럽게 웃었다.

그 순간 숲이 울었다. 악몽은 이제 시작이었다.

신성 제국에서 비명이 울려 퍼질 무렵, 라르엘과 천족들이 숙소에서 즐겁게 맥주를 마시고 있었다. 노동 후의 맥주는 역시 끝내주었다. 지루한 천계는 생각조차 나지 않았다. 아예 연락하지 않고 창고에 통신용 기기를 쌓아놓고 있었다. 천족들이 워낙 많이 오다 보니 창고에 가득 찼다.

"여기가 화장실인가요?"

"거기는 창고……. 조심해!"

신입 천족이 창고의 문을 열었다. 통신용 기기가 쏟아져 나오며 천족이 파묻혔다. 그중 하나가 작동을 하더니 모든 통신용 기기가 작동하기 시작했다. 빛이 뿜어져 나오며 천계와 연결되었다. 화려한 빛에 둘러싸여 있는 대천사장이 보였다. 맥주잔을 들고 있던 라르엘과 아르엘이 딱딱하게 굳으며 대천사장을 바라보았다.

[자네들……. 타락했군. 크흑……. 군주에게 당한 건가!]

"그렇다기보다는……."

아르엘이 어색한 웃음을 지었다.

[군주가 무얼 약속하던가!]

대천사장의 목소리는 근엄했다. 본래는 다른 목소리지만 천계의 빛에 둘러싸여 있어서 그렇게 들렸다.

[명예인가!]

아르엘, 라르엘 그리고 천족들이 고개를 저었다.

[권력인가?]

모두 고개를 저었다.

[그렇다면 많은 보물인가?]

"음, 돈은 많으면 좋긴 하지만 딱히 그런 건……."

[아니면 힘인가!]

"평화가 제일이죠."

아르엘이 그렇게 말하자 대천사장은 분노했다. 대천사장 주변에 있던 천족들도 마찬가지였다.

[크흑, 정신 차리게! 자네들은 여신 루나 님을 따르는 정예 천족일세!]

그 말을 듣고 있던 라르엘이 자리에서 일어났다. 대천사장과 그의 주변에 있던 천족들이 놀랄 수밖에 없었다.

[모, 몸매가 좋아졌어!? 키가…….]

천족들이 수군거리기 시작했다.

[타, 타락할 만하네.]

[그렇네요.]

대천사장 주변 있는 천족들이 수군거렸다. 대천사장도 고개를 끄덕이고 말았다. 확실히 타락할 만했다. 엔젤링이 떨어지는 소리가 울려 퍼졌다. 너무나 달콤한 유혹이었다.

마차에 가득 실려 있는 건 모두 사람들이었다. 어린아이부터 여인, 사내, 노인 할 것 없이 모두 묶인 채로 가득 실려 있었다. 마치 상자처럼 쌓여 있었는데, 깔려 죽은 이들도 있었다. 마을 하나를 통째로 털어온 것 같았다.

'가벼운 마음으로 왔지만…….'

글로 볼 때는 그다지 느낌이 없었는데, 현실로 보니 상황은 굉장히 끔찍했다. 원작의 묘사가 워낙 간결한 이유도 있었다.

타락의 에너지를 채우기 위해 사람들을 이용했다.

기억나는 것은 오로지 저 한 문장이었다. 저 문장 때문에 이런 광경이 펼쳐진 것이다. 그렇게 생각하니 조금 가슴이 답답해졌다.

성기사와 병사들은 많았다. 마을을 쑥대밭으로 만들기에 적합한 숫자였다. 그들은 은사 때문에 움직이지 못하고 있었다. 이미 도로에는 은사가 빼곡하게 자리 잡고 있었다. 조금이라도 움직이면 온몸이 갈기갈기 찢겨 버릴 것이다. 이제 황금의 군주가 어떤 존재인지 확실하게 보여줄 차례였다.

[악의 화신이 고개를 듭니다. 황금의 군주가 동조합니다. 마검이 공명합니다.]

황금의 군주와 악의 화신이 진우를 따랐다. 마검에 박힌 파편으로 스며들었다. 타락의 파편은 저항할 수 없었다. 진정한 공포를 선사해 주고 싶은 진우의 마음이 마검을 매개체로 구현되었다.

[S]공포 연출

'공포 영화 본 적 있니?'

황금의 군주, 악의 화신이 타락의 파편을 이용하여, 이진우의 기억을 바탕으로 공포를 연출한다. 적이 가장 두려워하는 모든 것들이 실시간으로 펼쳐질 것이다.

[S]깜놀

[S]호러 무비 재연

멋을 내는데 일가견이 있는 황금의 군주가 공포를 연출한다면 어떻게 될까?

'볼만하겠군.'

악의 화신과 황금의 군주가 내뿜는 기운이 마검에 깃들었다.

샤르륵!

진우가 손짓하자 은사들이 모두 사라졌다. 달빛에 은은하게 번쩍이던 은사들이 사라지자 성기사와 병사들은 눈치를 보다가 뒤로 물러나려 했다.

마검을 들었다. 마검은 요사스러운 빛에 휘감겨 있었다. 검신에서는 검은 기운이 솟았지만, 타락의 파편 때문에 붉은빛도 일렁였다.

[키, 키에에엑!]

섬뜩한 비명이 울려 퍼졌다. 지옥에서부터 올라온 것 같은 비명이었다. 인간이 내는 소리가 아니라 악마가 내지르는 소리 같았다.

그 말이 맞았다. 타락의 군주가 내지르는 비명이었다. 타락의 군주는 아티팩트라 느낄 수 있는 쾌락에 한계가 없었다. 지금까지 고통과 절망을 먹어치우며 끝도 없는 쾌락을 맛보았다.

반대로 고통에도 한계가 없었다. 진우가 검을 드니, 타락의 군주에게 반사되는 기운이 급격히 많아지기 시작했다. 그만큼 고통의 수위도 급격히 올라갔다. 당연히 비명이 나올 수밖에 없었다. 성기사와 병사들이 그 비명에 귀를 막으며 괴로워했다. 마검에 막대한 마력과 황금의 권능이 담겼다. 앞을 향해 휘두르니 거대한 기운이 주변을 훑고 지나갔다.

[괴물이 눈을 뜹니다.]

성기사와 병사들이 움찔했다. 무언가 주변을 훑고 지나갔는데 몸은 멀쩡했다. 안도의 한숨을 내쉴 때였다.

그그극!

숲에서 기이한 소리가 들렸다. 나무들의 가지가 흔들리는가 싶더니 꿈틀거리기 시작했다. 촉수를 보는 것처럼 모든 가지가 마구 꿈틀거렸다. 숲 전체가 그러했다.

"괴, 괴물!"

"으아악!"

은사가 차라리 평범해 보일 지경이었다. 나무들이 움직이기 시작하더니 촉수가 성기사와 병사들을 휘감았다. 장난스럽게 하늘 위로 날려 버렸다. 그러나 당하는 처지에서는 장난이 아니었다. 마치 비가 내리는 것처럼 병사들이 떨어지며 곤죽이 되었다.

성기사는 검을 들고 덜덜 떨었다. 온몸이 터져 나간 병사들이 주변에 가득했기 때문이다. 병사들이 성기사를 바라보며 고통스러운 표정이 되었다.

"살려……."

"으어어……."

곤죽이 된 손을 바들바들 떨었다. 이미 죽었지만, 연출로 이용되고 있었다.

"서, 성스러운 히, 힘이여……."

성기사가 기도문을 외우면서 신성력을 일으켰다. 신성력이라면 저 괴물에 대항할 수 있을 거라 생각했지만 전혀 소용이 없었다. 오히려 더 활발해진 느낌마저 들었다.

"크아아악!"

촉수가 성기사의 다리를 휘감고는 이리저리 휘두르며 놀았다.

파삭!

촉수가 서서히 조여지며 끔찍한 최후를 맞이했다.

모두가 사라지니, 언제 그랬냐는 듯 잠잠해졌다.

마차에서 사람들이 내렸다. 어린아이 하나가 힘없이 쓰러지자 촉수가 흔들리더니 아이에게 열매 하나를 주었다. 잠시 망설이다가 열매를 잡고는 우걱우걱 먹기 시작했다. 며칠은 굶은 것으로 보였다. 공포 연출은 적 이외에 적용되지 않았다. 오히려 무대 뒤에 배우를 보는 듯 친절한 본래 성격이 나왔다.

유나가 진우를 바라보았다.

"이들은 어떻게 할까요?"

"돌아갈 곳도 없어 보이니 도플로 쪽으로 옮기도록 하자."

"알겠습니다."

마족들이 사람들을 도플로 영지로 옮겼다.

진우는 성으로 다가갔다. 성 주변에는 구덩이들이 아주 많았다. 고문하고 죽인 사체들이 아무렇게나 묻혀 있었다. 지금도 시체를 태우고 있는 병사들이 있었다.

[짙은 원한이 느껴집니다.]

진우는 유나와 마족들을 바라보았다.

"성 밖에서 기다리고 있어."

진우는 성 앞으로 다가갔다. 그가 걸어오니 병사들은 움찔하며 무기를 들었다. 진우의 주변에서는 검은 기운이 흘러나오고 있었다. 검은 기운이 징그러운 벌레의 형상이 되며 사방으로 흩어졌다.

"뭐, 뭐야!"

"으아!"

검은 벌레들이 병사들을 덮쳐 버렸다. 거기서 끝나지 않았다.

[원한이 가득한 시체들이 일어납니다. 공포 연출에 의해 아귀가 탄생하였습니다. 황금의 군주와 악의 화신이 축복을 내려, 원한이 사라질 때까지 멈추지 않을 것입니다.]

푸숙!

아귀들이 땅을 뚫고 올라왔다. 무수한 사람이 묻혀 있다 보니 대단히 많았다. 하얀색의 두꺼운 피부를 지니고 있었다. 팔다리가 길쭉했고 근육이 오밀조밀하게 짜여 있었다. 바닥을 기어 다녔는데, 손톱이 무척이나 길어 벽과 천장을 거미처럼 자유롭게 다닐 수 있었다. 붉은 안광이 뿜어져 나왔다. 무엇보다 끔찍한 것은 얼굴의 반이 입이었다.

진우가 본 영화에서는 CG로 처리가 되었는데, 실제로 나타나니 굉장히 무서워 보였다. 아귀들이 진우의 주변으로 몰려왔다. 그 숫자가 천에 달했다.

"음……."

진우가 움찔할 만큼 비주얼이 굉장했다. 으르렁거리고 있었는데 침이 바닥으로 떨어졌다.

치이이익!

침은 바닥이 녹아내릴 정도로 강력한 산성이었다.

'무섭군.'

진우는 호러 영화를 그다지 좋아하지 않았다. 본 영화가 많지는 않아 정말 다행이라고 생각했다.

병사들이 성문 밖으로 몰려나왔다.

진우가 성으로 걸음을 옮기는 순간, 아귀들이 미친 듯이 달려 나가기 시작했다. 병사들이 공격하려고 했지만, 소용이 없었다. 날카로운 손톱이 그들을 가르며 지나갔다. 육체가 너무나 허무하게 무너져 내렸다. 아귀들이 성벽을 아무렇지도 않게 넘으며 성안으로 몰려 들어갔다. 좀비 따위와는 비교도 되지 않았다.

곧이어 처절한 비명이 울려 퍼졌다.

[마족들이 끔찍한 광경에 존경심을 보냅니다.]

뒤를 살짝 보니 마족들이 감동하며 눈을 반짝이고 있었다. 흠모와 존경이 가득했다. 어쨌든, 진우는 성안까지 아무런 방해 없이 무사히 진입할 수 있었다. 주둔하고 있던 병력은 이미 사라지고 없었다. 마구잡이로 찢긴 갑옷 조각들만 떨어져 있을 뿐이었다.

진우는 넓은 복도에 들어섰다. 요란한 소리에 잠시 창밖을 바라보았다.

쿠쿵!

높게 솟아 있는 성탑이 무너져 내렸다. 여기저기에서 화염이 솟구쳤다. 세상이 멸망하는 것 같은 느낌마저 들었다.

키에에엑!

아귀 하나가 타락한 신관의 다리를 잡고는 이리저리 마구 휘둘렀다. 할 일이 없어 뻘쭘하게 서 있던 마족들이 고개를 끄덕이며 박수를 보내고 있었다. 마구 소리를 지르며 날뛰던 아귀가 박수를 받으니, 잠시 눈치를 보다가 머리를 긁적였다.

아귀 하나가 근처를 지나가다가 서로 눈이 마주쳤다. 그러자 고개를 꾸벅이며 인사했다. 영화 촬영 중간에 있는 대기 시간 같은 분위기였다. 대기 시간에 화장실에서 마주친 배우들을 보는 것 같기도 했다. 아무튼, 아귀들이 마구 날뛰며 모든 것을 다 때려 부수었다.

'……원한이 아주 많이 쌓여 있었나 보군.'

신성력마저 통하지 않으니 속수무책이었다.

'저기 있네.'

화려한 문 너머 타락의 기운이 느껴졌다. 신성 마법으로 결계를 쳤지만, 진우가 손을 대니 바로 깨졌다.

끼이익!

안으로 들어가니 신관들과 성기사들이 보였다. 침대에서 허둥거리고 있는 추기경 해론이 보였다. 방은 넓었지만, 병사들이 많아 굉장히 좁아 보였다.

방 안은 어두웠다. 촛불 몇 개가 켜져 있었고 창문은 모두 굳게 닫혀 있었다. 안전에 상당히 신경을 쓴 듯했다.

"무, 물러가라! 감히 여기가 어디라고……! 시, 신이 두렵지 않은가?"

해론이 여신상을 들며 그렇게 말했다. 여신상은 아름답기는 했는데, 강아지 귀가 달려 있었다. 뭔가 이런 심각한 분위기에 전혀 어울리지 않았다. 여신상에 박혀 있는 타락의 파편이 보였다.

"뭐, 뭣들 하느냐! 어, 어서 공격해!"

해론의 말에 방 안에 가득 있는 성기사와 신관들이 눈치를 볼 때였다. 갑자기 주변에 있던 촛불이 꺼졌다. 방문이 열려 있음에도 아무것도 보이지 않았다. 눈이 먼 것 같은 어둠이었다. 주변이 너무나 조용해졌다. 아무런 소리도 들리지 않았다. 해론은 당황했다.

뚝뚝!

무언가 축축한 것이 추기경의 볼에 닿았다. 도저히 물이라고 생각할 수 없을 정도로 진득했다.

치이이익!

"끄아아악!"

볼살이 녹아 들어갔다. 다급히 손으로 닦았지만, 손가락 피부도 녹아버렸다. 앞이 보이지 않아 어떤 상황인지 확인을 할 수 없었다.

"크윽! 부, 불을……."

아무도 그의 말을 듣지 않았다. 간신히 고통을 참아낸 그는 여신상에 신성력을 모았다. 서서히 빛이 생기며 주변이 보였다. 주변에는 아무도 없었다. 방 안을 가득 채우고 있던 성기사와 병사들이 흔적도 없이 사라졌다. 소름 끼치도록 조용했다.

무언가 입김이 느껴졌다. 축축한 입김이었다. 진한 피 냄새가 가득했다. 추기경은 빛이 뿜어져 나오는 여신상으로 벽을 살펴보았다.

"허, 허억!"

비명을 지르고 말았다. 천장과 벽이 없었다. 정확히 말하자면 사방에 끔찍한 괴물들이 다닥다닥 붙어 있었다. 거대한 입에는 날카로운 이빨들이 가득했고 긴 혓바닥에서는 진득한 침이 떨어졌다. 자신을 잡아먹으려고 하고 있었다.

이빨에는 살점들이 가득 껴 있었다.

"해론 맞나?"

해론이 진우의 목소리에 놀라며 진우를 바라보았다. 진우는 괴물들 가운데에 여유롭게 서 있었다. 검게 일렁이는 그의 주위에는 징그러운 검은 벌레들이 가득했다.

"시, 신의 힘으로 명하노니……. 무, 물러가라!"

해론이 여신상으로 타락의 기운을 진우에게 쏘아 보냈다.

당연히 반사되며 해론이 뒤집어썼다. 카드론과 똑같은 상태가 되었다.

진우는 부드럽게 웃으며 해론을 바라보았다. 아귀들도 환한 미소를 지었다. 해론이 오줌을 지리며 그대로 졸도했다.

지옥의 시작이었다.

컷!

"으, 징그러."

진우는 어깨에 붙은 벌레를 빠르게 털어냈다. 검은 벌레는 굉장히 징그러웠다. 보통 벌레를 아득히 초월하는 비주얼을 지니고 있었다. 아귀들도 진우의 말에 고개를 끄덕였다. 아귀들이 더 징그러웠지만, 말을 하지 않기로 했다. 웬만한 상황이 아니고서는 공포 연출을 쓰고 싶지 않았다.

진우는 도시로 돌아왔다. 축복의 성이라 불렸던 곳은 지옥이 되었다. 진우가 자리를 비워도 공포 연출은 유지가 되었기 때문이다. 진우가 본 호러 무비가 뒤섞이며 충실하게 재연되고 있었다. 아귀와 촉수의 나무도 여전히 남아 있었다. 원한이 사라지게 되면 아귀들은 자연스럽게 사라질 것이니 큰 문제는 없었다. 그리고 어차피 신성 제국의 영역이었다.

총지배인과 마족들은 나머지 추기경들을 납치해 왔다. 추기경뿐만 아니라 신관들도 모조리 데려왔다. 그들이 축적한 모든 보물까지 깡그리 긁어오기까지 했다. 집에 잔뜩 쌓였길래 아공간에 넣어놓고 하사품으로 쓰기로 했다.

역시 총지배인의 일 처리는 확실했다. 총지배인은 중간계에 머무르며 아르카나를 교육하고 있었다. 교육에 있어서 총지배인을 따라올 존재는 없었다.

"많이 나아졌군."

"총지배인님의 가르침 덕분입니다!"

"그러나 아직 멀었다. 주인님께서는 언제나 완벽을 추구하신다!"

"네! 더 노력하겠습니다!"

"노력하는 건 중요하지 않다."

"더 잘하겠습니다!"

"명심해라. 오늘은 2배 더 잘하고 내일은 4배 더 잘해야 한다."

"네!"

아르카나가 총지배인이 이끄는 메이드 군단을 보고 배움을 청했다고 한다. 아르카나는 JW 게이트의 메이드복까지 입고 있었다. 총지배인은 아르카나를 메이드장으로 점찍어놓은 상태였다.

[아르카나가 JW 견습 메이드가 되었습니다. 아르카나가 칭호

를 획득하였습니다.]

[A]메이드 군주

피나는 특훈이 이어지고 있었지만, 진우는 신경 쓰지 않기로 했다. 그런 것까지 신경 쓰면 머리만 아플 뿐이었다.

4개의 파편이 모두 모였다. 타락의 파편 4개가 하나로 합쳐졌다. 둥그런 구슬 형태가 되었는데, 붉은빛은 사라지고 황금색이 일렁였다. 타락의 군주에게 들어가는 대미지도 그만큼 커졌고 경험치도 더욱 늘어났다.

진우는 만족할 수 있었다. 경험치가 쌓일수록 타락의 군주가 가진 힘이 약해졌다. 파편을 모두 가지게 되니 추기경이 지배하던 신관들과 기사들이 진우의 소유가 되었다. 그들의 지배하던 꼭두각시도 마찬가지였다.

꿀꺽!

추기경들이 오랜 세월 동안 만든 세력을 말 그대로 꿀꺽했다.

'천계 쪽과 연락을 해봐야겠군.'

타락의 군주가 궁지에 몰렸으니, 큰 손해를 감수하고서라도 무슨 짓을 저지를 수도 있었다.

진우가 그렇게 생각할 때였다.

[골든 엔젤의 퀘스트가 업데이트되었습니다!]

[기여도에 따라 파편의 힘이 적용됩니다.]

1위. 아르엘
2위. 라르엘
3위. 미르엘
…….

[상장을 수여하면 골든 엔젤 퀘스트가 완료됩니다.]

대상, 금상, 은상, 동상, 장려상까지 모두 정해졌다. 진우가 고개를 끄덕이자 상장이 수여되었다. 하사품을 받는 형식으로 각자에게 지급된 것으로 보였다.

[보상이 지급되었습니다. 상을 받은 아르엘과 골든 엔젤들이 새로운 형태로 진화합니다. 프리미엄 골든 엔젤이 되었습니다.]

[A+]프리미엄 골든 엔젤
'나는 너희들과 달라. 무려 프. 리. 미. 엄. 이라고.'
골든 엔젤이 진화한 형태. 능력에는 차이가 없으나 골든 엔젤의 강력한 바람으로 외형적인 변화가 생겼다. 키가 1.3cm 커지며, 남녀의 차이가 조금 생긴다. 특징과 개성이 생겨 한층 더 귀여워졌다.

굉장히 미묘한 수치였다. 기여도가 매우 큰데, 겨우 저런 걸로 보상이 되나 싶었다. 뭐라도 챙겨주는 게 맞는 것 같았다.

진우는 집에서 나와 천족들의 숙소가 있는 곳으로 향했다. 천족들이 숙소 앞에 바글바글했다. 흡사 아이돌 스타를 보러 온 팬들을 보는 것 같았다.

"앗! 누, 눈이 부셔 볼 수 없어!"

"저, 저분이 바로 프리미엄 골든 엔젤……. 멋져."

"이렇게 신성할 수가! 이제 대천사장님은 아무것도 아니군."

아르엘과 수상자들이 의기양양하게 거리를 걸었다. 천족들은 마치 그들이 빛이라도 되는 것처럼 바라보았다. 모든 천족들이 선망의 눈으로 바라보고 있었다.

아르엘이 모델들이나 할 법한 걸음걸이로 걷고 있었는데, 진우의 눈에는 다른 천족들과 차이가 없어 보였다. 정확히 알 수는 없지만, 어딘가 조금 더 귀여워진 것 같기는 했다.

"……."

진우는 그동안 여러 차원을 지나왔는데, 처음으로 문화 차이를 느끼고 말았다.

[천족들이 놀랍니다. 대천사장의 엔젤링이 바닥에 떨어졌습니다. 천계의 과반수가 황금의 군주에게 동조하여, 성역의 영향권에 들어왔습니다. 루나가 빠르게 승인하였습니다.]

루나는 지금쯤이면 게임에 빠져 있을 것이다. 확인하지도 않고 승인을 한 것 같았다. 진우는 자신의 손에 들린 타락의 파편을 바라보았다. 역시 군주는 괜히 군주가 아니었다.

'천족을 저렇게 타락시킬 줄이야. 무시무시하군.'

참으로 무시무시한 권능이었다.

타락의 군주는 항상 포식자였고 지배자였다. 차원을 먹어치우며 언젠가 마신을 넘어설 날을 고대하고 있었다. 불가능은 아니었다. 중간계와 천계와 같은 양질의 차원은 막대한 에너지를 품고 있으니 말이다. 그리고 굉장히 맛있었다.

천천히 오랜 시간을 들여 교단을 타락시키고 중간계를 자신의 입맛대로 바꾸는 중이었다. 그러고 반쯤은 성공했다. 중간계에 감도는 고통과 절망을 맛있게 먹으면서, 모든 요리가 완료되기를 여유롭게 기다렸다. 지금까지 그래왔던 것처럼 모두 계획대로 흘러가리라 생각했다. 하지만 아니었다.

[크, 크아아악! 그만!]

이런 고통은 처음 느껴보았다. 영혼 자체가 갈려 나가는 듯한 고통, 마치 믹서기 속에 들어 있는 것 같은 고통이었다. 그게 단 1초조차 쉬지 않고 계속 이어졌다. 게다가 고통이 점점 강해졌다. 돌아버릴 지경이었다. 아티팩트의 육체를 지니고 있었기 때문에 정신을 놓을 수도 없었다.

[마, 마신보다 사악한 군주라니…!]

군주를 타락시킬 자신이 있었다. 그러나 그의 근원을 들여다보는 순간, 타락의 군주는 태어나 처음으로 후회했다.

암흑이었다. 너무나 두려운 암흑. 타락의 파편과 연결된 눈이 그대로 멀어버리고 말았다. 덕분에 아무것도 감지할 수 없었고 그냥 줄기차게 고통만 느껴질 뿐이었다.

황금의 군주를 적으로 돌리지 말았어야 했다. 중간계를 넘겨주고 다른 차원으로 도망치는 게 정답이었다.

그는 신이었다. 진정한 악신. 오로지 타락의 군주만이 그 사실을 알고 있었다.

[저, 저기! 제발 혀, 협상 좀…! 크아아악! 아니, 다 드리겠습니다.]

'조금 강도 더 올려볼까?'

[제, 제발!]

'속성을 부여해 보는 것도 괜찮겠군.'

그러나 황금의 군주는 타협이 없었다. 아예 벌레를 대하듯 완전히 무시했다. 너무나 사악했다. 이보다 더 사악한 존재를 경험한 적이 없었다.

[타, 탈출해야 한다!]

멀리 있는 차원으로 넘어가면 연결이 끊길 것이다. 천계를 타락시키고 그 힘으로 도망친다면 어떻게든 살아남을 수 있을 것 같았다. 신성력은 효율이 좋은 에너지였으니까. 제대로 준비가 되지 않아 본체에 큰 타격이 있겠지만 하루빨리 이 지옥 같은 고통에서 벗어나고 싶었다.

쩌저적!

절대 부서지지 않을 거라 믿었던 본체에 금이 생겼다. 한시가 급했다. 일단 급한 대로 교황의 몸을 빼앗기로 했다. 완벽하게 타락하지 않아 육체와 동화될 위험이 있었지만, 본체를 잘 들고 있으면 문제없었다.

타락의 군주가 권능을 일으키며 교황의 몸을 차지했다. 교황은 비명을 지르며 발악하려 했지만, 그에게 먹혀 버렸다. 교황의 육체에 의지를 정착시키고 나니 고통이 덜해졌다. 그의 손에는 자신의 본체가 들려 있었다.

구슬 형태였다. 이런 나약한 육체를 쓰는 것은 마음에 들지 않았지만 어쩔 수 없었다.

'천족을 타락시키고 그 몸을 빼앗는다면…….'

천계를 순식간에 타락시킬 자신이 있었다. 타락의 군주는 혐오스러운 교황의 몸을 바라보다가, 잠옷 차림 그대로 허겁지겁 대신전으로 뛰어갔다. 교황의 몸이 자신의 기운을 감당하지 못했다. 얼마 버티지 못할 것 같았다. 빨리 일을 진행해야 했다.

"신관들을 모두 모아라! 강림 의식을 시작한다!"

"아, 알겠습니다!"

대신전에 고위 신관들을 모았다. 교황이 지배하고 있는 신관들이었다. 그들은 그의 말을 거부할 수 없었다. 일단 신성 마법을 통해 천족들 중 지위가 있는 자를 소환하여 타락시킨 다음, 그 몸을 매개체로 하여 천계로 넘어갈 생각이었다.

현 상황에서는 그편이 안전했다. 천족을 소환할 정도의 신성 마법을 쓰면 이곳에 있는 신관들이 모두 죽겠지만 그런 건 신경조차 쓰지 않았다.

'이곳에 방법이 모두 기록되어 있지.'

타락의 군주는 성서를 펴보았다. 신성 마법뿐만 아니라 천계에 대해서 자세히 나와 있었다. 여신 루나가 가장 위에 있었고 그 밑에 대천사장, 그리고 아르엘이라 불리는 대천사가 있었다. 계시를 받은 신관이 그린 삽화도 있었다.

빛이 뿜어져 나오고 있는 거대한 날개, 그리고 마치 거인과도 같은 신장을 지닌 것으로 묘사가 되어 있었다. 빛나는 철퇴가 너무나 작아 보일 지경이었다.

'아쉽군. 여신 루나와 천족 정도는 수하로 삼을 만했는데 말이야.'

물론 중간계를 유린한 다음에 먹어치울 생각이었다. 타락의 군주는 아르엘을 강림시키기로 했다. 성서에 따른 묘사를 보니, 당분간 머물 육체로서 제격이었다. 거구의 체격과 막강한 힘을 지녔다고 쓰여 있었다. 신관들이 주문을 외우자 막대한 신성력이 치솟았다. 타락의 군주는 교황의 신성력도 이용해 강림 주문을 외웠다.

두드드드!

대신전 전체가 울렸다. 지금까지 탐욕스러운 생활을 했던 신관들이 말라비틀어졌다. 다행히 강림 마법은 성공적으로 작동했다.

"여신 루나의 힘을 빌려 너를 부르노라!"

신성력에 타락의 기운을 섞었다. 누구라도 거절할 수 없었다.

"오너라! 대천사 아르엘!"

신성력이 쏟아져 내리며 천계와 연결되었다. 곧 거대한 천사가 내려오리라 생각했다. 하지만 그의 눈에 보인 것은 네모난 상자였다. 깃털이 달린 네모난 상자가 신성력을 가르며 나타났다. 상자가 그의 발치까지 날아왔다.

[세상에 이런 천사는 없었다. 그는 천사인가 거인인가! 네! 프리미엄 골든 엔젤 아르엘은 지금은 부재중입니다. 삐 소리 이후 음성사서함으로 연결됩니다. 삐-!]

"뭐?"

그의 허망한 목소리가 녹음되었다. 네모난 상자는 다시 날아가 저 너머로 사라졌다.

"크윽……."

운이 없었다. 설마 그 대천사가 부재중일 줄이야.

강림 마법은 이제 사용할 수 없었다. 그는 간신히 정신을 부여잡았다. 벌써 육체와 상당히 동화되어 예민한 감각이 사라지고 있었다. 눈뜬장님이 된 기분이었다.

'위험을 감수하고서라도……. 직접 넘어가는 수밖에 없나.'

위험하지만 어쩔 수 없었다. 그는 모든 권능을 일으켰다. 대신전에 감도는 신성력이 모두 빨려 들어왔다. 정에 천족들의 기운을 감지하기 위해 권능을 쏟아부었다. 힘들 거라 예상했지만 의외로 빠르게 감지할 수 있었다.

운이 좋았어! 그는 그렇게 생각했다.

"크으으으! 열려라!"

타락의 군주는 대신전의 천장을 바라보며 두 손을 뻗었다. 이 고통에서 해방해 줄 천국이 나타날 것이다. 그가 목숨을 걸고 막대한 신성력에 그의 권능까지 더했으니 틀림없었다.

타락의 군주는 그렇게 생각했다. 빨리 천계를 먹어치우고 그의 손에 닿지 않는 아주 먼 차원으로 가서 천년 정도 숨어 지낼 생각이었다. 교황의 육체를 사용하고 있어서인지 눈물이 줄줄 흘렀다. 생전 처음 느껴보는 서러운 감정 때문에 흘린 눈물이었다.

휘이이이!

대신전에 신성력이 휘몰아치며 거대한 포탈이 형성되었다. 그가 생각한 것처럼 천장에 생기지 않았다. 바로 옆에 생겼다. 하얀 빛깔이어야 했지만 화려한 무지개를 보는 것처럼 색이 다양했다.

'예상했던 것과는 다르군.'

육체가 지쳐서인지 판단력이 흐려졌다. 그래도 그는 신중한 타락의 군주였다. 본체를 통해 기운을 보내 포탈 안쪽을 확인했다.

'천족이 있군.'

천족의 기운이 아주 많이 느껴졌다. 모두 정예 천족이라 부를 만한 이들이었다. 그가 예상한 느낌과는 조금 달랐지만, 저런 순수한 신성력은 인간이 절대 지닐 수 없었다.

우르르!

대신전이 무너져 내렸다. 대신전을 지탱하고 있던 신성력이 모두 사라진 탓이었다. 포탈 역시 작아지고 있었다. 생각할 겨를이 없었다. 타락의 군주는 포탈을 향해 뛰어들었다.

휘이이!

타락의 군주가 빠져나오자마자 포탈이 사라졌다. 이제 중간계로는 다시 돌아갈 수 없었다.

하지만 괜찮았다. 돌아갈 생각도 없었고, 황금의 군주와 멀어진 것만으로도 절로 안심이 되었다.

'이곳이 천계인가. 생각보다…….'

중간계 같은 느낌이었다. 타락의 군주는 고개를 갸웃하며 주변을 바라보았다. 강대한 신성력을 지닌 꼬마들이 지나다니고 있었다.

본능적으로 천족임을 알아보았지만 아무리 생각해도 도저히 천족 같지 않았다. 성서에 그려진 것과 완벽하게 반대였기 때문이다.

시간이 없었다. 빨리 타락시키고 모조리 흡수한 다음 육체를 벗어나 다른 차원으로 이동해야 했다.

타락의 군주는 손에 들린 자신의 본체를 치켜들었다. 지나가던 천족들이 호기심 섞인 눈으로 그를 바라보았다. 잠옷 차림의 배불뚝이 노인이 빛나는 보석을 들고 있으니 당연했다.

"크흐흐! 타락하여 내 먹잇감이 되어라!"

중2병 같은 대사를 내뱉으며 사악하게 웃었다. 그가 웃는 이유는 자존심을 세우기 위함이었다. 비록 황금의 군주가 무서워서 도망치고 있기는 하나 그도 군주였다. 모든 존재를 발아래 두고 잡아먹는 포식자였다.

휘이이이!

손에 들린 본체에서 빛이 뿜어져 나왔다. 천계의 모든 존재를 절망으로 빠뜨릴 타락의 빛이었다. 이곳에 있는 모든 존재가 끔찍한 형상으로 변하며 고통에 울부짖을 것이다!

"……."

그러나 변화가 없었다.

"타, 타락하여라!"

본체에서 빛만 줄기차게 뿜어져 나올 뿐이었다.

"타락할 때가 된 것 같은데……."

타락의 권능이 계속 소모되고 있었지만, 주변은 고요하기만 했다. 계속 사용해 보았다. 넘치던 자신감이 급속도로 줄기 시작했다.

[반사되었습니다.]

갑작스럽게 그를 향해 무지갯빛이 떨어져 내렸다. 마치 폭포에서 강물이 쏟아지는 것처럼 보일 지경이었다. 하늘에 거대한 무지개가 피어올랐다.

"꾸에에엑!"

마치 벼락이라도 맞은 것 같았다. 그의 손에 들려 있던 본체가 떨어지며 바닥을 굴러갔다. 온몸에서 김이 모락모락 흘렀다. 옷이 홀라당 타버렸을 뿐만 아니라 머리카락도 다 벗겨졌다. 질편한 팬티만이 남아 있을 뿐이었다.

타락의 군주는 엄청난 고통에 몸을 바들바들 떨었다. 도저히 이 상황이 이해가 되지 않았다. 멀리서 희미하게 들려오는 목소리에 간신히 고개를 들었다.

"으, 으헉! 하, 하하! 즐겁습니다!"

"흐하하하! 이 냄새! 행복합니다!"

익숙한 얼굴들이 보였다. 그가 천천히 타락시키고 있던 추기경들과 고위 신관들이 환하게 웃으며 지게를 짊어지고 있었다. 미노타우로스의 거대한 분뇨가 가득 담겨 있었다. 여담이지만 미노타우로스의 분뇨는 아주 좋은 거름이었다.

'여기는 도, 도대체…….'

일단 본체 회수가 먼저였다. 그는 간신히 바닥을 기어가며 본체를 향해 손을 뻗었다. 닿을 듯 닿지 않았다. 간신히 잡으려고 하는데, 누군가 본체를 발로 밟았다. 타락의 군주는 떨리는 눈빛으로 고개를 들어 그를 바라보았다.

"화, 황금……."

차가운 눈으로 자신을 내려다보고 있는 존재. 황금의 군주였다.

"아주 좋은 선물이군."

그는 모든 것을 예상했다는 듯이 감평하듯 자신의 본체를 바라보고 있었다.

천계가 성역의 영향을 받기 시작했으니, 타락의 군주가 어디에 나타나든 큰 상관이 없었다. 어차피 도망칠 수 있는 곳은 없었다. 진우는 아예 마검을 꺼내놓고 계속 고통을 주었다. 비명이 시끄러워서 이런저런 방음장치를 해놓으니 쾌적해졌다.

진우는 마검을 바라보다가 고개를 돌렸다.

“나 좀 악당 같지?”

“음, 판단하기 힘들군요.”

유나는 진우의 말에 고민하다가 대답했다. 지금까지의 행보를 보면 악당이라고 해도 과언이 아니었다. 가는 곳마다 파괴하고 정복했다. 게다가 아름다운 여성들도 잔뜩 부하로 삼았다. 겉으로 보면 가히 악의 대마왕 불러도 손색이 없을 지경이었다. 그런데, 자세히 들여다보면 그렇게 판단하기 어려운 부분이 잔뜩 있었다.

유나는 지구에서 가지고 온 서류를 진우에게 건네주었다. 유나 덕분에 굳이 지구까지 갈 필요 없이 중간계에서 서류를 결재할 수 있었다. 결재가 끝날 때쯤 유나가 진우를 바라보았다. 진우는 유나가 자신에게 무언가 할 이야기가 있음을 감지했다. 유나는 진우에게 비밀이 없었다. 모든 걸 다 말해주었다.

“따로 보고할 거라도 있어?”

"엘라 님에 관한 겁니다."

유나는 엘라의 유일한 친구였다. 엘라가 순순히 비밀을 전부 말했는데, 그 비밀이 전부 진우의 귀에 들어갔다. 솔직히 그다지 궁금하지는 않았다. 상견례까지 한 마당에 그것을 넘어서는 소식이 나올 리 없었으니까.

"음, 말해봐."

진우는 큰 관심을 두지 않고 커피를 마시면서 마지막 서류를 바라보았다. G&P 신상품에 대한 서류였다. 그러고 보니 그동안 G&P 쪽에 아예 신경을 쓰지 않고 있었다. 오랜만에 지구에 가서 둘러보는 것도 괜찮을 것 같았다.

"엘프의 임신 확률은 아주 적다고 하더군요."

"푸읍!"

갑작스러운 말에 커피를 뿜을 뻔했다. 진우는 커피잔을 내려놓고 유나를 바라보았다. 그녀의 표정은 진지했다. 농담 같지는 않았다.

"엘라가 말해준 거야?"

"네, 확률이 상당히 적다고 하더군요. 엘프 인구가 좀처럼 늘어나지 않는 이유라고 들었습니다."

"그렇군. 좋은 정보이기는 한데……. 갑자기 그건 왜?"

진우가 묻자 유나는 잠시 침묵을 지키다가 입을 뗐다.

"다른 종족과의 확률은 더욱 적다고 합니다. 대략 0.2%라고 하더군요. 하이 엘프가 되었으니 더 적을 수도 있다고 합니다."

"그건 큰 문제로군."

진우는 고개를 끄덕였다. 확률이 거의 없다고 봐도 무방했기 때문이다. 종족의 벽이라는 것은 생각보다 높았다.

진우는 긴 숨을 내쉬며 다시 커피잔을 들었다. 커피의 맛이 유난히 쓰게 느껴졌다. 진우가 그렇게 안타까워하고 있을 때였다.

“그런데 엘라 님이 아이를 가졌다고 하더군요.”

“읍!?”

진우는 커피를 한 번 더 뿜을 뻔했다. 유나가 살짝 웃었다.

“정말이야?”

“네. 제가 직접 확인했습니다. 이민우가 펑펑 울었다고 합니다.”

“그럴 만하네.”

진우는 고개를 끄덕이며 잠시 멈칫했다.

‘0.2%의 확률을 뚫기 위해…….’

대체 얼마나 했을까?

진우는 상상하지 않기로 했다. 그냥 결론부터 말하면 되는데, 이렇게 설명을 해주는 이유가 궁금했다. 유나가 질보다 양이라는 말을 중얼거렸는데, 진우는 못들은 걸로 하기로 했다.

“노력하면 되더군요. 참고하시라는 차원에서 말씀드린 겁니다.”

그러고 보면 진우의 주변에는 다른 종족들도 많았다. 진우는 행운이 워낙 높아서 확률 따위는 중요하지 않았다.

아무튼, 아주 좋은 소식이었다.

'할아버지가 엄청나게 좋아할 것 같은데.'

좋아서 의식을 잃을지도 몰랐다.

좋은 일은 연달아 찾아왔다.

[타락의 군주가 성역에 침입하였습니다. 사악한 웃음을 뱉으며 타락의 힘을 사용합니다. 반사되었습니다.]

진우는 자리에서 일어났다. 아무래도 천계로 가려다가 번지수를 잘못 찾은 것 같았다. 집 밖으로 나가니 거대한 무지개가 떠올라 있었다. 주변 사람들이 모두 하던 일을 멈추고 무지개를 보며 감탄했다.

'저기로군.'

군주의 기운이 느껴지는 곳으로 가보았다. 붉은 구슬과 노인이 보였다. 정보로 확인해 보니 타락의 군주가 교황의 육체를 차지하고 있었다.

"아주 좋은 선물이군."

진우는 붉은 구슬을 주워들었다. 노인이 떨리는 눈으로 진우를 바라보았다. 진우의 손에 들어왔으니 진우의 것이었다.

황금의 권능이 고개를 들며 구슬을 휘감았다. 군주의 본체였지만, 그의 의지는 교황에게 깃들어 있어 반항조차 하지 못했다. 황금의 권능이 너무나 손쉽게 본체를 꿀꺽했다.

[타락의 권능을 획득하였습니다. 타락의 군주가 가진 모든 것

을 획득하였습니다. 신성 제국을 점령하였습니다. 다른 왕국들에 심어놓은 꼭두각시 역시 소유하게 되었습니다. 중간계를 절반 이상 지배하게 되었습니다. 암흑 제국이 탄생하였습니다!]

타락의 군주는 신성 제국을 이용하여 다른 왕국의 중심부에 꼭두각시들을 심어놓았다. 오랫동안 치밀한 전략으로 진행한 결과였는데, 모두 진우의 것이 되어버렸다. 타락의 군주는 맛 좋은 요리를 만들어 진우에게 바친 아주 고마운 존재였다.

[다섯 군주를 지배하게 되었습니다. 탐욕(사기 피해자), 허영(인기 배우), 미궁(집순이), 질병(메이드), 타락(경험치 셔틀). 위대한 업적에 랭크가 상승합니다.]

막대한 경험치를 얻어 -SS랭크가 되었다. 타락의 군주는 모든 권능을 진우에게 빼앗겨 교황의 육체에 갇혀 버렸다. 이제 완전히 동화가 되어서 빠져나올 수 없었다. 그래도 그나마 좋은 소식이 있다면 파편과 연결이 완전히 끊겼다는 점이었다.

진우는 타락의 군주를 내려다보았다. 그는 막대한 공포에 질려 있었다. 생애 처음으로 이성을 마비시키는 공포를 느낄 수 있었다.

"으, 으어어……."

진우에게서 벗어나려 바닥을 필사적으로 기었다. 죽을힘을 다해 기어서인지 육중한 덩치치고는 굉장히 먼 곳까지 갔다.

진우는 그저 바라만 보았다. 어차피 벗어날 수 없었다.

"허억! 허억……. 도망쳐야 해! 도망쳐야……."

천족들이 바닥을 기는 그를 걱정스러운 눈으로 바라보고 있었다. 아르엘도 있었는데, 최고의 영업왕답게 그의 손에는 교단 가입서가 들려 있었다.

아르엘은 영업용 미소를 지으며 다가왔다.

"치료가 필요하시군요! 하지만 돈이 없다고요? 걱정하지 마세요! 교단에 가입하면 응급 지원비를 바로 지급해 드립니다. 지금 바로 가입하세요!"

"으, 으어… 누, 누구…?"

"네! 아르엘입니다!"

어느새 그의 손에는 잉크가 잔뜩 묻은 펜이 들려져 있었다. 타락의 군주는 멍한 표정으로 아르엘을 바라보다가 그대로 기절했다. 기절하면서 팔이 아래로 떨어졌는데, 빠르게 교단 가입신청서를 대었다.

[(전)타락의 군주가 교단에 가입되었습니다. 신성 제국 고급 노예 세트를 완성하였습니다!]

[A]신성 제국 고급 노예 세트

교황(타락의 군주)과 4명의 추기경, 고위 신관들로 이루어진 노예 세트. 궂은일을 마다치 않는 모습은 많은 사람에게 깊은 영감을 줄 것이다.

*[A]신앙의 토템: 도시의 신앙심이 상승한다.

[엄청난 결과에 마족들이 축배를 듭니다.]

어쨌든 결과는 좋았다. 여러모로 좋은 날이었다.

◆ Chapter7 ◆

살아서 장까지

신성 제국에는 나름대로 황제도 있고 황족도 있고, 귀족도 있었다. 하지만 교황과 추기경들 때문에 아무런 권한도 없었고, 의지를 잃은 지 오래인 꼭두각시였다. 의지가 완벽하게 소실되어 복구할 수도 없었다.

교황과 추기경들뿐만 아니라 제국을 관리하던 신관들이 모조리 사라지니 제국 운영에 공백이 생겼다. 지금 그들 모두가 성역에서 험한 일을 도맡아 하고 있으니 당연한 이야기였다. 그렇다고 진우가 골 아프게 그런 것까지 신경 쓸 필요는 없었다.

고민할 필요도 없이 도플로에게 모두 맡겼다. 인원이 부족할 수 있어 마계에서 인재를 빼 올 권한까지 주었다. 그 결과, 신성 제국, 라스칸 왕국과 주변의 도시국가들이 통합되었다. 중간계 대륙의 반을 집어삼킨 초거대 제국의 탄생이었다. 중간계 역사상 유례없는 일이었다.

'군주님께서는 걷지 않으신다. 공간이 자동으로 접히며 걷는 것처럼 보일 뿐이다.'

'군주님께서는 땀을 흘리지 않으신다. 땀을 흘리면 전 차원이 익사하기 때문이다.'

군주께서 중간계에 강림하시어 라스칸 왕국의 핵심 귀족들을 무참하게 고문하고 살육하셨다. 마족들로 하여금 그 자리를 차지하여 귀족회를 접수하게 하셨다.

잠자고 있던 질병의 군주를 이용하여 라스칸 왕국을 완전히 손에 넣으셨다.

'복종하여라.'

황금의 군주께서 바라보자 질병의 군주는 고개를 조아리며 충성을 맹세했다. 황금의 군주께서는 바로 무릎을 꿇지 않았다는 이유로 질병의 군주에게 매번 피를 토하는 저주를 거셨다.

'타락하여라.'

여신 루나마저 능욕, 감금을 통해 세속에 물들게 하였고 천족을 타락시켜 신성 제국을 고통에 빠뜨리셨다. 이윽고 추기경들을 납치해 노예로 부리셨고, 그들의 수장인 교황마저 끝도 없는 고통을 받게 되었다!

이 얼마나 사악한 업적이란 말인가! 군주님의 뜻을 받들어 암흑 제국을 발전시켜 차원 정복의 기반을 마련하도록 하자!

군주님 만세!

-중간계 정복일지, 12권 232p, 저자 도플로-

도플로의 활약으로 이전보다 훨씬 원활하게 돌아갔다. 망나니들의 역할도 컸다. 성역의 기운이 중간계 전반으로 흐르게 되자 마족과 중간계의 소통도 원활해졌고, 천계도 마찬가지였다. 덕분에 중간계는 황금의 시대를 맞이하고 있었다.

'어쩌다 보니…….'

어쩌다 보니 그렇게 되었다. 의도하지 않은 결과였다. 귀찮게 중간계 정복을 뭣 하러 한단 말인가?

아무튼, 이런저런 일이 있기는 했지만, 지구에 피해를 줄 만한 일들은 해결했다. 마음이 한결 편했다. 물론, 또 다른 일을 막으러 가야 하기는 하지만, 아직 먼 이야기였다. 오랫동안 푹 쉴 수 있을 것 같았다.

'G&P나 다른 곳들도 가보긴 해야 하는데…….'

가지 않는 이유는 간단했다. 귀찮았기 때문이다.

중간계도 다 맡기고 왔으니 그냥 푹 쉬도록 하자.

오랜만에 예전처럼 지내고 싶었다. 진우는 그렇게 생각하며 컴퓨터를 켰다. 커튼도 쳤고, 어렵게 구한 평범한 트레이닝복도 입었다. 고카페인 음료도 대기 중이었다. 일부러 그나마 작은 방에 컴퓨터까지 설치하는 정성까지 보였다. 모든 설정을 마치고 나니 영혼의 고향에 온 것 같은 안정감이 생겼다.

"도대체 무엇을 하시고 싶으신 겁니까?"

"그냥 이 자체로 좋아."

유나도 아주 평범한 트레이닝복 차림이었다. 옆집에서 놀러 온 친한 누나라는 컨셉이기는 했다. 지금까지 일어난 여러 사태가 증명하듯, 진우는 할 때는 확실하게 하는 사람이었다.

"오늘부터 당분간 보고는 받지 않겠어."

"알겠습니다."

유나는 작게 한숨을 내쉬었지만 거절하지 않았다. 아주 잘 어울려 주고 있었다.

좁은 방이라고는 하지만 진우의 집에는 좁은 방이 없었다. 컴퓨터도 여러 대 설치가 되어 있었다. 기분과 느낌이 중요한 것이니 그냥 넘어가도록 하자. 일단 유나는 진우 옆에 있는 컴퓨터 앞에 앉았다.

진우는 오랜만에 게임을 켰다. 요즘 엄청난 인기를 끌고 있는 게임이었다. 진우의 회사가 만든 것이었는데, 극악의 난이도를 자랑했다.

도전 욕구가 불타올랐다. 그러나.

'재미가 없는데.'

극악 난이도라고는 하지만 진우에게는 쉬웠다. 때리기만 하면 크리티컬이 뜨고 아이템 상자에서는 최고급 아이템이 쏟아져 나왔다. 0.1%의 확률로 나온다는 강화템도 막 떨어졌다. 치트키를 쓴 것처럼 재미가 없었다.

홍이 팍 식을 때였다. 유나가 동영상을 보고 있었다.

진우는 그녀의 옆으로 다가갔다. 유나의 표정은 진지했다.

"뭐 해?"

"루나 님과 미궁의 방송을 살펴보는 중입니다. 제가 손을 뗀 지 오래되기는 했지만 그래도 신경을 써야 하니까요."

"그러고 보니……."

미궁과 루나의 방송을 한 번도 본 적이 없었다. 엘리제는 게스트 형식으로 자주 나온다고 한다. 유나가 하이라이트 모음을 틀었다. 루나는 방송에서도 여신으로 불리고 있었다.

[흐익!]

그녀는 공포게임을 하고 있었다. 안색이 창백했는데, 식은 땀마저 흘리고 있었다. 그러면서도 패드를 놓지 않았다. 대단한 열정이었다. 갑작스럽게 괴물이 나타나는 순간이었다. 루나가 비명을 질렀다. 여기까지는 일반적인 반응이었다.

[꺄악! 홀리 피스트!]

주먹을 뻗으며 모니터를 박살 냈다. 모니터에서 스파크가 화려하게 튀었다. 피자를 들고 온 미궁이 멍한 표정이 되더니 그대로 피자를 떨궜다. 채팅창은 당연히 난리가 났다. 실시간 검색어 1위까지 올라갔다고 한다.

"음……."

루나는 주먹의 여신으로 불리고 있었다. 줄여서 주신이었다. 여신에서 주신으로 승급했다고 볼 수 있었다. 미궁과 호흡이 굉장히 좋아 일반 예능보다 훨씬 재미있다는 평가가 대부분이었다. 하이라이트 영상을 보니 확실히 그렇기는 했다. 여신답지 않기는 했지만 말이다.

'천족들이 보면 안 되겠군.'

그나마 간신히 천계가 유지되고 있었는데, 단체로 타락해 버릴지도 몰랐다. 천계는 중간계에 영향을 주는 차원이었으니 천계가 사라진다면 여러모로 곤란했다. 중간계에 평화가 찾아왔기 때문에 할 일이 없어 타락하는 천사들이 늘어나는 추세였다.

'할 일이라도 줘야 하나?'

일을 주기가 그랬다. 워낙 순수한 존재들이니 타락할 우려가 있었다. 진우는 생각하는 걸 멈추었다. 당분간 쉬기로 했으니 골치 아픈 생각은 그만두고 싶었다.

"최희연 가주가 찾아왔습니다."

"약속했던 적이 있나?"

"네, 저번에 지나가는 말로 약속하셨습니다만……. 일정이 바빠 꽤 밀려 있었습니다."

"음……. 그건 미안하군. 뭐, 괜찮겠지."

"네, 데려오겠습니다."

중간계의 일과 밀린 일들을 처리하느라 그동안 보지 못했다. 까맣게 잊고 있었다. 진우는 조금 미안해졌다.

유나가 최희연을 데리고 왔다. 최희연은 기사 정복을 입고 왔었는데, 트레이닝복으로 갈아입었다. 유나가 갈아입힌 것이다.

"아, 안녕하세요?"

"오랜만이군요."

최희연 입장에서는 큰마음을 먹고 온 것이었는데, 이런 상황이 펼쳐져 있으니 당황하기는 했다. 그러나 색깔은 다르긴 하지만 진우와 같은 트레이닝복을 입게 되어서 설레고 있었다. 어쨌든, 커플복이기는 했다. 유나가 가지고 가도 된다고 말해주니 그녀의 입꼬리가 올라갔다.

셋이 나란히 컴퓨터 앞에 앉았다. 잠시 침묵이 이어졌다.

"시, 식사하셨나요?"

최희연이 용기를 내 말했다. 그녀는 도시락까지 챙겨왔다. 상당히 많은 양이라 셋이서 먹어도 충분했다.

진우는 굳이 바닥에 앉아서 먹었다. 그러니 자연스럽게 둘도 같이 앉게 되었다. 최희연은 어색한 표정이 되었다.

"무슨 일이 있는 건가요?"

"도련님의 일탈 같은 겁니다."

"그, 그렇군요. 일탈……."

유나의 대답에 최희연은 고개를 끄덕이며 메모했다. 빨간 펜까지 꺼내 밑줄까지 쳤다. 일탈이라는 단어를 적으니 또다시 설레기 시작했다. 진우는 나름대로 만족하고 있었다.

'친구가 놀러 온 것 같은데…….'

굉장히 유명한 기사라는 게 다른 점이기는 하지만 어쨌든, 분위기는 비슷했다. 그렇게 뭘 하면서 빈둥거릴까 고민하던 때였다.

유나가 연락을 받았다. 자주 연락을 받으니 진우는 신경 쓰지는 않았다. 그러나 진우가 신경 써야만 하는 내용이었다.

"게이트 이상 현상이 발견되었다더군요."

"음? 또?"

"네, 전보다 훨씬 심해졌다고 합니다. 긴급 경보까지 발령되었습니다."

진우는 의아했다. 미궁에게 주의하라고 한 이후 예전으로 돌아왔기 때문이다. 웬만해서는 심해질 일이 없었다.

전 세계 규모로 일어나는 걸 보면 미궁이 관련된 것이 확실했다. 곧 아리나를 통해 루나에게서 연락이 왔다.

"미궁이 쓰러졌다고 합니다."

"뭐? 미궁이?"

"네, 아무래도 가보셔야 할 것 같습니다."

무시할 만한 일은 절대 아니었다. 진우는 자리에서 일어나며 바로 성소로 향하는 포탈을 열었다. 최희연도 마계에 간 경험이 있었으니 굳이 감출 필요가 없었다.

진우는 바로 성소로 이동했다. 유나도 이동했는데, 얼떨결에 최희연도 따라왔다. 아리나가 미궁을 방으로 옮겨놨다고 한다. 방으로 가보니 침대에 미궁이 누워 있었고, 루나가 눈물을 글썽이고 있었다.

"군주님……."

"무슨 일이야?"

"갑자기 쓰러졌어요. 배가 아프다면서……."

미궁의 상태는 좋지 않았다. 인상이 잔뜩 찡그려져 있었다. 마치 고통스러운 악몽을 꾸는 것 같았다.

"배, 배 아픔……."

뒤척이면서 그렇게 중얼거렸다. 신성 마법은 당연히 듣지 않았다. 당연히 수술 같은 것도 소용없었다. 인형이었기 때문이다.

'아무래도…….'

미궁의 본체에 문제가 생긴 것 같았다. 바닥을 굴러다니거나 성소를 이리저리 뛰어다니던 미궁이 앓아누우니 성소의 활력이 확 죽어버렸다.

진우는 미궁의 본체가 있는 곳으로 갔다. 본체 앞에는 방송용 부스가 마련되어 있었고, 최신 게임이 한가득 있었다. 미궁이 앓아눕는 바람에 방송은 무기한 중지되었다.

미궁은 저 자리에 있는 게 어울렸다. 진우는 거대한 미궁의 본체를 바라보았다. 빛을 내는 거대한 눈동자도 닫혀 있었다. 정보의 마안으로 미궁의 상태를 살펴보았다.

[S]변비의 악몽

'배가 아픔!'

거대한 미궁에 몬스터가 가득 차 생긴 현상. 미궁은 늘 주기적으로 침입을 받기 때문에 일정 수 이상의 몬스터들을 만들어냈다. 그러나 미궁의 회수가 진행되고 평화가 유지되니 몬스터들의 숫자가 늘어나며 던전에 가득 차게 되었다.

미궁은 주기적으로 던전의 코어를 파괴해서 재정비에 들어가야 하지만 오랫동안 하지 않아 방법을 까먹은 상태이다. 한계에 이르면 미궁 밖으로 쏟아져 나올 수도 있으니 지속적인 청소가 필요한 상황이다.

*[S]악몽: 그동안 겪은 게임들의 내용이 미궁에 구현된다.

*[S]더 참으면 곤란: 미궁에 있는 몬스터들이 한순간에 폭발하듯 터져 나올 수 있다.

"……."

설마 미궁이 변비에 걸릴 줄이야.

진우가 미궁에게 던전을 회수하라고 했다. 이미 자리 잡은 던전을 제외하고 대부분 회수가 진행되고 있었다. 예전에는 늘 강력한 존재들이 침입해서 청소를 해줬지만, 지금은 아니었다. 청소 방법도 까먹어 누군가 해줘야 했다.

'부하들을 시킨다면…….'

진우는 고개를 끄덕이고 미궁의 본체로 다가가 입구를 열어 보았다.

키에에에엑! 꿈틀 꿈틀! 서컹서컹! 끈적끈적! 후루룩!

문을 닫았다. 굉장히 끔찍한 광경이었다. 외모도 굉장히 징그러웠다. 진우는 한숨을 내쉬고 다시 문을 열고 안으로 들어갔다.

던전 코어 몇 개를 없애고 밖으로 나왔다.

'굉장한 난이도네.'

진우조차 잠시 헤맬 정도로 던전은 끔찍했다. 퍼즐이 장난이 아니었다. 미궁이 게임이나 인터넷을 보고 겪은 것들이 무의식중에 결합하여 만들어졌기 때문이다.

'부하를 투입했다가는…….'

군주와 같은 존재가 아닌 이상, 다 전멸할 것 같았다.

미궁이 워낙 커서 많은 시간이 걸릴 것 같았고, 일일이 다 하기도 힘들었다. 그렇다고 미궁을 분리해 전 차원에 뿌릴 수도 없었다. 차원이 멸망해 버릴 수도 있었다. 저렇게 난이도가 높아진 던전을 클리어할 수 있을 것 같지도 않았다.

'일단 급한 불을 끄긴 했는데…….'

앞으로가 문제였다. 정말 큰 문제였다.

휴가를 누리려던 진우의 계획은 물거품이 되었다. 미궁의 문제를 빨리 해결해야 했다. 진우가 몬스터가 가장 넘치는 부분을 청소해 주고 나니 미궁이 정신을 차렸다. 그러나 속이 더 부룩한지 배를 만지며 여전히 괴로워했다.

"스스로 해결할 수 없어?"

"까먹음."

한번 넘치기 시작하니 한계 숫자의 리미트가 풀린 것처럼 계속해서 늘어났다. 미궁의 통제조차 안 먹히는 모양이었다.

사람이라면 시원하게 비우면 되겠지만, 그렇게 했다가는 몬스터가 넘쳐 흐를 것이다. 성소에만 넘치면 어떻게든 해결할 수 있는데 연결된 던전, 게이트를 통해 다른 차원으로 넘어갈 가능성이 매우 컸다.

그냥 몬스터가 아니라 업그레이드되어 강력해지고 집요해진 끔찍한 몬스터였다.

진우가 계속 미궁에 머무르면서 노가다를 할 수도 없는 노릇이었다. 혼자 생각하니 도저히 방법이 떠오르지 않았다.

"부하들을 소집하는 게 어떻습니까?"

"그러는 게 낫겠군."

유나의 생각에 진우가 동의했다.

바로 소집령이 떨어졌다. 회의 장소는 중간계였다. 신성 제국, 아니, 이제는 암흑 제국의 황궁에서 이루어졌다. 도플로가 포탈석을 설치해 놓았기에 바로 올 수 있었다. 모인 인원은 화려했다. 마계 대표로 사라 브리악이 왔고 골든 엔젤 아르엘도 도착했다. 천족 대표로는 타락을 간신히 이겨내고 있는 대천사장이 왔다. 엔젤링을 머리에 걸치고 있었는데, 곧 떨어질 것 같은 느낌이었다.

아르카나도 참여했다. 여전히 구석에 있었지만 말이다. 허영, 아리나, 루나도 왔다. 총지배인은 갈록과 함께 등장했다.

유나도 당연히 자리했는데, 최희연의 간절한 눈빛에 그녀도 동행하게 되었다.

그리고 마지막으로 엘라와 이민우까지 나타났다. 진우가 올 필요가 없다고 했지만, 성소에 소속된 자로서 의무를 다하고 싶다고 했다. 그러니 이민우도 걱정되어서 따라왔다.

이민우는 저번에 만났을 때와는 많이 달라져 있었다. 진우는 그를 걱정이 담긴 눈으로 바라보았다.

"괜찮아?"

"괜찮……. 쿨럭, 괜찮다. 아직까지는……."

설마 이민우를 걱정하게 될 줄이야. 그도 그럴 것이 살이 엄청나게 빠져 있었다. 다크서클이 눈 밑까지 내려와 있는 게 보였다.

진우가 포션을 챙겨주자 이민우는 감동했다. 바로 포션을 그 자리에서 모두 들이켰다. 그러자 안색이 많이 나아졌다.

이민우는 잠시 망설이다가 입을 뗐다.

"혹시……."

"많이 챙겨줄 테니 걱정하지 마."

"고맙다."

형제간의 우애가 돈독해졌다.

'엘프……'

혹시 뱀파이어가 아닐까?

정말 무서운 종족이었다. 유난히 건강해 보이는 엘라와도 인사를 하고는 거대한 테이블에 앉았다.

'화려하긴 하네.'

이 자리에 모인 자들 모두 대단한 이들이었다.

군주, 여신, 마족, 천족, 타천사, 엘프, 오크 그리고 인간까지. 누가 이렇게 다양한 종족을 모이게 할 수 있을까? 진우 이외에는 없을 것이다.

유나와 총지배인은 진우의 양옆에 앉았다. 유나가 자리에서 일어나 입을 뗐다.

"지금부터 대책회의를 시작하겠습니다. 현 상황은……."

유나가 현재 상황을 설명해 주었다. 모두 진지한 표정으로 고개를 끄덕였다. 많은 희생이 예상되었기 때문이다.

사라 브리악은 눈치를 보다가 입을 뗐다.

"정예 마족들로도 힘들겠군! 물론 본인이 나선다면 문제가 없겠지만!"

"저희 천족은 두렵지 않습니다. 겁쟁이, 비겁자인 마족과는 다릅니다."

"후후훗, 마계의 불꽃에 타버리고 싶은 건가?"

사라 브리악과 대천사장이 서로를 노려보았다. 갈록은 스스로 몸을 바치겠다고 했고, 엘라도 동조했다. 이민우가 당황하면서 허둥거렸다.

진우는 고개를 저었다.

"희생하지 않는 방향으로 생각해 보자고."

그러자 모두가 감동하며 진우를 바라보았다. 루나의 표정이 좋지 않았다. 미궁을 걱정하고 있어서였다.

"게임이었다면……. 좋을 텐데."

루나가 그런 말을 중얼거렸다. 진우가 고개를 돌려 루나를 바라보자 루나는 화들짝 놀랐다.

"게임?"

"네? 아……. 그 게임이라면 세이브, 로드도 되고 목숨도 제한이 없잖아요."

진우는 고개를 끄덕였다. 그러고 보면 루나는 본체가 아니었다. 아바타였다. 제법 그럴듯한 이야기였다.

"아바타는 어떻게 만들었지?"

"만드는 것 자체는 어렵지 않아요. 하급 천족들도 만들 수 있어요. 다만 의지를 깃들게 하는 게 문제인데……. 차원의 힘을 빌릴 수 있어야 해요. 천계에서는 제가 유일하지요."

그 외에 여러 조건이 있었다. 마력과 아무런 관련이 없는 존재여야만 했다. 천계, 마계, 중간계의 존재들은 태생부터 마력에 영향을 받는 존재였다. 그랬기에 루나처럼 신이 될 수 없었다.

'차원의 힘……. 마력과 상관없는 존재라…….'

아바타에 의지를 깃들게 할 수 있는 차원의 힘, 그리고 마력과 상관없이 존재할 수 있는 자들이 필요했다. 그래야 의지를 아바타에 깃들게 할 수 있었고, 아바타에서 자유롭게 빠져나올 수 있었다.

"아!"

차원의 힘을 가득 가지고 있는 물건이 있었다. 타락의 군주였다. 그동안 먹어치운 차원의 힘이 가득 담겨 있었고 경험치도 가득했다. 진우에게는 소용없는 경험치였다. 랭크가 상승하면서 업적이 아니게 되었기 때문이다.

진우는 아공간에서 황금빛 구슬을 꺼냈다. 구슬에서는 강력한 힘이 느껴졌다. 차원을 진동시킬 만한 힘이었다.

루나와 모두가 구슬을 보고 매우 놀랐다.

"이거면 될까?"

"이, 이거라면 대량으로 의지를 깃들게 할 수 있을 것 같아요! 어, 엄청나네요!"

옆에서 듣고 있던 유나가 고개를 끄덕였다.

"지구인들은 마력과 상관이 없는 존재이니, 지구인들을 끌어들이는 게 어떻습니까?"

"그러고 보니……."

좋은 생각이었다. 진우는 구체적으로 이야기를 진행했다. 차원의 힘으로 의지를 분리해, 천계로 이동시킨 다음에, 천계에서 아바타를 만들어 깃들게 한다. 그리고 그 아바타를 미궁에 투입하는 것이다. 아바타는 경험치를 쌓으면 성장할 수 있으니, 하급부터 시작하면 충분히 강해질 수 있었다.

지구에는 인구가 무척 많았다. 중간계나 다른 차원과는 비교를 불허했다.

"질보다는 양인가."

진우의 말에 이민우가 움찔했다. 엘라가 조용히 이민우의 손을 잡았다.

물론, 게임과 다른 부분이 있기는 했다.

'한 번 죽으면 초기화되는 게 문제이긴 하군.'

그 부분만큼은 어쩔 수 없었다. 천계에서 천족이 아바타에 깃들기 전에 기본 교육을 하고 마계에서 장비나 아이템을 지원하기로 했다. 엘프들도 미궁 내부에 있는 안전 지역에서 도와주기로 했다. 계획을 수립하다 보니 진우가 예전에 막연히 상상했던 가상현실 게임과 똑같았다.

'G&P에서 출시한 가상현실 게임이라고 속이면…….'

많은 사람이 도전하지 않을까?

'살아서 장까지 프로젝트.'

한번 죽으면 모든 것을 잃는 하드코어 가상현실 게임!

한국의 고인물들을 충분히 자극하고도 남을 내용이었다.

계획이 세워졌다. 말 그대로 계획일 뿐이었다. 실행까지 해결해야 할 과제가 많았다. 디테일과 세밀한 역할 분배, 세계관과 스토리 설정, 미궁 내부의 상점 배치, 안전지대 확보 등의 게임 내용을 자세하게 정해야 했다. 진우의 부하 중에서 루나를 제외하고 이 내용을 이해하고 있는 이들은 거의 없었다.

"루나, 네가 기획팀장을 맡도록."

"제, 제가요?"

"아바타에 대해서는 네가 제일 잘 알고 있고, 게임도 잘 알잖아? 도움을 줄 테니까 걱정하지 마."

"네!"

루나는 사명감에 차올랐다.

진우는 총지배인을 바라보았다. 총지배인은 지금 거의 종족의 벽을 깨기 직전이었다.

"네가 루나를 도와서 전체적으로 관리하도록 해."

"목숨을 걸고 임무를 완수하겠습니다."

연기를 가르칠 수 있는 허영도 있었고, 아리나와 사라 브리악을 통해 기획 내용을 구체화할 수 있을 것이다. 이민우도 도와주기로 했다. 이런저런 복잡한 절차는 이미 해결된 것과 다름없었다.

'음…….'

가장 큰 문제가 있었다. 의식을 천계와 연결하는 아티팩트 개발은 전혀 간단하지 않았다. 진우가 어느 정도 할 수는 있겠지만, 역시 진우의 전문분야가 아니었다. 배울 만한 서적도 마땅히 존재하지 않았다. 아티팩트를 개발해야 할 뿐만 아니라, 일반 사람들이 이용할 수 있도록 개선하고 양산까지 해야 했다. 단기간에 할 수 있는 일은 절대 아니었다. 능력자가 아니고서는 말이다.

'그런 능력자가 있기는 하지.'

아티팩트 분야에서는 가장 뛰어난 능력자였다.

"G&P로 간다."

"네, 알겠습니다."

유나가 바로 알아들었다. 아티팩트에 관해서는 따라올 자가 없는 능력자인 김세연이 있었다. 그리고 최고의 연구시설이 있었다. G&P를 이용한다면 단기간 내에 가능했다.

진우는 G&P 연구소로 이동했다. 연구소에 직접 방문하는 일은 드물었다. 최근 들어서는 거의 없었다.

연구원들은 난리가 났다. 최성민, 김대진 박사는 헐레벌떡 뛰어왔다.

"대표님! 드디어 오셨군요!"

김대진 박사는 감격의 눈물까지 흘렸다. 서류를 통해 모든 연구를 허가했으니 자신이 오든 말든 상관없었는데, 의외였다. 당연했다. G&P의 기술은 혁명이라 불러도 과언이 아니었다. 3년간 무제한에 가까운 배터리와 홀로그램 디스플레이는 전자 제품의 모든 판도를 바꿔놓았다.

모두 진우의 직접적인 지시였다. 희귀 소재도 진우가 모두 발견한 것이었다.

지금의 연구는 평행선을 달리고 있었다. 외부에서 보면 충분히 혁신이라 불릴 만한 것들이었지만 두 박사는 만족할 수 없었다. 새로운 것에 대한 갈증이 온몸을 지배하고 있었다.

그러던 중 진우가 직접 방문했다! 분명 엄청난 것을 들고 왔을 것이다!

박사들은 냄새를 기가 막히게 잘 맡았다.

"김세연 연구원은 있나?"

"네! 안내해 드리겠습니다!"

김대진 박사가 진우를 안내해 주었다. 연구소는 확장이 완료되어 예전보다 훨씬 컸다. 지상 시설도 그러했는데, 지하 시설은 장난이 아니었다. 연구 기지라 불러도 손색이 없었다.

"지하 7층까지 확장했습니다. 아무래도 지상에는 공간적인 여유가 없어서 지하가 적합했습니다."

"그렇군."

그래서 외부에서 볼 때 티가 나지 않았다. 진우는 새삼스럽게 돈의 위대함을 다시금 깨달을 수 있었다. 자리를 차지하고 있는 것은 대부분 연구를 위한 기기들이었다. 합체 로봇이 나온다고 해도 전혀 이상함이 없는 환경이었다.

응접실에 도착하니 김세연이 헐레벌떡 뛰어왔다.

"안녕하세요? 대표님."

"오랜만이군요."

굉장히 오랜만이었다.

김세연은 분위기가 조금 바뀌어 있었다. 주눅 든 이미지가 있었는데, 지금은 차분한 인상이었다. 조금 때가 묻어 있는 연구복에 커다란 안경을 쓰고 있었다.

'성장했군.'

무슨 일이 있었는지 잠재력의 한계를 돌파해서 S랭크에 근접해 있었다. 연구 분야의 능력만으로 이룬 수치였다.

김세연의 동생, 김영훈은 지금 일본에 있다고 한다. 일본에서 거대한 세력을 구축했다고 하는데, 무슨 이야기인지 이해가 되지 않기는 했다. 공로가 있으니 일단 가만히 놔두고 있었다. 이따금 김세연한테 연락하는 걸 보면 다시금 예전처럼 잘 지내는 모양이었다.

김세연과 두 박사가 진우의 앞에 앉았다. 김세연만 끌어들이기보다는 두 박사도 함께하는 게 좋을 것 같았다. 일이 구체적으로 진행되면 연구팀 전체를 끌어들일 생각이었다.

"부탁드릴 게 있습니다."

진우가 말하자 김세연은 화들짝 놀라며 손을 저었다.

"부, 부탁이라니요. 편하게 지시해 주세요."

두 박사도 김세연과 같은 의견이었다. 하지만 비밀을 공개하는 것이니만큼 다짐을 받아야 했다. 확실하게 하는 게 좋았다.

"진행하고 있는 프로젝트가 있는데, 도움이 필요합니다."

프로젝트에 참여하게 되면, 빠져나갈 수 없다는 말까지 해주었다.

진우가 유나에게 손짓하자, 그녀는 조용히 테이블에 가입신청서를 내려놓았다. 교단 가입신청서와 같은 양식이었는데, 서명을 하게 되면 성역에 가입하게 된다. 특별한 제약은 없었지만, 성역에 해를 주는 일은 할 수 없었다. 비밀 유지도 자연스럽게 될 것이다.

"대표님께서 직접 하시는 일이라면 반대하시더라도 할 거예요."

김세연은 고민할 것도 없다는 듯 바로 서명을 했다. 두 박사도 고개를 끄덕이면서 서명했다.

[대단한 연구원들이 성역에 합류하였습니다.]

진우는 만족할 수 있었다. 유나가 간략하게 현 상황에 관해 설명을 해주었다.

당연히 믿을 수 없다는 반응이었다. 이해를 넘어선 영역이었기 때문이다.

직접 보여주는 게 나을 것 같았다.

진우는 김세연과 두 박사를 바라보았다.

"직접 보여 드리지요."

제일 먼저 성소에 도착하자 셋은 매우 놀랐다. 그리고 포탈을 통해 중간계에 도착하자 경악했다.

김대진 박사는 가지고 온 기계로 이리저리 측정하고는 수치를 보자마자 기절했다. 김세연도 반쯤 정신이 나가 있었다. 엘론티에 도착하니 김세연이 털썩 주저앉았다.

"에, 에, 엘프……. 시, 실제로 이종족이……."

마계에서 마족까지 보자 넋이 나가 버렸다.

다시 연구소로 돌아왔다. 셋은 멍한 표정이었다. 회복하려면 조금 시간이 걸릴 것 같았다.

유나가 이해가 된다는 듯 그녀의 어깨에 손을 올렸다.

"여, 연구소를 당장 가동하겠습니다!"

"세계가 대표님을 칭송할 것입니다!"

두 박사는 흥분하며 외쳤다. 김세연도 의욕으로 불타올랐다. 그들에게 살아서 장까지 프로젝트는 혁명을 뛰어넘는 프로젝트였다.

G&P의 모든 역량이 집중되어 아티팩트 개발에 들어갔다. 김세연이 타락의 파편을 분석하기 시작하자 연구 속도는 급격하게 올라갔다.

개발에 어느 정도 윤곽이 잡히자 G&P의 핵심 연구원들도 합류했다. 김세연이나 박사들처럼 모두 보여주지는 않았지만, 성역에 가입시켰기 때문에 문제 될 건 없었다.

진우는 아낌없는 지원을 해주었다. 돈뿐만 아니라, 희귀 소재까지 모두 제공했다. 루나 역시 연구소에 자주 방문해서 도움을 주었다. 진우가 예상했던 것보다 더 빠르게 시험 모델이 만들어졌다.

일반 게임 소설에 나오는 캡슐 형태는 아니었다. 선글라스 형태였는데, 핵심 기술은 안경테에 있었다. 안경테에 있는 양산형 타락의 파편이 착용자 의지를 분리해 천계로 전송하는 방식이었다. 조금 두껍고 은색으로 코팅이 되어 있어서 앞이 보이지 않을 뿐이지 평범한 선글라스와 크게 다르지 않았다. 저 장치를 뉴월드 로그인 디바이스라고 부르고 있었다.

'굉장한데?'

시험작 같은 느낌이 전혀 없었다. 완성도가 굉장히 높았다. 진우는 루나와 함께 실험을 지켜보았다.

"테스트 들어갑니다!"

김세연은 신중하게 디바이스를 가동했다. 연구원 하나가 수술대와 같은 곳 위에 누워 있었는데, 바로 옆에 루나가 만들어낸 아바타가 있었다. 디바이스를 작동하자마자 아바타가 눈을 떴다. 연구실에서 환호가 터져 나왔다.

감각 테스트와 신체 능력 테스트가 이어졌다. 초창기 아바타의 신체 능력은 최하급 능력자 수준이었다. 양산형이기 때문에 그러했다.

"감각은 30% 정도로 양호합니다!"

"동기화율 99.4%! 거의 차이가 거의 없습니다!"

"접속 상태 매우 안정적입니다."

"특정 감각만 100%로 올려보겠습니다."

아바타에 접속한 연구원이 쟁반에 놓인 과일이나 음식을 먹었다. 그러고는 오케이 사인을 보냈다. 모두 손뼉을 치며 환호했다.

테스트는 며칠간 이어졌는데, 합격 판정이 내려졌다. 이민우의 도움으로 양산 체계를 구축하는 중이었는데, 아직은 1만 대 분량 정도밖에 생산할 수 없었다. 그러나 시간이 지나면 물량을 충분히 생산할 수 있을 것이다. 2세대부터는 조금 더 다양한 기능을 추가할 예정이었다.

'디바이스 개발은 순조롭군.'

남은 건 게임 내용이었다. 루나도 굉장히 고심하고 있었고, 회의를 계속했지만 뚜렷한 답이 나오지 않은 상태였다.

진우와 루나는 지상에 있는 연구소 내부의 카페에 앉아 잠시 고민했다.

"어렵네요."

루나가 노트를 끄적이며 한숨을 내쉬었다. 그냥 무작정 미궁에 처박는다면 효율이 떨어졌다. 목적의식을 부여하고 레벨링 동선이나 아이템들, 도움을 줄 수 있는 NPC, 대장간, 세력 등을 잘 짜야 했다. 게다가 미궁의 정보와 맞춰보기도 해야 했다. 진우도 이 분야에 대해서는 잘 몰랐다.

"으으……. 이런 쪽 경험이 많은 사람이 없을까요?"

루나가 풀썩 엎어지며 그렇게 중얼거릴 때였다. 카페 주변에서 경계를 서고 있는 제임스 딘이 보였다.

"아!"

제임스 딘을 본 순간 해결책이 떠올랐다. 서큐버스가 보여준 꿈은 탑을 오르는 내용과 미궁 돌파로 알고 있었다. 그걸 참고해서 적용하면 상당히 괜찮을 것 같았다.

"비슷한 경험을 한 자들이 있어."

"네? 정말요?"

진우가 제임스 딘을 바라보며 손짓하자 제임스 딘이 바로 달려왔다. 그는 진우가 관할 지역에 나타났을 때부터 진우의 주변을 경호하는 중이었다. 진우가 겪었던 일을 자세하게 말해달라고 했다.

제임스 딘은 기다렸다는 듯 입을 뗐다.

"우리가 처음 눈을 떴을 때는 거대한 공간 안이었습니다. 우리의 모든 능력이 초기화되었고……."

"그럼, 아이템 확보 루트는요?"

"그건 대장님의 지시에 따라……."

"시스템이 굉장히 잘 짜여 있네요?"

"으음, 그렇습니까?"

루나가 열정적으로 질문을 하자 제임스 딘은 모두 말해주었다. 다른 가짜 회귀자들까지 합류했다. 루나의 눈이 반짝였다. 홍미가 가득했다. 바로 노트에 받아적기 시작했다.

"와! 엄청 재밌었겠네요! 저도 플레이를 해보고 싶어요."

"지옥이었습니다."

"아……."

이야기가 길어질 것 같아서 진우는 조용히 자리를 비켜주었다. 진우는 문득 스마트폰을 꺼내 모바일 게임을 실행해 보았다. G&P의 기술로 게임 퀄리티가 비약적으로 발전했지만 그것뿐이었다.

'가상현실이라고 해봤자…….'

VR기기를 쓰는 것이 전부였다. 당연히 현실감이 떨어질 수밖에 없었다. 진우도 최신 기기를 체험해 본 적이 있었는데, 그저 그랬다.

반면에 살아서 장까지 프로젝트는…….

'너무 미래기술 아닌가?'

진정한 의미의 가상현실이었다.

이렇게 갑자기 수준이 확 뛰어도 괜찮은 걸까?

배터리나 홀로그램 기술 같은 경우에는 G&P의 부품을 쓰면 되었다. 그러나 이건 다른 게임사들이 어떻게 할 수가 없었다.

'뭐…….'

세계 평화를 위한 일이니 어쩔 수 없었다.

매년 국내에서 열리는 게임 행사가 있었다. 부산에서 열리는 Z-STAR였는데, 운영 악화로 올해는 계획이 불투명했다. 그러나 G&P에서 갑자기 대대적인 투자를 하며 운영권을 사들였다.

진우가 소유한 회사 중에 거대한 게임회사가 있었는데, 그 게임회사도 아닌 G&P가 뜬금없이 Z-STAR를 사들인 것이다. G&P의 강력한 요구로 올해부터 Z-STAR의 이름도 J-STAR로 바뀌게 되었다.

G&P가 거액을 투자하여 엄청난 규모로 게임행사를 진행하니 세계의 게임 회사들이 대부분 참여하게 되었다. 이런 행보에 대해서 해외 게임 전문 기자나 미튜버들이 온갖 추측을 내놓았다.

'G&P 인피니티 테크놀러지를 적용한 콘솔 게임기기가 나올 것이다.'

'차세대 콘솔 게임기?'

'홀로그램 디스플레이를 적용한 게임 출시? 기존 VR, AR를 대체할 수 있나?'

대부분 일반 상식 범위 내의 이야기였다. 행사가 시작되고 많은 게임사가 다양한 게임을 선보였다. 특히 VR 게임이 인기였는데, 콘솔 게임회사들이 대규모 부스를 확보하여 앞다투어 VR기기를 설명했다. 발표 시간도 가장 많이 배정받았다. 오히려 G&P는 배정된 시간이 30분 남짓해서 기대감이 많이 떨어졌다.

초고화질의 높은 프레임을 지원하는 Mony의 Psbox5 VR은 전 세계 게임 팬들의 구매 욕구를 자극했다.

[예쁜 여자친구, 멋진 남자친구와 데이트를 즐길 수 있습니다. '우리집 데이트!' 환상적인 연인과 달콤한 날들을 즐겨보세요!]

그래픽은 환상적이었다. 4K 화질을 지원해서인지 현실감이 넘쳤다. 많은 시간 동안 이어진 시연에서는 많은 게이머의 박수를 받았고, 인터넷을 통해 보고 있는 게이머들의 찬사를 모두 가져갔다. 체험 부스도 만원이었다. 체험한 이들은 모두 혁신이라고 치켜세웠다. 초대를 받은 유명 미튜버들과 게이머들도 엄지손가락을 치켜들었다. 모든 관심사를 Mony가 쓸어갔고, 성공이 확실시되는 듯했다.

마지막 날, 단 5분만 발표를 한 G&P가 아니었다면 말이다.

배정된 30분을 다 쓰지도 않았다. 그리고 발표자가 나오지도 않았다. 그냥 짧은 영상이었다. 뉴월드 로그인 디바이스가 화면에 떠올랐다.

'은색 선글라스? 저게 뭐지?'

'VR기기인가?'

모두가 그렇게 생각했다. 평범한 남자 하나가 뉴월드 디바이스를 쓰며 침대에 누웠다. 화면이 어디론가 빨려 들어가더니, 어두운 공간에서 무기를 들고 있는 남자를 비추었다.

[완전몰입형 가상현실게임.]

장내가 술렁였다. 당연했다. 완전몰입형 가상현실게임이 개발되었다는 소식은 들은 적도 없어서였다. 아무리 G&P라도 믿기 힘든 글귀였다. 다시 검은 화면으로 바뀌더니 G&P의 로고가 떠올랐다.

[2월 25일 클로즈베타 테스터 모집.]

[3월 14일 정식 오픈 예정!]

그야말로 미친 소식이었다. 저러한 기술이 아무런 전조 없이 떡하니 나오더니 며칠 뒤에 클로즈베타가 실시된다고 한다. 그리고 얼마 후 바로 정식 오픈이었다. 바로 공식 홈페이지 주소에 클로즈베타 신청란이 떠올랐다.

유명 게임 전문 방송인이자 미튜버인 '식용잼'은 말도 안 된다는 내용의 영상을 올렸다.

[제목: G&P의 발표는 노이즈 마케팅이다.]

[조회 수 1,203,602]

[안녕하세요? 잼식입니다!

얼마 전 Z-STAR, 아니 이제 J-STAR이지요? 아무튼, 엄청난 화제를 몰고 온 발표가 있었는데요! G&P가 무려 가상현실 게임을 만들었다고 합니다.

하하하!

크게 웃고 가겠습니다. 말이 됩니까? 아니, VR도 아니고 완전몰입형 가상현실? 소설 쓰십니까? 아시다시피 가상현실은 많은 테스트를 거쳐야 합니다. 갑자기 뚝딱 하고 나올 만한 게 아닙니다! 그냥 G&P가 이번 행사를 통해 노이즈 마케팅을 했다고밖에 생각할 수 없습니다.

G&P 반성하세요! 만약 가상현실이 진짜 나온다면 미튜브 계정을 폭파하고 G&P 본사 앞에서 만 번 절하겠습니다.

저는 자신 있습니다. 저를 만만히 보지 마십시오!

이상 잼식 TV이었습니다!]

[댓글 3,832]

-생g: 나도 같은 생각임. 말이 됨?

-푸를: G&P이라서 또 모름.

└sub2351: 개소리 그만.

-흐암: 저건 ㅋㅋㅋ누가 봐도 어그로지.

-콘솔맨: 웃고갑니다. Psbox5 VR 한정판 사전예약했습니다.

ㄴ근근: 저도 했습니다. 우리가 승리자인 듯.

ㄴ히안트: 부자시네.

-팩폭러: 저런 선글라스 쓰고 가상현실로 접속? 사기를 치려면 제대로…….

부정적인 리뷰가 대부분이었다. 따로 마케팅할 필요가 없었다. 당연히 클로즈베타 신청자 수는 엄청났다. 노이즈 마케팅이라면 성공했다는 분석이 있었다. 대국민 사기극이라고까지 말하는 이들도 있었는데 G&P는 아무런 입장 발표도 하지 않았다.

2월 25일이 되자 홈페이지를 통해 일정이 발표되었다. 가상현실 접속기기도 구체적으로 소개가 되었다.

뉴월드 로그인 디바이스. 가격 329,500원.

가격도 저렴한 편이었다. Psbox5 VR의 절반이었다. 그러니 더욱 믿기지 않았다. 클로즈베타 테스터의 테스트 영상이 올라올 때까지만 해도 말이다.

클로즈베타 당첨자 1만 명에게 모두 뉴월드 디바이스가 지급되었다. 그중에는 잼식 TV의 잼식도 있었다.

진우는 특별히 그를 지목했다.

잼식은 인터넷 게임방송계의 원로였다. 미궁에 밀려 2위가 되기는 했지만, 평균 2만 명가량이 그의 방송을 시청했다.

잼식은 어이가 없었다. 클로즈베타 당첨이 되었다는 소식을 받고, G&P에서 직접 뉴월드 디바이스를 배송해 주었다.

클로즈베타 방송 허가까지 해주었고, 방송 플랫폼과의 연동 세팅도 미리 해두었다고 한다. G&P에서는 그에게 특별히 클로즈베타 서버 오픈 두 시간 전에 즐길 수 있도록 배려해 주었다.

지금 바로 방송을 할 수 있었다. 채팅창도 폭발하고 있었다. 어디서 소식을 듣고 왔는지 10만 명이 지켜보고 있었다.

대국민 사기극인가! 게임 역사상 최고의 혁명인가!

"님들, 이거 진짜일까요?"

캠 화면에 안경 형태의 뉴월드 디바이스가 비추었다. 방송 연동이 되어 안경테 부분이 푸른빛으로 일렁였다. 굉장히 고급스러워 보였다. 채팅창에서는 빨리 써서 접속해 보라고 아우성이었다. 고개를 갸웃하던 잼식이 뉴월드 디바이스를 쓰는 순간이었다.

"어억!?"

눈앞에 소용돌이가 보이는가 싶더니 그대로 빨려 들어갔다. 잼식은 자신의 몸을 내려다보았다. 몸은 하얀빛에 둘러싸여 있었다. 하얀빛으로 이루어진 손가락을 멍하니 바라보았다. 그의 의지대로 자유롭게 움직였다.

그가 당황하는 순간이었다.

빛이 가득한 세상이 펼쳐졌다. 아름다운 신전과 구름이 보였고, 하늘 위에는 무지개가 펼쳐져 있었다.

잼식은 그 어떤 말도 할 수 없었다.

VR 따위가 아니었다. 현실이었다.

그의 앞에 빛에 둘러싸여 있는 소녀가 있었다. 날개가 달린 소녀였는데, 천사로 보였다.

"어서 오세요. 용사님!"

[어, 어어?]

"저는 당신의 적응을 도와드릴 루리엘이라고 합니다."

[미, 미친! 이, 이거 진짜야?]

채팅창도 옆에 보였다.

-트백수: ??? 미친.

-엠엠: 헐, 화면으로는 3인칭으로 보임.

-초콜렛맛잇쪙: 말도 안 돼. 진짜야?

-초코쿠키칩: 님들 마우스로 화면 끌면 자유롭게 돌아감. 미쳤넼ㅋㅋ

잼식이 당황했다. 게임이라고는 도저히 생각할 수 없었다.

"올바른 단어를 사용해 주세요."

[죄, 죄송합니다! 다, 당황해서……]

"괜찮아요. 성함을 알 수 있을까요?"

[재, 잼식입니다.]

"신기한 이름이네요. 그럼 용사님께서 사용하실 몸을 생성하겠습니다!"

잼식의 앞에 평범한 남자의 몸이 떠올랐다. 사람 같았다.

[커, 커스터마이징?!]

"변형하고 싶으신 부분을 생각해 주세요."

[아……. 네.]

잼식의 생각대로 몸이 변형되었다. 생각대로 변형되니 너무나 신기했다. 바로 적응할 수 있었다. 8등신 체구의 조각 같은 얼굴을 원했는데, 어느 기점에서 변형되지 않았다.

"그 이상은 차원 금화를 내셔야 해요."

[차, 차원 금화요?]

"차원 금화를 신성력으로 바꾸어 용사님의 신체를 변형해 드릴 수 있어요. 죄송해요. 제가 부족해서……."

[아, 아니에요!]

아름다운 천사가 거의 울 것처럼 보이자 잼식이 빠르게 대답했다.

옆에 창이 떠올랐다. 1 차원 금화 = 10,000원.

자유로운 커스터마이징 가격은 2차원 금화, 2만 원이었다. 클로즈베타이지만 돈을 받았다. 하지만 아깝다는 생각은 전혀 들지 않았다! 일단 접속을 해제하고 빠르게 신용카드 등록을 했다. 채팅창도 빨리 접속하라고 난리였다.

-트롤킹: 루리엘 개예쁘다.

-마지텐시: 빛이 난다. 진짜 천사…….

-도룡뇽: 이거 진짜 가상현실이네.

-gsdd_2312: 오늘부터 G&P 찬양한다.

-하악하악: 화면 확대도 됨. 루리엘 더 자세히 볼 수 있음.

다시 접속하니 루리엘이 환하게 웃으며 그를 맞이했다.

3만 원을 결제하자 금화 세 개가 떠올랐다.

[차원 금화 하나는 서, 선물입니다.]

"와! 감사해요!"

루리엘이 굉장히 기뻐하자.

-아재아님: 잼식아. 더 줘라! [10만 원 후원!]

-망겜판독기: 진짜 살아 있는 것 같네. [1만 원 후원!]

-미연시마스터: 호감도 시스템도 있나봄. [5천 원 후원!]

잼식에게 후원금이 엄청나게 터졌다.

[더 드리겠습니다!]

"고마워요! 잼식님!"

[이것도…….]

"우와!"

루리엘의 리액션은 혜자였다!

잼식은 차원 금화를 마구 선물하기 시작했다. 게임을 시작하지도 않았는데, 아주 많은 과금을 하고 말았다. 평소라면 아까워했겠지만, 지금은 그런 생각이 전혀 들지 않았다.

루리엘의 미소는 그깟 돈보다 훨씬 가치가 있었다!

과금 덕분에 제법 괜찮은 얼굴로 커스터마이징이 되었다.

-초롯: 얼굴세탁 봐랔ㅋㅋ

-잼식아배고파: 개잘생겼네.

-Cell0: 완전 사기꾼이구만.

-란라: 속지마세요! 잼시기 못생겼어요!

잼식의 본래 얼굴과는 완전히 달랐다. 물론, 후원이 엄청나게 터져서 훨씬 이득이었다. 시청자 수는 40만 명을 돌파하고 계속 더 늘어나고 있었다. 여러 포털 사이트 실시간 검색어도 당연히 1위였다. 한국뿐만 아니라 외국에서도 몰려왔다. 해외에서도 난리였다.

"이대로 괜찮나요?"

[네!]

루리엘이 웃으며 손을 휘저었다. 그러자 잼식의 몸이 커스터마이징 된 몸으로 빨려 들어가기 시작했다.

"오, 오오!"

잼식의 입에서 감탄이 절로 나왔다. 몸을 의지대로 자유롭게 움직일 수 있었다. 현실과 다를 바 없었다.

루리엘은 기도하듯 두 손을 모으며 잼식을 바라보았다.

너무나 성스러운 모습이었다.

"그 육체는 아바타……. 어둠을 물리칠 힘이 깃들어 있습니다."

"그, 그렇군요!"

"주의하세요. 만약 목숨을 잃으시게 되면 용사님의 영혼은 문제없지만……. 소지하고 계신 아이템은 물론, 아바타도 잃게 됩니다. 아바타를 다시 생성하는 데에는……. 차원 금화가 들어요. 주의하세요."

잼식은 당황했지만, 고개를 끄덕였다. 목숨을 잃게 되면 아바타가 사라지고 초기화된다고 한다. 한번 죽으면 처음부터 다시 시작해야 하는 게임이었다. 이런 종류의 게임은 많았지만, 가상현실게임은 당연히 처음이었다.

"혀, 현실 같아 좋네요."

루리엘의 지시대로 몸을 움직이며 적응 훈련을 끝냈다. 전혀 이질감이 없는 몸에 잼식은 감탄했다. 지켜보고 있는 수많은 시청자도 마찬가지였다.

루리엘이 슬픈 어조로 세상에 닥친 위기를 설명해 주었다. 거대한 미궁을 정복하지 않으면 세상이 멸망한다는 내용이었다. 미궁을 오르는 이들을 용사, 또는 등반자라 불렀다.

"그럼, 잼식 용사님. 이동시켜 드리겠습니다."

"네!"

"부디 미궁을 돌파하여 어둠으로부터 세상을 구해주세요."

가상현실이니 당연히 몰입이 대단했다. 잼식은 결연한 표정으로 고개를 끄덕였다. 루리엘이 손짓하자 그의 뒤에 포탈이 열리더니 빨려 들어갔다.

"으악!"

약간 멀미가 났다. 눈을 뜨자 거대한 공간이 보였다. 마치 게임에서 보는 던전 안과 같은 분위기였다. 중간마다 조명이 있어 그렇게 어둡지 않았다.

"와, 냄새, 습기……. 다 느껴집니다. 이건 게임이 아니라 그냥 현실인데요? 촉감도……."

통각이 크게 줄어들 거라고 루리엘이 말해주었다. 그 외에 다른 감각은 전혀 문제가 없었다.

"어디로 가야 할까요?"

일단 직진을 했다. 걸으면 걸을수록 주변이 어두워졌다. 온몸이 오싹했다. 앞쪽에서 기척이 느껴졌다. NPC일 수도 있으니 일단 다가가 보았다.

달그닥! 달그닥!

"으아아악!"

낡은 검을 들고 있는 해골이 다가왔다. 붉은 안광을 빛내며 천천히 그에게 걸어오기 시작했다. 숫자가 상당했다. 도망치려고 하니 뒤에서도 나타났다.

-말랑카우만세: 개살벌하네.

-쏜박: 비주얼봐 미쳤음ㅋㅋ 개무섭다.

-AeaA: 잼식아, 무기 같은 건 없냐?

"니, 님들 저 어떡합니까?"

잼식이 겁에 질려 부들부들 떨면서 옆에 떠올라있는 채팅창을 바라보았다. 채팅창에는 당연히 'ㅋㅋㅋ' 도배였다.

-고였따리: 모르면 뒤져야지ㅋㅋ 근데 나도 모름.

일반 게임에서는 모르면 죽는 게 맞다. 그러나 죽으면 진짜 죽을 것 같았다. 가상현실임을 인지하고 있음에도 그렇게 느껴졌다. 무슨 게임이 튜토리얼도 없단 말인가!

"으, 으아아아!"

비명을 지르며 달려들었다. 해골이 무기를 천천히 휘둘렀는데, 잼식은 주먹을 마구잡이로 내질렀다.

퍼석!

해골에 금이 가기 시작하더니 해골 하나가 부서져 내렸다. 잼식은 멍하니 자신의 주먹을 바라보았다.

"님들 저 사실 강한 듯."

잼식은 자신감이 붙었다. 해골이 휘두른 검을 맞기는 했는데, 그렇게 아프지는 않았다. 조금 심하게 저린 느낌만 들 뿐이었다. 붉은 피가 흘렀다. 그러나 다행히도 갈라진 상처 속은 진흙을 보는 것 같았다.

"후우!"

엉망진창이 되었지만, 해골을 전부 물리칠 수 있었다.

-하a: 이야, 잼식이 싸움 잘하네 ㅋㅋㅋ

-루나님이보고계셔: ㅋㅋ대박. 저걸 이기네.

-독식자: 파밍해라. 잼식아!

"가상현실에서 파밍을 할 줄이야……."

잼식이 중얼거리면서 낡은 검을 챙겼다.

"오! 이것 보세요. 보석인가? 금방 부자 될 것 같은데요?"

해골은 상당히 비싸 보이는 보석을 떨구었다. 잼식은 하나도 빠짐없이 다 챙겼다. 해골이 가지고 있던 주머니에 보석을 넣었다. 검을 드니 제법 전사 같은 느낌이 났다.

-실전왕: 잼식아 그렇게 검 휘두르면 손 다쳐.

-고수임: 막 휘두르지 마세요.

-루트맨: 파밍 제대로좀.

"아, 님들. 훈수 두지 마세요. 이거 직접 해보세요. 현실이랑 똑같습니다."

각고의 노력 끝에 간신히 해골을 무찌르며 커다란 방까지 도달했다.

-고수임: 뒤, 뒤!

-루나몬: 잼식아! 뒤다!

-미궁조아: 뒤를 봐!

-엘리젤: 뒤뒤뒤뒤뒤.

"아, 훈수 두지……."

뒤를 본 순간 잼식의 몸이 굳었다. 키가 3m는 될 것 같은 해골이 천천히 몸을 일으켰기 때문이다. 해골이 거대한 철퇴를 들었다. 피하려고 했지만, 철퇴가 훨씬 빨랐다.

"아……."

푹찍!

아바타가 그대로 박살이 났다. 그동안 모았던 보석들도 모두 사라졌다.

-빤스러운: YOU DIE!

-와론: 유다희ㅋㅋㅋ

-잇츨: 보스인가?

잼식의 의지가 아바타를 떠나 다시 루리엘 앞에 나타났다. 잼식은 허탈함에 자리에 풀썩 주저앉았다. 도저히 이길 수 있을 것 같지가 않았다.

"다시 오셨군요."

루리엘이 잼식의 앞으로 다가와 같이 쭈그려 앉았다. 그의 등을 토닥토닥 두드리며 위로해 주었다.

-마지텐시: 와, 루리엘 진짜 천사야. [40,000원 후원]

-짜응: 착한거 봐.

-게스트1: 정화된다.

-구경잼: 잼식아, 그냥 여기 있자.

"걱정하지 마세요. 다시 도전할 수 있어요. 어둠을 몰아낼 분은 잼식 님밖에 없습니다. 부디 세계의 평화를 위해 다시 도전해 주세요. 부탁드려요."

잼식은 자리에서 일어났다. 도전 욕구가 꿈틀거렸다. 그동안 그는 깨지 못한 게임이 없었다. 다시 커스터마이징을 했다. 루리엘이 기억하고 있어 전과 똑같은 아바타를 생성할 수 있었다. 물론, 차원 금화를 소모해야 했다.

다시 던전에 도착했다.

"꺄아아악!"

"으아악! 미친!"

"해, 해골!"

이번에는 혼자가 아니었다. 이제 막 접속한 클로즈베타 테스터들이 보였다. 해골에게 죽는 이들도 상당히 많았다. 부활한 잼식이 몰려오는 해골을 향해 달려들었다. 이미 해골의 공략법을 파악하고 있었다. 그는 뉴비 중에서도 고인물이었다.

-나도할래: 다른 테스터들도 접속했나 보네.

-영웅잼식: 캬! 잼식이 멋지다!

-엘짜응: 나라도 반하겠넼ㅋㅋ [10,000원 후원]

-미모포텐: 벌써 고인거 보소ㅋ

"공격이 느리니 충분히 이길 수 있습니다. 주먹으로 금이 간 부분을 때리세요! 이렇게!"

잼식이 시범을 보이자 다른 테스터들도 따라 했다. 아바타 기본 육체 능력이 상당해서 침착하게 상대하니 어렵지 않게 잡을 수 있었다. 초반에 나타나는 해골을 물리치자, 테스터들은 서로 끌어안으며 기뻐했다. 눈물을 흘리는 테스터도 있었다.

"전 여섯 번 죽었어요. 루르엘을 볼 면목이 없네요."

"저는 가르엘이었어요. 귀여웠는데……. 그냥 또 보러 갈까."

"진짜 G&P 미쳤네요. 외계인 고문한 거 아니에요?"

"아! 잼식 님 아니세요? 방송 보다가 접속했어요!"

잼식은 자연스럽게 테스터들을 이끌게 되었다. 잼식이 도착했던 방까지 도달한 테스터가 하나도 없었기 때문이다.

-안농몬: 대장 잼식이!

-캐리머신: 잼식이가 캐리한다! 가즈아!

-부장님죽어: 와, 그냥 게임만해도 영화네. 개꿀잼. [12,000원 후원!]

잼식뿐만 아니라 시청자들의 몰입도도 굉장했다. 그냥 이 자체가 영화였다.

테스트들은 힘겹게 파밍을 하면서 큰방으로 이동했다. 반나절이 꼬박 걸렸다. 그러나 누구도 로그아웃하지 않았다. 해골의 뚝배기를 깨는 맛에 중독되어 벗어날 수가 없었다.

파밍을 제법 해서 모두 저마다 각자에게 맞는 무기를 들고 있었다. 창과 활, 방패 등 다양했다. 조잡한 무기였지만 꽤 그럴듯해 보였다. 냄새가 나는 갑옷도 챙겨입었다.

"여기에 보스가 있습니다."

잼식이 그렇게 말하자 테스터들은 긴장한 표정이 되었다.

-초코쿠키칩: 잼식이 멋지다!

-캐리머신: 이 정도 인원이면 보스 처리 가능할 듯.

-짜응: 포스가 장난 아니던데.

잼식이 먼저 문을 열고 들어갔다. 테스터들도 모두 들어오자 구석에 있던 거대한 해골이 몸을 일으켰다. 붉은 안광이 뿜어져 나왔고 검은 누더기를 걸치고 있었는데, 거대한 낫까지 들고 있어 마치 사신처럼 보였다. 모두 다 일반인이었고, 초보였다. 전략 같은 게 있을 리 없었다.

"으아아아!"

"죽어라!"

"흐하!"

패턴 같은 건 없었다. 진짜 살아 움직이는 몬스터를 보는 것 같았다. 그러나 쪽수에는 장사가 없었다. 모두 돌격해서 미친 듯이 무기를 휘두르니 결국 해골이 무너져 내렸다.

"이, 이겼다!"

많은 인원이 죽었다.

"초코뻥 님이……. 날 지키려다가……."

"흐윽……."

테스터들은 슬픔에 잠겼다. 부활할 걸 알면서도 슬픔이 몰려왔다.

-초롯: 잡았다! 나 울었음. [100,000원 후원!]

-장하다잼식: 왜 이렇게 감동적이야.

-실드러: 초코뻥님은 죽었나요? 헐…….

-내일군대감: 그래, 산 사람은 살아야지……. [3,000원 후원]

그러나 곧 슬픔은 사라졌다. 클리어했다는 기쁨이 차올랐기 때문이다. 잼식은 주변을 둘러보았다.

"1스테이지 깬 건가?"

반나절이 훨씬 지났는데 이제 겨우 1스테이지를 돌파한 거면 엄청난 볼륨이라고 할 수 있었다. 그렇게 잼식이 생각에 빠져 있을 때였다.

-내일제대함: 미친!

-안농몬: 이게 뭐야.

-식전주: 헐. 보스 몹이 아니었어.

사방에서 방금 없앤 해골과 똑같은 해골들이 모습을 드러냈다. 보스 몹이 아니었다.

"이, 일반 몹?"

잼식과 테스터들은 바로 전멸했다.

전멸 이후, 잼식과 테스터들은 아예 게임 안에서 살았다. 밥을 먹을 때나 시간을 맞춰 잠깐 로그아웃할 뿐이었다. 몬스터가 있을 때 로그아웃을 하면 바로 죽었고, 몬스터가 없는 곳에서 해야 했다.

그래야 루리엘과 같은 담당 천족이 아바타를 보관할 수 있다고 한다. 굉장히 현실적인 설정이었다.

루리엘이 있는 곳은 일종의 캐릭터 선택창이라고 보면 된다. 수십 번의 도전 끝에 마지막 방을 통과할 수 있었다. 이제 무기를 사용하는 방법이 몸에 익었다. 바닥을 구르는 회피법도 스스로 깨우쳤다.

잼식과 테스터들의 외형은 달라져 있었다. 무기와 갑옷이 육체에 딱 맞았다. 수십 번 죽다 보니 캐릭터를 꾸미기보다는 전투에 적합한 체형으로 바꾸었다. 어설픈 티가 많이 사라진 상태였다. 거대한 해골보다 훨씬 큰 해골을 간신히 없애고 나자 어딘가로 향하는 포탈이 열렸다.

"드, 드디어……."

잼식과 테스터들은 드디어 1스테이지를 깼다고 생각했다. 시청자 숫자는 90만을 돌파했다.

-얌얌미: 와, 나도 계속 보는 중. 드디어 1탄 깬 건가?

-부장님죽어: 연차 내고 보는 중인데, 개꿀잼이네.

-백수종결자: 진짜 하고 싶어 미치겠다. 물량 없다던데.

-톡좀요: 잼식이 월드 스타됐음ㅋㅋ CNS뉴스에 떴어!

언론에서는 모두 가상현실게임 이야기뿐이었다. 잼식은 미국 뉴스에까지 떴다.

'리더 잼식, 해골을 격파하다.'

'잼식과 전사들.'

'잼식의 위대한 도전.'

그러한 제목의 기사였다. 클로즈베타 테스터 1만 명 중에 방송을 하는 이들도 꽤 있었는데, 잼식이 가장 빠르게 1스테이지를 돌파해서 그런지 그에게 모든 관심이 집중되고 있었다. 일주일 만에 얻은 값진 결실이었다.

잼식은 오열했고, 테스터들도 흐느꼈다.

"크흑! 2스테이지 가즈아!!"

"우아아아!"

"가즈아!"

잼식이 검을 올리며 소리치자 테스터들이 환호했다.

잼식과 테스터들이 포탈로 진격했다.

"응?"

잼식의 눈앞에 보이는 것은 거대한 공간이었다. 그 공간에 여러 건물이 있었다. 마을이었다.

[태초의 마을]

조작법을 숙지하셨습니다.

기초 튜토리얼을 시작하겠습니다.

그런 팻말이 붙어 있었다. 잼식과 테스터들은 멍하니 그 팻말을 바라보았다. 일주일 동안 한 여정은 1스테이지가 아니었다. 조작법을 익히는 것에 불과했다.

"아……."

튜토리얼은 이제 시작이었다.

-뭐임: ???

-초코쿠키칩: 와, 미친 게임 볼륨 왜 이럼?

-요맨: 튜토리얼도 아니었엌ㅋㅋ

-실드러: 이거 미친 겜 아냐?

-liea2421: 개꿀잼ㅋㅋ

-크레도: 개고생했는데, 사실 시작도 안 했던거임ㅋㅋ

그들은 튜토리얼이 진행되는 태초의 마을에 도착했다.

세계의 모든 게임회사뿐만 아니라 세계 전체가 충격에 휩싸였다. 노이즈마케팅으로 치부했던 일이 진짜 현실이 되어 나타났기 때문이다.

Psbox5 VR은 대규모 환불 사태를 겪게 되었다. 콘솔기기는 Psbox5 독점이나 마찬가지라 가격이 미친 듯이 비쌌다. 배짱 장사를 해왔는데, 엄청난 타격을 받게 되었다.

세계 모든 게이머가 G&P를 찬양하기 시작했고, 클로즈베타 테스터들을 주목했다. 방송을 허락한 것은 아주 좋은 수였다.

"진행 상황은?"

"잼식 쪽 테스터들이 기본 조작법을 70% 정도 완료했습니다."

유나의 말에 진우는 고개를 끄덕였다. 생각보다 빠른 속도였다. 기본 조작법을 익히는 곳은 미궁의 최하층도 아니었다. 말 그대로 기본 조작을 알려주는 곳이었다.

처음에 나타나는 몬스터는 랭크가 없었고, 정에 몬스터라고 해봤자 -F등급이었다. 그러나 모두 일반인이니만큼, 움직임에 어느 정도 익숙해지지 않으면 -F랭크의 몬스터라고 해도 클리어할 수 없었다.

태초의 마을이라 이름 붙인 이곳에 와야 진짜 튜토리얼이 시작되었다. 많은 인원을 감당할 수 있도록, 미궁 최하층에 있는 안전 지역에 여러 개의 태초의 마을을 만들었다. 각각 컨셉을 다르게 해서 어색하지 않게 했다.

미궁이 워낙 커서 1만 명쯤은 아예 보이지도 않았다.

진우는 규모가 제일 큰 마을을 둘러보는 중이었다.

허영이 모두를 모아놓고 연기 지도를 했다.

“어서 오세요. 등반자여. 어서오…….”

“조금 더 우울하게!”

“아, 알겠습니다!”

마을에 배치된 배역들이 대본을 보며 연기 연습에 한창이었다. 아바타를 생성하는 역할을 맡은 천족들도 피나는 훈련을 겪고 배치가 된 상황이었다.

‘천계가 건강해졌군.’

테스터들에게 받은 차원 금화로 신성력을 만들어내니 천계에는 활력이 생겼다. 차원 금화가 신성력이 되었다. 신성력의 근원이었던 여신 루나에서 차원 금화를 벌 수 있게 만들어준 진우에게 신앙심이 옮겨지고 있었다. 그만큼 차원 금화가 만들어내는 신성력의 양은 많았다.

루나는 현재 최종 점검에 열중이었다.

“데구르론 님! 너무 성공률이 높아요.”

“크, 크흠……. 이, 일부러 그렇게 많이 실패하는 건 조금…….”

"평화를 위해서예요."

"그렇기는 하지요."

"다시 해보죠!"

루나가 망치를 잡고 있는 데구르론을 바라보며 말했다.

데구르론과 드워프는 태초의 마을, 그리고 향후 추가될 다른 마을에서 무기를 만들어주거나 강화해 주는 역할을 맡았다. 워낙 실력이 좋아 성공률이 지나치게 높은 것이 문제였다. 데구르론은 어색하게 망치를 잡고는 검을 두드렸다.

"아, 아이쿠! 소, 손이 미끄러졌네! 이런! 장비가 손상되고 마, 말았소!"

굉장히 어색했다.

루나는 잠시 데구르론을 바라보다가 고개를 저었다.

"허영 님에게 연기 지도를 받는 게 좋을 것 같아요."

"다, 다시 해보겠습니다. 한 번만 기회를!"

데구르론이 거의 빌다시피 했다. 하지만 루나는 냉정했다. 책임감과 사명감이 그녀를 강하게 만들었다.

'모습은 변하지 않았지만…….'

마치 다크 루나 같았다.

진우는 상점에 가보았다. 차원 금화나 미궁의 몬스터가 떨구는 아이템으로 물건을 구매할 수 있도록 했다. 재화는 중간계의 신성제국에서 발행하는 화폐였는데, 코인이라고 부르고 있었다. 차원 금화는 캐시라고 보면 되었다.

코인과 금화. 미궁에서 쓸 수 있는 화폐는 둘 뿐이었다. 향후 플레이어들에게 구매한 아이템은 중간계나 다른 차원에서 매물로 올라갈 예정이었다.

상점에 들어가니 마족이 싱긋 웃으면서 두 팔을 벌렸다.

"어서 오세요. 등반자여. 좋은 무기가 준비되어 있습니다. 골라보시길."

"연기가 괜찮은데?"

서큐버스 일족이었다. 진우가 칭찬하자 얼굴을 붉히며 굉장히 좋아했다.

"가, 감사합니다! 열심히 연습했습니다."

진우는 진열된 무기를 살펴보았다.

코인으로 살 수 있는 건 랭크가 낮은 것들이었다. 금화로 구매할 수 있는 것은 코인으로 살 수 있는 것보다 랭크가 조금 더 높았다.

"이건?"

"아, 그건 루나 님께서 제안하신 랜덤 박스입니다."

"랜덤 박스…?"

"네! 일반 코인으로 구매할 수 있는데, 아주 낮은 확률이기는 하지만 차원 금화로 살 수 있는 아이템이 나옵니다. 인간의 마음을 유혹하는 아주 사악한 박스입니다!"

"아……."

"천계의 여신이 타락하고 나니 그야말로 악마가 되었습니다! 역시 군주님이십니다."

지금의 루나는 다크 루나가 맞았다. 살펴보니 좋은 아이템이 나올 확률이 상당히 낮았다. 이렇게 회수한 차원 금화와 코인은 취약한 플레이어 지원, NPC연기자의 월급, 각 차원의 부흥, 그리고 여러 거대한 시설물을 관리하는 데 쓰일 예정이었다. 자체적으로 돌아가는 경제 시스템을 만들기 위함이기도 했다. 루나와 총지배인, 그리고 여러 대표들이 상의한 결과였다.

상점 밖으로 나오니 루나가 빠르게 돌아다니면서 모든 곳을 테스트하고 있는 게 보였다. 총지배인이 옆에서 도와주니 완벽하게 준비되지 않았으면 그냥 넘어가지 않았다. 전투 기술과 마법 같은 것을 알려주는 곳도 있었다. 갈록이 전투 기술 훈련 교관이었고, 다른 종족들도 곳곳에 배치되어 있었다. 그리고 마을과 같은 안전지대에서 자신의 능력치를 확인할 수 있었다. 김세연이 구현한 기능이었다.

'급하게 준비한 것치고는 그럴듯하군.'

진우는 마을 한쪽 구석에 있는 곳으로 다가갔다. 마력을 불어넣자 벽이 열리며 지하로 연결된 곳이 나타났다. 미궁 최하층의 중앙통제실이었다.

"대표님!"

김세연이 진우를 반갑게 맞이했다. 세연은 아주 복잡한 기계와 아티팩트를 조작하고 있었다. 정보의 마안으로 살펴봐도 뭐가 뭔지 이해가 되지 않을 정도였다.

진우는 세연의 간곡한 부탁으로 편하게 하대하게 되었다.

"퀘스트 시스템을 구축했어요."

"퀘스트?"

"네, 그 구슬과 아바타를 연계해서 지시를 내릴 수 있는 시스템이에요. 자동으로 퀘스트를 부여할 수 있고, 원하시는 대로 보상을 지급할 수 있어요. 홀로그램 시스템과 아바타 설정을 결합해서……."

들어도 잘 이해가 되지 않았다.

"잘은 모르겠지만 대단한데?"

"아, 아니에요. 구슬 덕분이에요. 앞으로 여러 가지를 만들어낼 수 있을 것 같아요."

진우는 고개를 끄덕였다. 타락의 군주가 남긴 구슬, 황금 구슬을 통해 경험치를 하사할 수도 있다고 한다.

루나가 여러 가지 퀘스트를 작성해 세연에게 건네주었다고 한다. 조건이 맞으면 발동되는 자동 퀘스트였다.

"시험해 보실래요?"

"그럴까?"

진우는 태초의 마을에 도착하여 튜토리얼을 끝마치게 되면 퀘스트가 뜰 수 있게 설정했다.

[F]미궁 최하층 중간보스를 잡아보자!

드디어 미궁을 등반할 준비가 되었다.

최하층 던전에 있는 중간 보스를 가장 빨리 잡아보도록 하자. 가장 처음 클리어한 파티에게 각각 보상이 지급된다.

보상: 경험치, 3,000G(차원 금화), 10,000C(일반 코인).

기간: 제한 없음.

이 정도면 그럭저럭 의욕을 가질 수 있지 않을까?

진우는 그렇게 생각했다. 주기적으로 이렇게 퀘스트를 주는 것도 괜찮을 것 같았다.

톡!

톡이 왔다. 미궁은 황금의 성소에 있었기 때문에 어디서든 와이파이가 터졌다. 진우는 휴대폰을 꺼내 확인해 보았다.

-할아버지: 남는 거 있느냐.

-나: 없는데요?

-할아버지: 고얀 놈.

-나: ㅋㅋ하나 드릴게요.

할아버지의 사람이 G&P로 달려와 뉴월드 로그인 디바이스를 받아갔다. 진우는 피식 웃었다.

천계에 이희진 회장이 도착했다. 그는 다른 테스터와 달랐다. 다른 테스터들은 하얀빛이었는데, 그는 태양을 보는 것 같은 광채가 났다. 주변에 무수하게 깔린 차원 금화 때문이었다.

"저기, 이, 이거 정말 받아도 되나요?"

"받거라. 부족하느냐."

"꺄악!"

천족 앞에 또다시 차원 금화가 수북하게 쌓였다. 계속 계속 쏟아져 나왔다. 차원 금화로 인해 천계에 신성력이 폭발했다!

"흠, 괜찮군."

이희진 회장은 자신의 몸을 바라보았다. 자신의 모습과 조금 달랐다. 언제나 가지고 싶었던 긴 흰 수염이 인상적이었다. 검선보다 훨씬 길게 만들었다.

"저, 저기 이걸 드릴게요."

막대한 차원 금화를 그냥 받기가 그랬는지 천족이 하얀 지팡이 하나를 이희진 회장에게 건넸다. 이희진 회장은 지팡이를 살펴보고는 고개를 끄덕였다.

"날개 달린 아이야."

"네?"

"다른 건 없느냐?"

"꺄악!"

더욱 많은 차원 금화가 쏟아져 내렸다.

천족은 결국 로브까지 만들어주었다.

황금의 론달프가 탄생하는 순간이었다.

갑작스럽게 예고도 없이 등장한 게임, '미궁: 뉴월드'. 클로즈베타 테스트 기간은 3주가 안 되는 기간이었다. 그러나 전 세계를 미치게 만들기에는 충분했다. 충분하다 못해 넘쳐흘러 바다가 되었다.

클로즈베타 테스트가 시작되기 전에 사전 예약이 끝났는데, 신청하지 않은 모든 이들이 땅을 치고 후회했다. 첫 물량이 30만 대 정도가 예정되어 있었기 때문이다. 모두 전국에 있는 G&P 인피니티 테크노마트에서 오프라인으로 판매될 예정이었다. 되팔이를 방지하기 위해 1인당 1대만 허용했다.

그리고 전국 각 지역에 오픈 날에 맞춰서 'G&P 뉴월드 게임존'이 오픈될 예정이기도 했다. 특히 관할 지역에 있는 게임존이 가장 컸는데, 건물 앞에 홀로그램 디스플레이가 설치되어 있어 실시간으로 게임 상황을 지켜볼 수 있었다.

"흐음."

오픈 일주일 전. JW 게이트 관할센터 G&P 인피니티 테크노마트 앞. 문 앞부터 길고 긴 대기 줄이 끝도 없이 이어져 있었다. 일주일이나 남았지만, 마트 앞은 가득 찼고, 그 줄은 문화의 거리까지 이어져 있었다. 관할지역 경비원들이 아주 깔끔하게 통제해서 큰 문제는 없었다. 클로즈베타 테스트가 시작된 후부터 만들어진 진풍경이었다. 마트 앞에는 사람들이 대기하기 위해 설치한 텐트가 가득했는데, 제일 첫 줄에 마스크와 선글라스로 중무장한 노인이 있었다.

범접할 수 없는 기운이 넘실거려 노인의 주변은 조용했다.

노인은 스마트폰을 보면서 인상을 찡그렸다.

스마트폰을 쥔 손이 바들바들 떨렸다.

-돈귀신: 파티 했음ㅋ. 해골 뚝배기 부수는 중임. 재밌어 보임?

(이미지 첨부: 나와 파티원.jpg)

-나: ㄴㄴ

-돈귀신: 지팡이 봐라. 빛난다. 치료도 됨.

-나: 노잼.

-돈귀신: 득템함. 반지 나옴. 넌 이런 거 없지? 무식한 놈. 검으로 똥이나 닦아라. ㅋㅋㅋ

"크윽……."

노인은 검선이었다. 돈귀신은 바로 이희진 회장이었다.

검선은 차마 답장을 하지 못했다. 답장을 하면 할수록 패배감이 짙어졌기 때문이다. 예전에는 자신이 놀려먹었는데, 상황이 반전되었다.

특히, 엘라의 소식은 충격 그 자체였다. 엘라가 저 빌어먹을 돈귀신의 손자며느리가 되다니…….

돈귀신: 나 인기 좀 있음.

(이미지 첨부: 나에게_환호하다.jpg)

지팡이를 들고 있는 수염이 긴 마법사가 보였다. 여러 사람이 그에게 박수를 보내고 있었다. 아주 멋들어진 수염이었다. 이희진 회장은 이미 클로즈베타 테스터들 사이에서, 그리고 인터넷상에서 유명인이었다. 테스터들이 커뮤니티에 올린 글들이 있었는데, 이희진 회장, 룬달프는 꼭 언급되었다. 검선에게로 향하는 관심은 시들시들해졌다. 이제 노인 중에서는 룬달프가 대세였다.

[제목: 룬달프 님 개쩔음.]

[내용 : 나 룬달프 님이랑 파티했었음.

튜토리얼 하러 가는 길 있잖아? 지금까지 거기 돌파한 사람 거의 없다고 알고 있음. 잼식이가 뉴스에 나올 정도니ㅋㅋ 기본조작 익히기 개빡셈. 한 열 번 죽고 해골방에서 죽치고 있는데, 룬달프 님이 나타났음. 사신 해골들 바라보다가 지팡이 한 번 휘두르니까 다 터져 버림.

파티하자고 매달리니까 귀찮다면서 해줌.

은근 츤데레임 룬달프 님 파밍도 안 함.

나랑 파티원들이 아이템 줍느라고 지체되니까, 룬달프 님이 줍지 말라고 함. 그러면서 차원 금화를 뿌려줌ㅋㅋ 이러다 부자될 듯ㅋㅋ 개멋있음.]

사람들은 검선의 아름다운 명언보다 룬달프의 자극적이고 파격적인 행보를 더욱 좋아했다.

'내 1초는 네 전 재산보다 값지다.'

'돈으로 굴복시킬 수 없다면 더 큰 돈을 주면 된다.'
'돈이 돈을 부른다고? 내가 돈을 부를 뿐이다.'
'꿇어라. 차원 금화를 주겠다.'

룬달프는 주옥같은 명언을 남겼다. 검선은 굉장히 오랜만에 심마가 올 것 같은 느낌이 들었다. 마음의 평정을 되찾으려 노력했지만 생각할수록 열 받았다. 결국, 가부좌를 틀고 말았다.

그렇게 드디어 발매 날이 되었다.

'흠…….'

검선은 뒤를 바라보았다. 길게 선 줄에서 강렬한 기운들이 느껴졌다. 경비원들이나 분주하게 움직이는 청소부들도 대부분 기사급 이상이었다. 줄을 선 이들 중에서도 느껴졌다.

'역시 내 손녀사위답군.'

검선은 그 빌어먹을 돈귀신이 우리 진우의 반만 닮았으면 좋겠다고 생각했다.

오랜 기다림 끝에 드디어 접속기를 구매할 수 있었다. 검선은 허공답보까지 시전하며 검문최가로 돌아왔다. 인간의 한계에 이른 검선답게 그의 경공술은 그 어떤 자동차보다도 빨랐다. 고속도로 근처에서는 아예 어검비행술까지 사용하며 날아다녔다.

휘이이이! 콰아아아!

검선이 지나가자 나무들이 마구 흔들렸다. 지나가던 마을 사람들이 멀어져 가는 검선을 보고는 익숙한 듯 고개를 끄덕였다. 오늘은 조금 더 급해 보인다고 생각할 뿐이었다.

'돈귀신 놈, 아주 혼쭐을 내주마.'

바로 방에 들어가서 접속을 해보았다.

능력자가 접속하면 기기와의 동화율이 굉장히 높아 위험할 수도 있다는 경고 문구가 나왔다. 능력자는 사용을 자제하는 것이 좋았고, 향후 발생하는 문제에 대해서는 G&P가 책임을 지지 않는다고 한다.

검선은 당연히 동의하고 넘어갔다. 그런 것쯤이야 백 번은 넘게 동의할 수 있었다. 아바타는 약간 젊게, 그리고 수염을 바꾸었다.

어두운 던전에서 눈을 떴다. 맨몸이었다. 그의 오랜 벗이었던 검은 당연히 존재하지 않았다. 육체를 점검해 보니 기는 전혀 느껴지지 않았고 육체는 허약해졌다.

"음?"

사방에서 해골들이 몰려왔다. 상당히 징그러운 모양새였다. 검선은 긴장이 되었다.

'내가 긴장을 한다고?'

머리카락이 쭈뼛 섰다. 순간 소름이 끼쳤다.

"하하."

검선은 웃었다.

얼마 만에 느껴보는 위기감일까? 얼마 만에 느껴보는 긴장감이란 말인가!

손끝을 시작으로 온몸이 떨려왔다. 희열과 전율이 그의 몸을 사로잡고 있었다.

"거, 거기 조, 조심해요!"

"그렇게 멍하니 있으면…!"

주변에 있는 플레이어가 검선을 걱정하며 소리쳤다. 이제 정식 오픈이 시작되었으니, 주변에 사람이 상당히 많았다. 모두 검선이 해골의 먹이가 되리라 생각했다. 그런 플레이어들이 엄청 많았기 때문이다.

그러나 걱정할 필요가 전혀 없었다. 검선이 주먹을 쥐었다. 만류귀종이라 하였다. 검선은 권법에도 조예가 깊었다.

휘익! 쾅!

검선의 주먹이 해골의 뚝배기를 부쉈다. 곧이어 이어진 연격기는 예술의 경지였다. 아바타의 육체 능력이 최대한으로 발휘되고 있었다. 어깨로 해골을 날려 보내고 무릎으로 해골의 골반을 부수었다. 마지막으로 정권이 해골을 후려갈겼다.

해골의 전신이 바스러지며 가루가 되었다.

'좋은 육체로군.'

마음에 들었다. 너무나 마음에 들었다. 사람에게 존재하는 체질이라는 게 없어서 어떤 기운과도 잘 맞았다.

'이 육체라면…!'

내공이 지닌 한계를 극복하는 게 가능할 것 같았다.

"크, 크큭."

그동안 선기를 갈고 닦았던 검선은 누구보다도 마공에 대해 잘 알고 있었다. 부작용이 심한 무공도 상당했다. 많은 무공을 직접 실험해 볼 수 있을 것 같았다.

초기화가 되기는 하지만 죽어도 되살아나는 육체!

이 얼마나 멋진 선물이란 말인가!

"크하하하하!"

검선은 크게 웃었다.

"크크큭! 크흐흐!"

보법을 밟으며 엄청난 기세로 해골들을 부수기 시작했다. 검선이라고는 전혀 생각할 수 없을 정도로 거친 움직임이었다. 난폭하고 잔인했다. 해골의 팔다리를 뜯어버리고, 해골의 팔로 다른 해골의 머리통을 날려 버렸다. 보고만 있어도 아주 시원한 쾌감이 느껴질 정도였다.

"와, 쩐다."

"저게 가능해?"

"근데, 조금 미친 것 같네요."

플레이어들은 감탄했다. 웃으면서 해골을 때려잡는 모습은 섬뜩하기 그지없었다.

"룬달프 게 섰거라!"

고삐가 아주 심하게 풀린 검선이 강림했다. 황금의 룬달프와 쌍벽을 이루는 광마지존이 탄생하는 순간이었다.

그리고…….

"제법 비슷하군요."

"이런 준비를 하시다니……."

"역시 기억을 잃으셨어도 대장님은 대장님인가 봅니다."

다른 뉴비들과는 다르게 여유로운 기색이 가득한 이들이 있었다.

"또다시 회귀한 기분이네요."

"안나, 너무 들뜨지 말도록."

퇴근 시간이 지나자 제임스딘, 그리고 가짜 회귀자들도 모습을 드러냈다. 대장께서는 다가올 종말을 미리 대비하고 계셨다. 가상현실을 통해 미리 연습한다면 혼란을 최소화할 수 있을 것이다. 진우에 대한 존경이 다시금 솟구치고 있었다. 복수기사대가 길고 긴 세월과 회귀를 넘어 미궁에 다시 모습을 드러냈다.

정식 오픈은 대단히 순조로웠다. 모두 완판되었고, 주문이 계속 밀려 공장이 쉬지 않고 계속 가동되고 있었다. 1만 명의 클로즈베타 테스터들 중 튜토리얼이 진행되는 태초의 마을까지 온 이들은 소수였다. 모두 기본조작법을 익혀야 할 첫 던전에서 사투를 벌이다가 정식 오픈을 맞이했다. 정식 오픈을 하고 시간이 지나자 태초의 마을에 도착한 이들이 늘어나기 시작했다.

유나는 세연에게 받은 매출 현황표를 바라보다가 입을 뗐다.

"매출이 계속 오르고 있습니다."

접속 기기로 버는 돈은 그냥 푼돈에 불과했다. 게임 내에 매출이 대단했다. 진우는 딱히 이득을 남길 생각은 없었다. 모두에게 마땅한 보상을 주고, 미궁의 상태를 본래대로 만드는 것이 목표였다. 그런데 돈이 쌓였다.

"벌써? 아직 튜토리얼을 끝낸 이들이 없는데."

"네, 대부분 아바타 생성에서 잡힌 매출입니다. 천계 유지비, 천족들의 보수를 제외하더라도 순이익이 굉장할 것 같습니다."

딱히 과금을 하지 않아도 아바타를 생성할 수 있었다. 제한이 있기는 하지만 크게 거슬릴 정도는 아니었다. 하지만 모두 아바타를 멋지게 꾸미기를 원했다.

일반 게임도 예쁘게 꾸미는데, 진짜 자신의 몸이라면?

까다로운 조건이 붙을수록 차원 금화가 많이 들어갔다.

꾸미고 죽고, 또 꾸미고 다시 죽고. 그게 반복되다 보니 아바타 생성 매출이 하늘을 찔렀다. 한번 예쁘고 멋지게 생성된 자신의 몸을 봤으니, 평범한 몸으로는 돌아갈 수 없었다. 그야말로 마약과도 같았다.

'의도한 건 아닌데…….'

과금 유도 같은 부분이 심하면 게임회사를 욕하게 마련이었지만, 미궁: 뉴월드를 즐기는 플레이어들은 모두 찬양 일색이었다. 돈 따위는 전혀 아깝지 않은 또 다른 현실이었다.

"그…… 보고 드릴 게 하나 더 있는데……."

"음? 뭔데?"

유나가 조금 망설이다가 노트북을 보여주었다.

미튜브였다. 미튜브를 보니 얼마 전에 본 영상이 생각났다. 잼식은 약속대로 미튜브 계정을 폭파하고, 반성하는 마음을 담아 G&P 본사 앞에서 절을 했다. 그리고 방에 진우의 사진을 걸어놓고 매일 큰절을 올렸다.

[진우 님 만세! 사랑합니다! 진우 님! 당신은 찬양받기 위해 태어난 사람! 당신 없이는~! 살 수 없지요!]

그러한 영상을 새로 판 계정의 메인에 올렸다.

'그냥 놔둬도 괜찮겠지.'

진우는 고개를 설레 젓고는 노트북 화면을 바라보았다. 유나가 보여준 채널의 이름은 룬달프TV였다. 할아버지의 아바타 이름이 룬달프인 건 알고 있었다. 그런데 미튜브 계정이 생긴 건 처음 보았다. 채널에 올라와 있는 동영상은 대단했다.

[해골에게 차원 금화 1,000개를 먹여보았다.]

[해골 보스에게 차원 금화를 준다면?]

[충격! 해골 보스가 매수되다?!]

[랜덤 박스 삼천 개 오픈.]

[잼식과의 만남. 잼식이를 혼낸 이유!]

[마법사는 파밍 따윈 하지 않는다.]

[최근에 등장한 광마가 허접인 이유 10가지.]

아! 할아버지…….

할아버지는 역시 굉장했다. 정체를 밝히지 않아도 되니 체통을 지킬 필요가 없었다. 아바타는 할아버지를 자유롭게 해주었다. 봉인이 풀리고 말았다. 채널이 생긴 지 얼마 되지도 않았는데, 벌써 150만 구독자를 넘어섰다. 지구 상의 거의 모든 언어로 자막이 달린 것도 큰 작용을 했다.

"기본 조작법의 해골 보스를 7,000G로 매수했습니다."

"그, 그래?"

"해골 보스가 바닥을 기더니 해골마가 되었더군요. 매출에서 이회…… 룬달프 님의 항목은 뺐습니다."

"잘했어."

진우가 황금의 군주라면 할아버지는 황금의 대군주였다. 돈으로 진우를 이길 수 있는 자는 오로지 할아버지뿐이었다.

"요즘 이민우에게 회장 대리를 맡겼다고 합니다."

이민우는 포션 없이는 살 수 없게 되었다. 낮에는 할아버지 대리로 모든 일을 처리하고 밤에도 굉장히 바빴다. 포션을 영양제처럼 마시며 버티고 있었다.

전날 밤 이민우에게 전화가 온 것이 기억났다. 이민우는 술에 취해 있었다.

'나, 나……. 행복한데…… 행복한데……. 너무 행복해. 근데 행

복해……. 아, 행복하다. 크흑.'

진우는 고개를 끄덕였다. 비로소 무슨 뜻인지 이해가 되었다. 행복이 넘치게 되면 때로는 힘들 수도 있었다.

"즐기시게 놔둬."

"알겠습니다."

어쨌든 순조로웠다. 중간계는 멀쩡했고, 그 어느 때보다도 평화로웠다. 다른 일은 신경 쓰지 않고 미궁의 일에 전념할 수 있었다.

'그러고 보니…….'

설정상 중간계에 군주가 또 있었다. 원작에서는 중간계가 파괴되면서 같이 사라진 것 같았다. 그 이후 언급되지 않는 걸 보면 크게 위험하지는 않을 것 같았다.

'신경 써야겠군.'

중간계에 이상이 생기면 바로 알 수 있으니 지켜보도록 하자. 대비해서 나쁠 건 없으니 말이다.

정식 오픈을 하고 시간이 꽤 흘렀다. 접속기는 물량이 풀리자마자 바로 팔렸고, 예약이 몇 달 뒤까지 밀려 있는 상황이었다. 현재 한국에서만 서비스했는데, 해외 팬들은 발을 동동 구르며 제발 해외에서도 서비스해 달라고 난리였다.

해외 미튜버들은 진우의 사진을 걸어놓고 절을 하거나 간절히 기도하는 영상을 계속 올렸다. 그만큼 세계 게임팬, 그리고 본래 게임에 관심이 없었던 이들까지 뉴월드 : 미궁에 목말라 있었다.

진우는 중앙통제실에서 상황을 살폈다.

'튜토리얼을 완료한 이들이 꽤 많아졌군.'

튜토리얼을 완료하면 죽더라도 바로 태초의 마을에서부터 시작할 수 있었다. 튜토리얼은 태초의 마을을 이용하는 방법과 훈련 교관을 통한 기초 스킬 습득하는 일이었다. 그것이 끝나면 본격적으로 최하층 미궁에 도전할 수 있었다. 최하층에 몬스터들이 바글바글했기 때문에 최하층만 청소하더라도 미궁의 증상이 나아질 것 같았다.

진우가 내린 퀘스트가 튜토리얼을 마친 이들에게 전달되었다.

보상은 대단했다. 차원 금화로만 따져도 3천만 원이었다. 코인도 굉장히 많이 주었다. 파티 하나에 3천만 원을 주는 것이 아니라 파티원 각자에게 주는 것이었다. 최하층에 있는 무수한 던전 중에서 아무 중간 보스나 해치우면 보상을 획득할 수 있었다. 물론, 가장 먼저 해치운 파티에만 지급되었다.

그러나 최하층은 절대 만만하지 않았다.

튜토리얼까지는 장난에 불과했다. 대부분 중간 보스로 가지도 못하고 전멸했다. F랭크로 이루어진 몬스터는 그들에게 너무 강력했다. 미궁이 악몽을 꾸며 강화되었기도 했고, 무엇보다 물량이 너무나 많았다.

일반 파티로는 감당하기 힘들었다. 플레이어들은 이를 갈았다. 처음에는 보상 내용을 보고 경쟁을 했지만, 이제는 그런 것 따위 눈에 들어오지 않았다.

자존심. 한국 게이머들은 자존심이 상했다. 지금까지 그 어떤 어려운 게임이라도 쉽게 정복해 왔다. 그러나 지금은 1스테이지조차 클리어하지 못하고 있었다.

'그래도 이 정도 속도면 양호한데.'

중도 포기자가 많이 나올 줄 알았는데, 의외로 많은 이들이 꾸역꾸역 도전하고 있었다. 중간 보스 방까지 도달한 이들도 상당히 많았다.

'오늘이던가?'

'미궁 : 뉴월드'만을 다루는 커뮤니티가 생겼다. 벌써 대형으로 성장했는데, 오늘 대규모 원정이 있을 예정이라고 한다.

진우는 사이트로 들어가 내용을 살펴보았다. 동영상이 올라와 있었다.

[제목: 드디어 오늘입니다!]

[내용 : 태초의 마을(검은 마을)에 있는 잼식입니다. 드디어 오늘 미궁 최하층 공략을 위한 공대가 출발합니다. 보상보다는 승리의 영광을 위해 많은 분이 참가해 주셨습니다. 다른 태초의 마을에 계신 분들도 함께하기로 했습니다.

등반자 여러분. 많은 이들이 한국 게이머들을 조롱했습니다. 1스테이지조차 깨지 못하는 거품이라고 말하고 있습니다. 악랄한 게임마저 최단기간에 클리어했던 우리를 비하하고 있습니다.

증명해야 합니다! 우리는 대한민국의 대표로서 중간 보스 공략을 해내야 할 의무가 있습니다. 곧이어 도착할 많은 초보분을 위해서라도 길을 닦아놓아야 합니다!

좌절과 절망에서 일어나십시오! 오늘 우리는 중간 보스의 시체를 밟고 앞으로 나아갈 것입니다!

우리는 승리할 것입니다!]

[댓글 4,213]

ㄴ귀욤천사: 가즈아!!

ㄴ루리엘예뻐: 중간 보스 잡으러 가즈아!

ㄴ죽음의칼날: 차원 금화 장전 완료!

ㄴ하함: 다시는 한국을 무시하지 마라.

"음……."

중앙통제실이 있는 가장 큰 태초의 마을에서 메인 공대가 출발한다고 한다. 사람들은 이곳을 검은 마을이라 불렀다. 태초의 마을이 여러 곳 있었기 때문에, 마을의 특징을 따서 그렇게 이름을 붙인 것이다.

"엄청 모였네요."

"오늘 매출이 상당할 것 같습니다."

세연의 말에 유나가 고개를 끄덕이며 말했다.

진우는 스크린을 통해 마을을 바라보았다. 마을 중앙 광장이 북적북적했다. 딱 봐도 수천 명은 넘어 보였다. 모두 튜토리얼을 통과한 자들이었다.

방송국에서 나온 취재진도 껴 있었다.

"이걸 SBC에서 방영한다고?"

"네."

공중파에서 특집으로 방송 예정이었다. 파격적인 편성이었다. 아무래도 할아버지의 입김이 들어간 게 아닐까 싶었다.

스크린에 익숙한 얼굴이 비쳤다. 신관 차림을 한 루나였다. 미궁이 공백이기는 하지만 방송을 하고 있었다.

'반칙 아닌가?'

운영자가 플레이어의 탈을 쓰고 원정에 참여하고 있었다.

'이상이 없는지 둘러봐야겠군.'

진우는 마스크를 쓰고 마을로 올라왔다. 마을에서 파는 옷으로 갈아입는 것도 잊지 않았다. 마을에서는 중간계의 특색 있는 물품을 팔았다. 아공간에 많은 물량을 넣어놓고 팔았기 때문에 물량에는 문제가 없었다. 차원 금화를 통해 살 수 있는 옷들이나 반지, 귀걸이 같은 아이템을 착용한 이들이 상당히 많았다.

'장사 잘되네.'

초호황이었다. 플레이어들끼리 노점상을 만들어 거래하기도 했고, 차원 금화를 통해 구한 아이템을 팔아 코인을 마련하기도 했다.

진우는 사람들이 모여 있는 광장 쪽으로 가보았다. 가는 길에 익숙한 얼굴이 보였다. 모습이 달라졌어도 진우는 단번에 누구인지 알 수 있었다.

"무식한 놈."

"돈에 미친 놈."

"그래, 거지야."

"약골."

"촌놈."

룬달프와 광마, 그러니까 할아버지와 검선이었다. 검선의 아이디는 신선검선이었지만, 모든 이에게 광마로 통했다.

룬달프와 광마가 서로를 노려보았다. 룬달프가 지팡이를 휘두르자 광마가 피했다. 광마가 빠르게 반격을 했는데, 룬달프 앞에 떠오른 보호막에 막혔다.

"비겁한 놈."

"꼬우면 과금하던가. 무식한 놈아."

서로서로 공격했지만 계속 평행선을 달렸다.

저쪽에 있던 루나가 후다닥 달려왔다.

"싸우시면 안 돼요!"

"크흠, 누가 싸웠다고 그러는가."

"준비운동을 좀 해봤네."

룬달프와 광마가 서로에게서 떨어지며 고개를 돌렸다.

'유치한데.'

진우는 진심으로 그렇게 생각했다.

알고 보니 둘은 루나의 파티였다.

신관, 마법사, 격투가. 밸런스가 괜찮기는 했다.

"저희도 탱커 한 명 구해서 공대에 가입하죠!"

루나가 활기차게 말하자 룬달프는 흐뭇한 미소를 지었고, 광마는 그런 룬달프를 못마땅해했다. 진우는 귀찮은 일에 말려들 것 같은 예감이 들었다. 서둘러 자리를 벗어나려는 순간이었다. 셋과 눈이 마주쳤다.

"앗!"

"음?"

"오호!"

진우의 몸이 그대로 굳었다.

"저는 NPC입니다."

진우는 당황해서 통하지도 않을 변명을 하고 말았다.

to be continued

Bassoon.
우진 현대 판타지 장편소설
WISHBOOKS MODERN FANTASY STORY
Wish Books
espressivo.
다시 태어난
베토벤
leggiero.
ff arco.
Espressivo.
1827년 한 남자의 죽음으로 고전 시대가 저물었다.
그러나
그가 지핀 낭만의 불씨가 타오르니
비로소 새로운 시대가 열렸다.
긴 시간이 흘러 찬란했던 불꽃도 저물어 갈 즈음.
스스로 지핀 불씨를 지키기 위해
불멸의 천재가 다시 태어났다.
<다시 태어난 베토벤>
마치 운명이 문을 두드리듯
힘차게 손을 뻗어 외친다.
"아우아!"

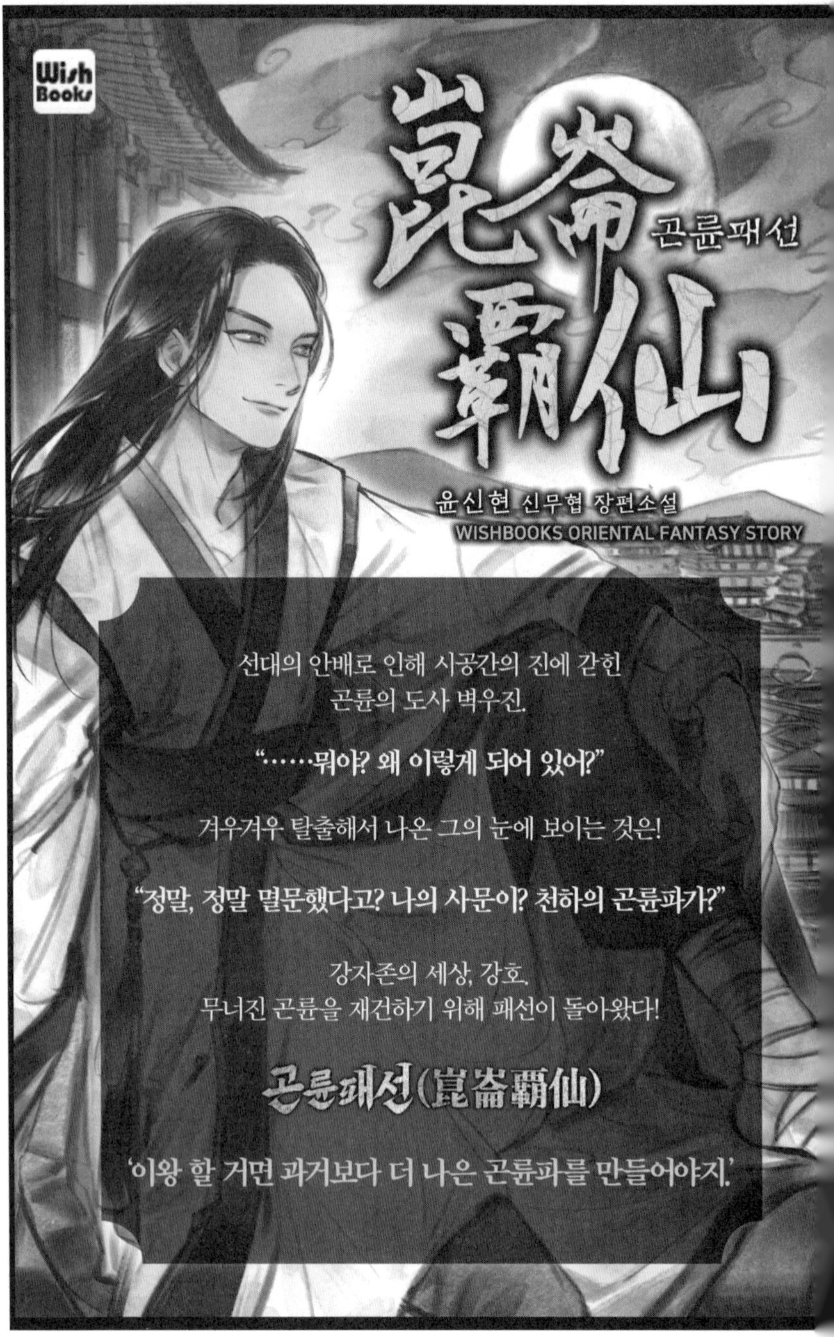
Wish Books
崑崙霸仙
곤륜패선
윤신현 신무협 장편소설
WISHBOOKS ORIENTAL FANTASY STORY
선대의 안배로 인해 시공간의 진에 갇힌
곤륜의 도사 벽우진.
"……뭐야? 왜 이렇게 되어 있어?"
겨우겨우 탈출해서 나온 그의 눈에 보이는 것은!
"정말, 정말 멸문했다고? 나의 사문이? 천하의 곤륜파가?"
강자존의 세상, 강호.
무너진 곤륜을 재건하기 위해 패선이 돌아왔다!
곤륜패선(崑崙霸仙)
'이왕 할 거면 과거보다 더 나은 곤륜파를 만들어야지.'

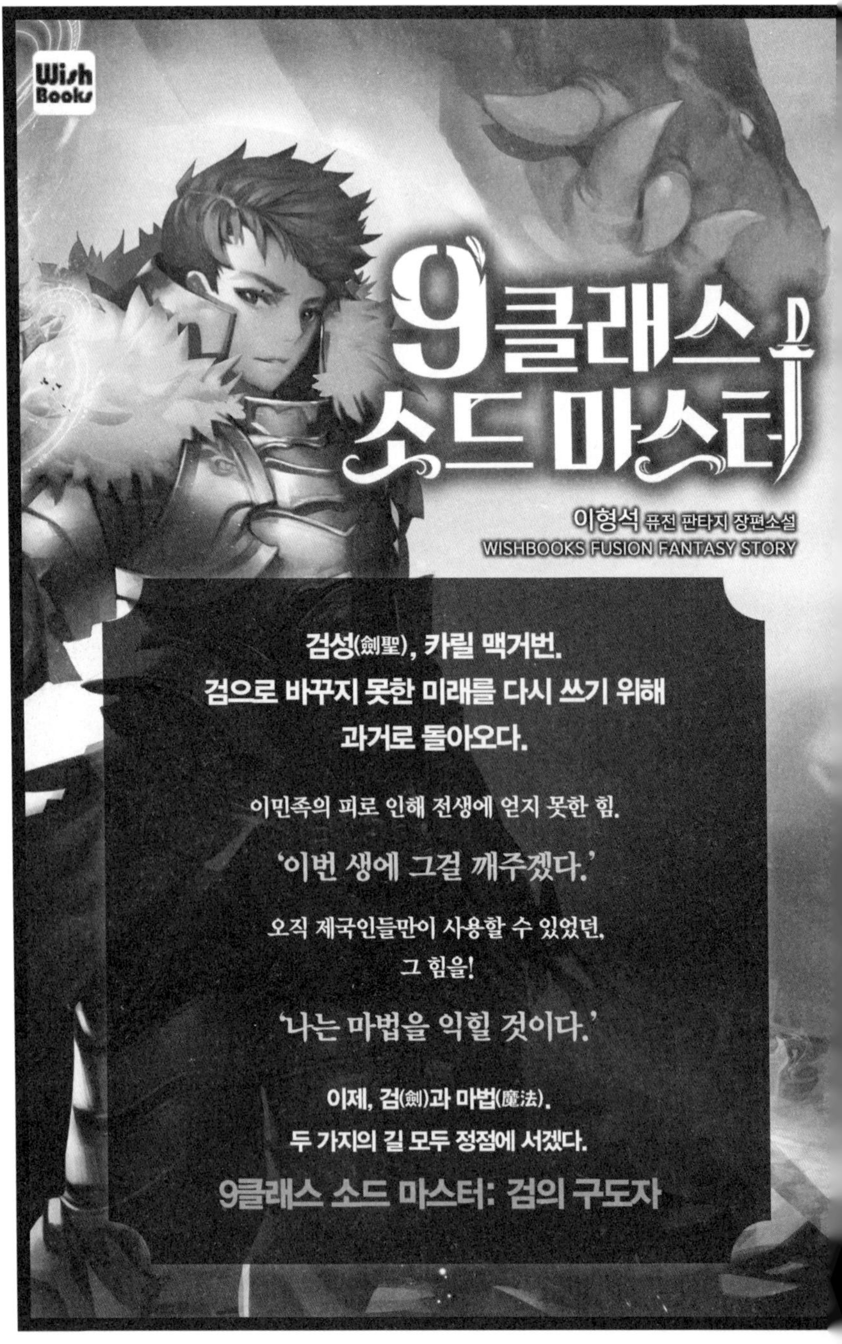
Wish Books
9클래스 소드 마스터
이형석 퓨전 판타지 장편소설
WISHBOOKS FUSION FANTASY STORY
검성(劍聖), 카릴 맥거번.
검으로 바꾸지 못한 미래를 다시 쓰기 위해
과거로 돌아오다.
이민족의 피로 인해 전생에 얻지 못한 힘.
'이번 생에 그걸 깨주겠다.'
오직 제국인들만이 사용할 수 있었던,
그 힘을!
'나는 마법을 익힐 것이다.'
이제, 검(劍)과 마법(魔法).
두 가지의 길 모두 정점에 서겠다.
9클래스 소드 마스터: 검의 구도자